曹明 著

牛家纪事

九 州 出 版 社
JIUZHOUPRESS

图书在版编目（CIP）数据

牛家纪事 / 曹明著. -- 北京：九州出版社，

2023.1

ISBN 978-7-5225-1572-4

Ⅰ.①牛… Ⅱ.①曹… Ⅲ.①长篇小说-中国-当代

Ⅳ.①I247.5

中国版本图书馆 CIP 数据核字(2022)第 231134 号

牛家纪事

作　　者	曹　明　著	
责任编辑	陈春玲	
出版发行	九州出版社	
地　　址	北京市西城区阜外大街甲 35 号(100037)	
发行电话	(010)68992190/3/5/6	
网　　址	www.jiuzhoupress.com	
印　　刷	长沙市精宏印务有限公司	
开　　本	710 毫米 × 1000 毫米　16 开	
印　　张	16	
字　　数	180 千字	
版　　次	2023 年 4 月第 1 版	
印　　次	2023 年 4 月第 1 次印刷	
书　　号	ISBN 978-7-5225-1572-4	
定　　价	78.00 元	

自 序

人们始终处于理想和现实的纠缠中，尽量避免与现实出现紧张关系，可是理想与现实的矛盾往往不可调和，因而与现实的紧张关系难以避免。人们处理与现实的关系的手法各有千秋，表现出来的状态也千差万别。那些显得轻松自如的人，可能只是由于他们善于伪装。有些人看似与现实关系很紧张，其实远没有那么严重，只是他们过于情绪化。

写作逃避不了现实问题，尤其是敞开心扉写作的作家。他们的作品无一不是展示与现实的关系，且大多触及的层面都是紧张的。他们会深入浅出地剖析问题，解决问题，带给人们独特的感受。这样写作很真实，有生活痕迹，读者很喜欢。很多作家都在写现实问题，但良莠不齐。有些作家在描写现实问题时，又远离现实，处于现实的层面之上，其作品大多令人费解。

我写小说也涉及现实问题。我没有优秀作家那样敏锐的洞察力和丰富的想象力，但力求捕捉现实中虚幻神秘的色彩，通过想象和理解，撰写成完整的故事，创作出有说服力的作品。沉湎于想象的写作是痛苦的，在纷繁芜杂的世界里，我常常处于冷寂和孤独中，给人冷漠清高的感觉。对我来说这就是现实，一种深入现实中寻找挖掘和思考的行为。我可能达不到人们需要的高度和深度，尤其是作家和评论家界定的标准，但我努力去做了，还乐此不疲。我以这样的态度对待现实问题，是热情的，是诚挚的，也是认真的。

《牛家纪事》之前拟过几个名字，说实话那些名字更加贴合小说的内容，符合我写作的本意，但在老师的建议下，选用这个通俗的名字。开始我觉得它平淡如水，久而久之，我发现了其中的奥秘：它直截了当地告诉人们，这是一部纠缠现实问题的作品。

小说中牛家祖孙三代所处的时代背景不同，但生活与现实息息相关。在久远的年代，牛二吕的理想是平安生活，可是摆在面前的是残酷的现实。儿子生病让他心急如焚，他为病情恶化担惊受怕，又为治疗费用焦头烂额。他被栽赃成窃贼，现实给了他沉重的打击，可谓是致命一击。艰难困苦没有压垮他的脊梁，摧垮他的意志，他不遗余力地在现实中寻找机会，哪怕是垂死挣扎，也在奋力抗争。他是一个铮铮铁骨的汉子，为了洗刷冤情，不屈不挠地申诉，终于沉冤得雪。他善良执着，聪明勇敢，是千千万万劳动人民的缩影。他身处逆境，也努力思索对策，完善抗争的手段。他并不知道唆使儿子冒充上辈子是公社武装部长康跃进爷爷的后果，但他会充分准备，细致周密，让事情无懈可击。这个与现实纠缠了一辈子的老人，满以为不问世事可以安享晚年，却由于尘封已久的唆使儿子冒充别人的事件发酵，又出来与现实纠缠起来。

牛三品是牛二吕的儿子，家境的贫困和父亲的处境，让他过早地与现实纠缠起来。他体弱多病，年纪尚小不知道纠缠的滋味，但他知道生活逃避不了现实。他从冒充别人的过程中感受到获得利益的轻松，这是他人生中最早的体会，且影响了他一生。但是，他在与现实的纠缠中弄残了一条腿。

牛四田是个自以为是的人，爹妈的溺爱模糊了他对现实的认识。他满以为像父亲那样游戏人生就能获得现实的青睐，可是攫取不义之财会付出惨重的代价。现实就是那么苛刻，也是那么公平，只有遵守现实中的行为准则，才能与它保持融洽的关系。牛四田将理想提升为贪婪的欲望，又过分膨胀，超出现实容纳的范畴，显然会与现实决裂。为了达到目的，他不择手段。他的心安理得和泰然处之是虚假的，但为了利益，又一意孤行。事情败露后，他选择逃避现实，东躲西藏，苟且偷安。牛二吕清晰地看到现实的复杂和风险，那个由他与现实纠缠产生的后果，必须由他解决。他义无反顾地进城寻找孙子，勇担责任，并将它妥善处理好。

现实在不断变化，它与理想的辩证统一关系始终存在。我并非是向人们阐述这样的哲学道理，那不是我的事情，我也说不好。我是个文学爱好者，只会编撰故事，给大家的生活添加一点调味料。大家能耐着性子读完故事，我就成功了；大家能从故事中感悟到什么，我就满足了。

1

二十世纪六十年代末一个深秋的早上，雷公山的汉子牛二吕，抱着高烧不退的儿子牛三品心如刀绞。看到生产队长牛丰收提着铁皮广播在坡上喊出工，他将儿子交给愁眉苦脸的老婆谢七娘，准备出早工。谢七娘脸皮猛地抽动，一下子哭了："你走了，我怎么办？"

牛丰收的声音从铁皮广播里嗡嗡发出："社员同志们，咳咳咳……社员同志们……"

他没有喊完就停了下来，一点声响也没有，仿佛一口痰堵在喉咙里。他看到坡下的仓库门敞开，脑袋嗡地响了，还摔了一跤，压扁了铁皮广播。他爬起来飞奔而去，哇哇喊叫，还没有跑到仓库，便喊出担心的事情："仓库被盗了。"

与其说他张牙舞爪地喊叫，不如说他歇斯底里地哭嚎，他还捶胸顿足。

拿着农具等待出工的社员和赶着牛羊的伢子，见他慌不择路，都大笑不止，大声喊叫。

果不其然，生产队仓库被盗了。牛丰收一遍遍说："整间粮仓都掏空了。"

社员都围拢过来，也有老人和小孩。几位不怎么出门的老汉，拄着拐杖蹒跚而来，小脚老阿婆不甘落后，哭喊着要人搀扶过去。瘫痪的茂林爷爷，努力爬到能看到仓库的地方，将手搭在额头上，来回晃动脑袋。

牛丰收和几个生产队干部，还有装仓的晒谷员聚在一起，嚼舌根似的说了很久。他们得出结论：稻谷丢失有五百斤之多。

男人的咒骂和女人的哭喊愈演愈烈，仿佛村里遭受灭顶之灾。一个老妇人痛哭流涕，双手拍打地面，弄得尘埃弥漫。女人哭天喊地，都想在悲伤的氛围里独领风骚。单身汉牛老三坐在地上哭喊，发现只有身上的破旧裤子，赶紧爬了起来，随即双脚踢着地面，弄出嚓嚓的响声。伢子看着家里人丧失理智，羞怯地低着脑袋。

在会计牛二吕提醒下，牛丰收准备挨家挨户搜查。他说："这不像钱，随便能藏个地方。"

听说要搜查，大家都很紧张。男人心里有数，自己没有偷窃，但不能排除家里其他人。女人心里没底，比男人更着急。有人悄悄询问自己的男人，还有长大的孩子，也看着丈夫的兄弟。伢子们惶恐不安，赶忙招呼食草的牛羊，有的在路边割草。细伢子牛立光脸皮抖动不已，呜呜地哭，因为他爹名声不好，时而小偷小摸。

牛丰收让牛二吕带领大家出早工，牛二吕却骂骂咧咧，非要揪出窃贼。牛丰收还没有做出安排，他就领着牛建华走向院子，挨家挨户搜查。许多人跟了过去，推推搡搡争吵不休。牛丰收想要大家都去出早工，嘴里却说："从我家开始搜查。"

大家都停下来等他。牛二吕让他走在前面，说队长不会偷窃："打死我也不相信。"

大家齐声附和，喊口号一样。他们没有改变主意，依旧走向牛丰收的房子。几个年轻人跑了起来，似乎担心他家里人转移赃物。有人说："我们相信你的人品。"

也有人说："任何人都不例外。"

至于"队长应该带头"和"队长清白了，大家就会信服"，像集市一样嘈杂，不绝于耳。在牛丰收家里，又有人这样说，也不怕牛丰收老婆李淑英生气。许多人在牛丰收家看一眼就走了，牛二吕也想离开，咧着嘴假装肚子痛，却被牛丰收留了下来。牛丰收领着他和牛建华在屋子里看来看去，像搜查别人家里。他反复说："仔细看，帮我证明清白。"

牛丰收点着油灯，又打着火机，将屋里照得通亮。他又说："稻谷可以分开存放。"

他们认真检查，如同寻找蚂蚁。牛二吕面露难色："那很难找到了。"

他们连老鼠洞也不放过，牛二吕将小树棍伸进洞里，掏出几粒谷子。他捡起空谷壳，放在手上看了很久，像看着珍稀物种，可是大家认为：他判断是不是仓库被盗的谷子。

牛丰收黑暗的储藏仓角落里，有一窝蜜蜂，下面有一只木桶，能装几担稻谷。牛丰收还没有提醒注意蜜蜂，牛二吕就急匆匆地走了过去。他被蜇得咿呀叫唤，抱头鼠窜。牛建华没有挨到蜇刺，却跑得很远，跑掉了鞋，摔了一跤。门外的土狗和花猫仓皇逃窜，将鸡鸭赶得嘎嘎叫唤，扑啦啦乱飞。牛丰收非要他们去木桶里查看，牛二吕一番犹豫后，就披上蓑衣，戴着斗笠，用破烂衣服捂着脸，蹑手蹑脚地走了过去。他没有说里面没有谷子，而是大声哭喊："衣服里有蜜蜂，蜇了好几下。"

李淑英很生气，却没有骂人，只是表情难看，像孕妇难产。看到红薯地窖上的新盖板，她要整治牛二吕，让他记住队长家里不能随便撒野。她悄悄取下新盖板，换上断裂的旧盖板。她将牛丰收挡在外面，将装着鸡饲料的筛子交给他。牛二吕要搜查地窖，却没有踩踏上去，而是站在旁边东张西望。他盯着碗柜看了很久，得意地笑，仿佛里面藏着谷子。李淑英惴惴不安，情急中喊出："你自己拿碗倒茶。"

牛二吕往前跨了一步，还没有说声谢谢，就惊恐地喊叫："哎哟……"

他掉进地窖里，破口大骂，也说："里面啥也没有。"

至于"晦气"和"遇到鬼了"之类的埋怨，持续到走进另一家。搜查完所有人家，他还摸着青肿的地方骂骂咧咧："倒了十八辈子霉。"

最后来到牛志华家里，牛二吕又遇到麻烦。上楼搜查时，牛丰收走在前面，他却抢先上去，还说："具体事情由我来做。"

他站在楼梯口反复端详，似乎发现上面暗藏危机。他摇了一下楼梯才爬上去，爬了两级就回头张望，告诉牛丰收楼梯破烂却很安全。牛丰收举棋不定，他就说："没事，很牢固。"

他快上楼时，楼梯板断了，他滚落下来，撞倒爬上两级楼梯的牛丰收。牛丰收只是摔倒了，却抱着脑袋咿呀叫唤，仿佛断了骨头。他惊恐地看着牛丰收，战战兢兢地问："还上去吗？"

"当然要上去，不能有死角。"

牛丰收踩着牛二吕的肩膀，攀着墙沿用力一撑就上去了。他俯身拉扯牛二吕，屁股绷得很紧，裤子突然嚓嚓地断纱，他赶忙双膝跪地，又趴在那里。他们除了被从牛志华两口子的薄棺材的夹缝里蹿出来的猫吓了一跳，什么也没有得到。牛丰收还说："一粒米糠也没有。"

他们不敢走楼梯，就从柱子上滑下来。牛二吕突然说："棺材里面没有搜查。"

牛丰收满脸通红，歪着嘴嘟囔着："胡说，那里能搜查吗？"

他又平和地说："其他人的棺材也没有搜查。"

"还麻烦，也晦气。"牛二吕赶忙附和。

牛丰收要去村里的沟沟坎坎搜查，牛二吕跟着他走向山坳口的岩洞时，谢七娘哭喊起来："你回来，带孩子看病要紧。"

在牛丰收催促下，牛二吕应付了一句："知道了。"

岩洞口长满密密麻麻的荆棘杂草，有的比人高。那条小路不见了，走下去很困难，牛丰收却要去探个究竟。他们小心地攀着小树，探险一样。他们知难而退时，牛丰收滑了下去，小树茅草纷纷倒下，像石头从上面碾过。牛丰收痛苦的喊叫声，在岩洞里嗡嗡地回旋。

在那块一间屋子大的空地上，有个灶台一样的土堆，他们用手拨拉，像考古学家。他们找到几块有年头的瓷片，像平时对待破碗一样不以为然。他们也找到烂蓑衣破斗笠和碎木桶，一个破斗笠上写着牛二吕父亲牛一口的名字。他们不敢往下面走去，里面深不可测，有潺潺的流水声。

走出岩洞，牛丰收仰望天空，仿佛稻谷被人弄到天上去了。牛二吕询问原因，他敷衍着："我想把那只老鹰弄下来打牙祭。"

2

牛丰收像家里失窃一样，顾不上吃饭和招呼大家出工，就去大队报告情况。在大队主导下，可以扩大搜查范围，那些荷枪实弹的民兵，会将窃贼吓个半死。他要牛二吕一同去找大队支书黄叫五，牛二吕使劲推脱："我要带儿子去看病。"

牛二吕吃了口饭，又给儿子喂了些米粥，准备背着儿子去公社卫生院。他将手背放在儿子的额头上，手弹了回来，像碰到滚烫的铁锅。他失声尖叫："我的娘呀。"

谢七娘惊惶失措，伤心哭泣："怎么办呀？"

她哭喊一阵，就轻声念叨："老天爷，可怜我们，保佑我们吧。"

她仰望天空，虔诚地跪拜下去，撞出响亮的声音。她灰头土脸，像栽倒在地上。

牛二吕粗暴地拉她起来，大声埋怨，说世上没有神灵，可是他关上门，堵着窗户，在神龛的祖宗牌位前长跪不起，还要磕头七七四十九下。那只在角落里的猫受惊后弄倒了物品，他愤怒地驱赶，忘记了磕头的次数。他没有懊恼，停顿一下就说："从头再来。"

他将牛三品抱到神龛前，抓着他的手作揖。他一遍遍恳求："菩萨显灵，祖宗保佑。"

牛二吕没有钱，决定去供销社卖掉红薯米。红薯米八分钱一斤，社员不肯卖，急用钱才忍痛割爱。他想卖掉三十斤红薯米，得到二块四毛钱，也希望这些钱能治好儿子的病。

谢七娘往箩筐里装红薯米时表情凝重，鼻子呼哧呼哧，伤心得像弄走一只羊，或者一头猪。这是全家人的口粮，少一份就意味着要挨饿。可是她动作麻利，还说："多卖点，给儿子好好治一治。"

红薯米超过四十斤，他们很犹豫，但没有倒出来。谢七娘又说："都卖掉，到时少了钱不好办。"

她还提出："给我买几根针，两把黑线和一只顶针。"

牛二吕用布带将儿子绑在背上，挑着箩筐往公社走去，这个重量对他来说不在话下，但背着儿子很不方便。他走得很慢，身子剧烈疼痛一样扭动，有时停下来反手摸着儿子。他不停地问，得到儿子回答才抬脚行走。他听到儿子埋怨："不要说了，我要睡觉。"

儿子睡着了，他忍不住问了一句，就惊恐地闭住嘴巴。有一次扁担碰着儿子，儿子哇哇大哭，他赶忙解开布带，抱着儿子哄了起来。他哄人是不停地道歉，还哭了起来。他将红薯米倒在一起，让儿子坐进箩筐里。他走得飞快，扁担吱哟吱哟响着。

供销社的营业员又说替县酿酒厂收购红薯米，不过每斤少一分钱，还说他的红薯米碎末太多，仿佛碎末不能酿酒。营业员没有扣钱，却说："下不为例。"

他给谢七娘买了东西，又给儿子买了两粒硬糖，随后将箩筐放在大厅角落里，抱着儿子往卫生院跑去。他啊啊地喊叫，以原始的方式发掘身子里的潜力，颠得儿子咿呀叫唤。路人惊愕不已，有人大声埋怨："傻了吧唧的。"

卫生院门口围着好多人，吵吵嚷嚷，比集市还热闹。他以为走错了，赶忙询问跑向卫生院的人："是卫生院吗？发生了什么？"

那个胡子拉碴的老头停了下来，其他人依旧奋力奔跑。老头大声喘气，努力攫取氧料，确保身子稳定。老头告诉他答案，可是他不需要了，已经看到门头上油漆脱落的红十字。

他腾出手拨开拥挤的人群，大声喊叫："我找谢医生或者刘医生。"

有人伸手阻拦，还有人拉开他。那个挂着长鼻涕的细伢子，突然蹿过来挡在前面，后面的人用力挤他，还使用膝盖和胳膊肘，像木棒伸过来。他无计可施就推动细伢子，细伢子的脸压在前面的大个子身上，大个子的衣服像刷了一层糨糊。大个子发现小偷似的立即转身，伸着虎钳般的手，咬牙骂道："找死。"

牛二吕挤了进去，不停地喊叫："让一下，我儿子病得很厉害。"

他也央求："行行好，救救我儿子。"

一个农药中毒的汉子躺在绑着竹杠子的椅子上，旁边的女人哭得死去活来，除了卫生员田嫂和药剂员大吴忙着灌肠，没有医生。牛二吕看了一眼就走出人群，挨个房间寻找谢医生或者刘医生。谢医生是院长，去区里办事了，刘医生父亲去世了，在家里守孝。他好不容易来到田嫂身边，田嫂却说："你儿子的病我治不了。"

他找来一条长凳，让儿子躺下，就奔向门口，向人打探消息。旁边屋子里的水缸里有水，他脱下衣服弄湿袖子，敷在儿子额头上。

天黑了谢医生也没有回来，他急得直哭，猛地拍打脑袋，用力揪着头发。他的哭喊引来人们围观，他们提着油灯点着火把，像去看电影。一个驼背老人对他说："去棕树湾找钱郎中，让他弄几副草药。"

他又说："他是我老表，退烧很有一套。"

牛二吕决定去棕树湾，可是那里很远，还要穿过阴森恐怖的峡谷。驼背老人从家里拿来杉树皮，给他做了个火把。火把没有明火，烟雾很大，但舞动起来，能照亮周边。

他将箩筐寄存在驼背老人家里，背着儿子飞奔而去。进入峡谷时，他舞动火把划出很长的弧线，出现更大的火光，也给自己壮胆。他不停地安慰儿子："快到了，前面就到了。"

他走了两个多小时才到棕树湾。土狗吠叫和山谷里的回音，以及男女老少的喊叫，让棕树湾炸开了锅。好几个人都喊道："谁，干什么的？"

他没有一一回答，但连喊了两遍："是我，山塘生产队的牛二吕。"

他说找钱郎中，有人就说："在狗叫最厉害的地方。"

有人过来看病，钱郎中从床上翻身而起。他提着祖父留下来的医用皮箱，以此向牛二吕表明：他家行医历史悠久，还有家传秘方。他从皮箱里取出连着大疙瘩的听诊器，就不再从里面取东西。他用听诊器反复按压牛三品的胸部，像在上面印东西。他很认真，牛二吕看到了希望。

钱郎中没有体温计，就在牛三品额头上和腋窝里摸了起来，又掀开衣服摸着肚子。牛二吕希望他说出儿子的病情，还说准能治好，可是他闭口不语。他咔咔地清理嗓子，又揉着眼睛，就提着油灯走向晾晒草药的栏杆。他抱着一捆草药扔在牛二吕旁边，反复交代："将它们剁碎，越细越好。"

钱郎中没有专用铡刀，牛二吕像剁猪草一样，将草药一截截砍好。他还没有砍完，钱郎中又要他将草药碾成粉末。牛二吕没有看到药碾子，问了起来，钱郎中指着旁边的石磨说："它磨得比碾子还细。"

钱郎中带着他走了很远，挖了一些细腻的黄土。这是观音土，以前有人吃过，胀肚子，很难受。他以为钱郎中让儿子吃土，赶忙说："这种土吃了拉不出屎。"

给牛三品治疗时，钱郎中神气得像手到病除的神医。他将药粉和黄土搅拌成稀泥，将牛三品抹得像个泥人。他反复吹嘘药物神奇的功效，从未失误，却说："天亮后，看情况再说。"

牛二吕怔怔地站在那里，脸皮抖个不停，随时会哭出声音。

3

　　牛丰收去找黄叫五时骂骂咧咧，拳打脚踢。他捡起一块石头，用力扔向叽叽喳喳响着的草丛，他期望一群麻雀惊飞而起，却是一条蛇仓皇逃窜。他觉得兆头不好，赶忙停下来。他从口袋里掏出一枚硬币，大声念叨："是国徽就现在去，数字就晚上去。"

　　他像神汉一样舞动双手，嘴里叽里咕噜，没有动作可做，才高高地抛出硬币。他仰望天空，希望硬币抛得更高，将空中翱翔的鸟打下来。他啧啧地舔着舌头，心里乐陶陶的。

　　他没有看到硬币落下来，就指着鸟大骂不止，仿佛它叼走了钱。他将丢失五分钱的颓丧，演绎得像丢失了钱夹子。他义无反顾地走回去，是想到大白天去大队，会遭到黄叫五责骂："不组织生产，想把生产队搞成什么样子？"

　　晚上他才去找黄叫五，这时没有后顾之忧，往烟荷包里填装旱烟丝时，他轻松地吹着口哨。可是悠扬的口哨声被蜷缩在角落里的爹打断了："夜里不能吹口哨，会招鬼的。"

　　牛丰收惊慌地四处张望，仿佛鬼魂在四周虎视眈眈。他拿着手电筒，想到鬼魂怕火，又背着一捆干葵杆。他笃信鬼魂怕铜的说法，将咬在嘴上的铁头烟杆换取爹的铜头烟杆。他看着铜头烟杆，觉得它像巫婆神汉手中的桃林剑一样，能镇住任何鬼魂。

　　一切妥当，他就往黄叫五家里走去。他为黑夜里不能跟大家一样悠闲地躺在椅子上抽烟，要独自去大队懊恼不已，还要折腾到深夜，又不能记工分。他气呼呼地行走，咿呀喊叫着为自己壮胆。旁边树上哗啦啦直响，那只惊慌逃窜的松鼠，被他视为具有鬼魂的魔力，他魂飞魄散。他手忙脚乱地舞动葵秆火和铜头烟杆，结果击打在一起，火光四溅，火星掉在草丛里。他不顾火星引起山火，拔腿就跑。

他一口气跑到黄叫五家里，气喘吁吁，仿佛弄坏了气管。他喝着黄叫五老婆刘素云端来的茶水，咕叽咕叽像蛤蟆叫唤。他伸手抹去嘴上的茶水，又用袖子擦拭。黄叫五以为他要说话，侧耳倾听，他却没完没了地打嗝。黄叫五生气了："有话快说，不要老嘎啦嘎啦的。"

牛丰收深吸一口气，将水嗝压下去。他没有因为黄叫五生气就着急说话，而是认真清理嗓子，将痰水弄干净，然后说："生产队稻谷被偷了。"

"什么时候？"黄叫五跳了起来，踢翻了凳子。

"昨天晚上，或者今天天未亮的时候。"

"谁偷的？"

"没有找到人。"

"怎么到现在才来报告。"

牛丰收战战兢兢，说话像哭一样。黄叫五猛力拍打桌子，震得东西嘎啦啦摇晃，刘素云扑过去扶着东西，怨声载道。他没有理睬，继续咆哮："难道你不知道，时间越久稻谷越难找到吗？"

牛丰收惶恐不安，仿佛他是窃贼。他盯着地面，像寻找一条钻进去的地缝。黄叫五凝眉怒目，咬着牙问道："丢了多少？"

牛丰收战战兢兢，声音支支吾吾："有五百斤。"

他又嘟囔着："可能还多。"

"到底是多少？"

"具体多少我不知道，这是保管员估计的数字。"牛丰收鼓足勇气回答，他豁出去了。

黄叫五瞪着眼睛，看着黑漆漆的门外，大声责骂，还说他这个生产队长，有不可推卸的责任。牛丰收嘴巴歪斜，呜呜咽咽，鼻子呼呼啦啦，鼻水直流。刘素云不停地埋怨："莫小题大做，莫吓唬丰收队长。"

牛丰收依旧惶恐不安，身子抖得很高，像打摆子。黄叫五只好收敛坏脾气，语气平和地说："你是好同志，在生产队长里，你最听话。"

黄叫五要召开大队干部会议，还没有做出安排，牛丰收主动要求去找人，随即追悔莫及。将大队干部召集起来，他要走很多地方。黄叫五说到路途最远的民兵营长李勇敢："要他找几个民兵过来，带上枪。"

他不需要去每个大队干部家里，譬如找大队会计尤桂华和治保主任肖国才，只要在山坡上喊叫几声。黄叫五墙壁上挂着铁皮广播，他伸着手，却没有取走。黄叫五要他拿走，他谢绝了，还将手套在嘴巴上说："我用这个。"

他喊叫肖国才，只有一声就得到回应。肖国才以为黄叫五在旁边，赶忙说："来了来了，马上就来。"

他喊叫尤桂华，喊得口干舌燥，眼冒金星，没有得到回应，邻居也没有说话，仿佛村里空无一人。他从康需求那里借来铁皮广播，康需求也帮忙喊叫，都未能奏效。在他恳求下，康需求答应去通知尤桂华，但从他那里抓走大把旱烟丝。

去李勇敢家里要穿过阴森恐怖的峡谷，翻过一座山，路过一片坟地。他请康需求同去，康需求拒绝了，他想找人陪伴，却没有人愿意。

他心惊胆战，小路被葵杆火照得清晰可见，他也踏向旁边的草丛，掉进水沟里。他向路边的人家求助，他们都说："我们很累，明天还要出工呢。"

有人说了实话："我们也很害怕。"

他穿越峡谷时毛骨悚然，全身湿透，一阵风吹过来，身子冰冷如铁。他还没有定下神，又面临穿过坟地。那些沿坡而上排列的坟茔，以及形形色色的墓碑，大白天也让人不寒而栗。一条狭窄的路从坟场底端穿过，是通向李勇敢村子的捷径。路边是陡坡，蓬松的荆棘像坟茔一样隆起，沿着小路延伸过去。一头牛在路边吃草，不慎摔了下去，搭上了性命。他想绕道而行，却要走很远的山路，山上有凶猛的野兽，特别是狼，还进村偷袭牲口。他举着铜头烟杆，舞动火把，喊叫着向坟地进发。

"我有铜烟杆，能镇住鬼。"他将铜头烟杆想象成镇鬼的法剑，那些想象中的鬼魂被纷纷斩落。他愤怒地喊叫："砍死你们，有多少，就斩落多少。"

小路那头有灯光晃动，有隐约的嗡嗡声，像哄孩子，又像哭泣，还像病痛呻吟。他快速舞动火把，将火光弄得很亮。为了壮胆，也防止那人误会，他大喊大叫："是谁？怎么啦？"

听到有人喊叫，那人呜呜地哭，哭得很伤心。他又喊叫着："出了什么事？"

那人没有理睬，依旧伤心啼哭。那人披头散发，他没有看清楚她是谁，就喊一声嫂子，还焦急地问："怎么啦？"

那人满脸血污，白布衫上血迹斑斑。那人突然用血手往脸上一抹，狰狞可怕。他惊恐万状，大声哭喊："妈妈呀……遇到鬼了。"

他亡命逃窜，双脚却总是踩不着地面。他知道自己栽倒下去，却无能为力，随后他什么也不知道。

过了好长一会儿，匆忙赶路的李勇敢踩着他的脚，吓得魂飞魄散，喊爹叫娘。他吱哇乱叫，痛苦扭动。李勇敢以为他喝醉了，张口便骂："哪个醉鬼，连命也不要了。"

他还调侃着："自己跑到坟地里，不去麻烦别人了。"

牛丰收盯着李勇敢，掐着他的胳膊，又看着地上的影子，满脸疑惑："你真的是人？"

"你才是鬼。"

牛丰收哭丧着脸说："我刚才看到女鬼了。"

4

那人是李勇敢老婆崔玉华，晚饭后她跟李勇敢干了一仗。按照李勇敢向黄叫五哭诉的话来说，是为了鸡毛蒜皮的事情。她挑起事端，却被打得头破血流。

她吃了亏，就去找黄叫五评理，为自己挽回颜面。她气急败坏，一言不发，差点将牛丰收送进另一个世界。牛丰收不愿意提及李勇敢两口子，有人询问情况，他就说："是爹的铜头烟杆救了我。"

李勇敢却逢人便说："我救了牛丰收的命。"

他以牛丰收的救命恩人自居。他们相遇时，李勇敢不再一如既往地客气，而是神气地伸着手，要将牛丰收的旱烟丝全部拿走。李勇敢还使人对牛丰收说："应该买上礼物登门道谢。"

牛丰收不得不说："他老婆把我吓得要死。"

崔玉华害怕坟地，但必须一往无前地走去，不然李勇敢会耻笑她。她吓傻了，只顾蒙头去找黄叫五。李勇敢到处说救了牛丰收，她没有制止，认为牛丰收的事情与她无关。这不能怪她，她不知道牛丰收后来发生的事。

针对李勇敢两口子干仗，黄叫五不以为然，这种事情他司空见惯。他要他们别来烦人，却对李勇敢说："你出手太重了。"

他看着刘素云，自豪地说："我从来不动老婆一根手指头。"

他又说："包括任何女人。"

刘素云愤怒地瞪着他，大声埋怨："只有你厉害，别人什么都不是。"

在陆续赶来的大队干部面前，黄叫五没有训斥李勇敢，只是轻描淡写地说："你是大队干部，要给社员带好头。"

刘素云当上妇联主任，就能说会道了。她苦口婆心地劝导崔玉华，崔玉华却充耳不闻，还打瞌睡。

黄叫五接着大队干部递过来的旱烟丝，对他们说："山塘生产队的稻谷被盗了。"

大家没有反应，他就绷着脸说："这是坏分子蓄意破坏。"

他们紧张不安，都围拢过来。开会是黄叫五一个人说话，其他人嗯嗯啊啊地附和，也点头。他们偶尔插话，提醒黄叫五防止高举的手掉落旱烟丝。黄叫五不喜欢说话时别人插嘴，将旱烟丝装进烟荷包后，厉声说："不要打岔。"

看到黄叫五生气了，肖国才接二连三地放屁，他们也默不作声，忍不住就用手捂着嘴巴，转过身子。黄叫五对此说了很久，肖国才羞愧难当，不安地扭动，仿佛身上长着虱子。黄叫五询问刚才说到哪里，他们没有回答。黄叫五想了想就说："……国才带几个民兵，跟牛丰收去山塘生产队搜查。"

李勇敢像撤了职一样满脸沮丧，眼巴巴看着黄叫五对他说："你陪着老婆回去。"

黄叫五还说："不要再打架了。大队干部打老婆，不成体统。"

肖国才像获得提升一样喜气洋洋，吹着口哨，将忌讳深夜里吹口哨的牛丰收吓得要死。牛丰收不敢阻止，只好说："我给你汇报一下情况。"

肖国才的口哨声戛然而止，但嘴巴噘得很高。他就这样听着牛丰收絮叨。

肖国才带领四个民兵和牛丰收悄悄进入山塘生产队，土狗没有吠叫，仿佛被打狗运动清理了，或者吃了耗子药，都神志不清，动弹不得。社员怒气冲冲询问来者何人，土狗才吠叫起来，很快村里炸开了锅，像围攻一只困兽。牛丰收和社员声嘶力竭地制止，将走廊上的锄头和扁担，墙上的破旧东西扔过去，土狗才停止吠叫。搜查几户人家，肖国才气喘吁吁，满头大汗。他要求大家停下来："找地方休息。"

他的声音像蚊蝇鸣叫，民兵以为出现苍蝇和蚊子，手舞足蹈地驱赶。偏头民兵大声埋怨："这个鬼地方，贼多，蚊子也多。"

他们在牛丰收准备烧瓦的柴火垛边休息，烧着火堆烤着身子。他们掏出抽烟的家伙，看到都是短烟杆会心地笑了，不过烟嘴和烟锅材质不同。两个使用铜头烟杆的民兵很神气，像拿着传家宝一样不停地晃动，嘴巴嗫嚅着："这是高级货，很贵的，在城里才能买到。"

两个使用铁头烟杆的民兵没有低贱之感，一个人拿着烟杆用力砸着石头，向他们挑衅："你们能这样吗？来试一试。"

偏头民兵没有将铁头烟杆砸向石头，而是装好旱烟丝，咬着烟头，点着火小心地扶着。他呜里哇啦地说："你们怕走夜路，才用铜头烟杆。"

两个使用铜头烟杆的人没有争辩，因为咬着竹根烟杆的肖国才生气了："显摆啥，哪天老子发了财，弄根金烟杆气死你们。"

民兵嘿嘿地傻笑。偏头民兵又说："那多不安全，有人会打你的主意。"

"别说了。"肖国才大吼一声。他取下竹根烟杆，认真地说："早点休息，明天早上继续搜查。"

他们靠着柴火垛，很快睡着了，肖国才要求他们轮流看着村子成了一句空话。他们被公鸡打鸣吵醒了，不然他们会被因为烤火而引起柴火垛着火的火焰烧伤，或者被浓烟熏死。肖国才大骂公鸡，也说多亏了公鸡打鸣。

看到柴火垛燃烧的火焰，他失声尖叫，瘫坐在地上。民兵扶起他，他生气了："看着干什么，快去灭火。"

他们不敢弄出声音，生怕惊动村里人，可是火势越来越大。他们手忙脚乱地拍打踩踏，收效甚微。若不采取有力措施，牛丰收两年来积攒的柴火将化为灰烬。火光惊动了村里人，男人飞奔过来，操着家伙，女人大喊大叫，哭哭啼啼。李淑英呼天抢地，仿佛房子着火了。伢子也跑了过来，他们老老实实，都吓傻了。大家齐心协力地灭火，终于压制住大火。火焰还没有扑灭，李淑英左手叉腰，右手指着肖国才，愤怒地喊叫："查什么鬼东西，弄得大家不得安宁。"

她拽着肖国才的衣服说："赔我的柴火。"

有人撺掇后，她变本加厉地喊叫："不赔柴火，我就去你家里挑瓦。"

肖国才连连躲闪，李淑英不依不饶，非要他给出答复。折腾一番后，他生气了："不是你们生产队出了鬼事，你家牛丰收去大队求助，我才不会管你们的事情。"

李淑英痴呆地站在那里，他又说："害得我一夜没有睡觉。"

他还说："我有神经官能症，有心脏病，有高血压……"

李淑英停止吵闹，他就对牛丰收说："我去跟叫五支书说，要大队赔给你。"

李淑英要他写下字条，牛丰收将她拉到旁边，生气地说："瞎胡闹。"

火焰扑灭了，山塘生产队却没有安静下来，社员吵吵嚷嚷地回家，仿佛取得了战斗胜利。牛丰收要求他们去家里休息，肖国才严词拒绝："不去，怕你老婆。"

他们义无反顾地走了，却在河边停了下来。他们弄来稻草铺在地上，和衣躺了下去。他们咬着烟杆，曲着身子，像旧社会的烟鬼。不远处有两捆干柴火，他们没有用来烧火取暖，生怕招惹事端。他们被冷风吹得瑟瑟发抖，牙齿咯咯作响。

天蒙蒙亮，他们又搜查起来。肖国才没有昨晚那样的劲头，看到牛丰收，还目光躲闪，生怕李淑英过来纠缠。他站在社员家的地坪里，挥手对民兵说："你们去查。"

他在偏头民兵的耳朵边嘀咕："查仔细些。"

搜查牛二吕家里时，牛二吕背着牛三品去棕树湾还没有回来。谢七娘神不守舍，肖国才像找到窃贼一样精神振奋。他要求民兵认真搜查，还身先士卒。他询问牛二吕的去向行踪，谢七娘告诉他："带儿子看病，还没有回来。"

她哭着说："我都急死了。"

肖国才向牛丰收反复核实情况。牛丰收再三保证没有说谎，又喊来其他人证明，还说："他向我请假了。"

他仍不相信，又问："你看着他走的？"

"千真万确。"牛丰收拍着胸脯，啪啪的很响。

肖国才摆出警察抓人的势头，喝令谢七娘立正站好。他在民兵身上看来看去，似乎在寻找手铐和警绳，将她捆起来。谢七娘走来走去，还背对着他。他表情难看，像拉不出屎。牛丰收见势不妙，要求谢七娘："捉只鸡给他。"

谢七娘为儿子看病都舍不得卖鸡，不可能平白无故地送给肖国才，她端着鸡饲料一言不发地走了。牛丰收跟上来轻声说："去拿几个鸡蛋。"

谢七娘生气了："要拿，就去你家里拿。"

谢七娘痛恨贪婪成性的肖国才，但她家的大黑狗窜了过去，将肖国才的小腿咬出一道血口，不是她唆使所致。她还拿着扫把，将大黑狗赶得仓皇逃窜。

5

肖国才鬼哭狼嚎一阵，就带着民兵逃之夭夭。他一无所获地向黄叫五报告，遭到一番指责，也没有说牛二吕是嫌疑对象。山塘生产队稻谷失窃问题拖延下来，黄叫五抓几个典型也遥遥无期。可是谈见香兴风作浪，黄叫五看到了希望。

谈见香父亲谈青山，跟牛二吕父亲牛一口一样，有一张宽大的嘴巴，但社员将第一大嘴的头衔赏赐给牛一口，叫他牛大嘴。谈青山也有大嘴的头衔，但更多的是叫歪嘴巴。有一次他们张嘴比试大小，用力扳着牙床，努力将嘴巴弄得更大。他们的嘴没有大到像鳄鱼，以及河马，但大家觉得一条鳄鱼和一头河马在撕咬。牛一口获得大家认可，谈青山不甘示弱，继续弄大嘴巴，结果咯啦一声下颌骨脱位了。他的嘴巴张得跟牛一口的一样大，却只能屈居第二。

他们关系很好，为拥有一张与众不同的大嘴沾沾自喜。他们要结拜成兄弟，还找人推算日子，邀请长辈见证。不过这事由于一场纷争搁置下来，后来不了了之。那天在食堂里打饭，牛一口端着全家人的饭菜，张嘴咬住耷拉在钵子边沿的蔬菜。谈青山的远房亲戚宋东风转身撞了他，饭菜天女散花般洒落一地。牛一口张口结舌，嘴巴张开能塞进一只拳头。宋东风吓傻了，像个假人。牛一口要求宋东风赔偿饭菜，谈青山却说："算了，他不是故意的。"

牛一口气得嘴巴歪斜，脑袋不停地前伸，像要咬人。他大声埋怨："也不帮我说句话。"

谈青山不甘示弱，喊叫着："他本来不是故意的。"

"不管怎么说，我家里人没有饭吃了。"牛一口青筋暴突，头上像捆着许多绳子。

他们的大嘴不断咬合，喷射的口水在阳光下出现彩色的光。他们似乎要在对方身上咬下一块肉，又像比试谁的嘴巴更大，声音更响，口水更多。炊事员张筷子挥舞勺子，要他们去远处争吵。社员们端着饭菜赶忙离开，担心殃及自己。没有人围观喝彩的争吵也很激烈，像那次比试嘴巴一样热火朝天。

牛一口和谈青山视如路人，人们再也看不到他们张着大嘴放声大笑。他们噘嘴巴，长得上面能挂住东西。

谈青山和牛一口家里的灶台，在大食堂成立时铲掉了，铁锅回炉成了钢铁。食堂解散了，他们垒起灶台，用陶罐当饭锅，将能吃的东西弄回来煮着吃。牛一口境况好一些，山塘生产队在雷公山深处，树皮和野菜充足。谈青山和村里人吃光野菜去吃树皮时，他们还能咀嚼野菜，有时能找到珍贵药材，诸如天麻和山参……不过要走很远，容易迷失方向。后来大队领导不让人进入雷公山，山林要为国家建设贡献一草一木。山上有民兵看守，还荷枪实弹。

青黄不接时，人们为吃饭焦虑不安。沟沟坎坎长出来的嫩芽，能不能吃都连根拔起。人们弄到青草，像得到粮食一样兴奋不已。

有人在夜里扒拉育苗的红薯，做得天衣无缝，以至于梅雨时节需要红薯秧苗时，无苗可插。生产队长知道是人为破坏，有些队长的家里人也去偷过，他们却说："老鼠太厉害了。"

老鼠遭到灭顶之灾，像打狗运动一样，灭鼠成了红泥湾大队阶段性的重要工作。大队干部挨家挨户指导灭鼠，像专家学者，他们除了夸夸其谈，没有有效的办法。社员没有粮食养猫，就制作捕鼠工具，没有多久，村里村外出现各式各样的捕鼠工具。他们抓着老鼠，像抓到野兔一样欣喜若狂。有人张开嘴巴，对着老鼠说："我会连毛都吃下去。"

老鼠成为大家的食物，黄叫五由衷地感慨："老鼠害人，也能救人。"

谈青山放置许多捕鼠器，有时大有收获，能让家里人很好地吃一顿。他的家人脸上泛着红光，像吃着大鱼大肉，其他人却双眼深陷，两颊嗥腮。即便如此，他也对别人捕鼠器上的老鼠见财起意。他深夜里偷窃大队副支书罗保光捕鼠器上的老鼠，被罗保光的弟弟罗新光发现，从此吃尽了苦头。罗新光也来偷窃老鼠，开始以为他是罗保光，喊了一声哥。谈青山拔腿就跑，要不是慌乱中掉进水塘里，罗新光永远不知道他是谁。

罗氏兄弟立即来到谈青山家里。谈青山从罗保光的捕鼠器上弄到的老鼠，在他掉进水塘时跑掉了，罗保光却咬定那只大老鼠是从他的捕鼠器上所得，仿佛他捕获的老鼠打上了标签。罗氏兄弟咄咄逼人，谈青山害怕地承认了，也恳请他们原谅："我没有办法才这样。"

罗保光说原谅他，却取走了大老鼠。罗新光趁火打劫，将其他老鼠悉数带走，说是对他的处罚，又说这些是他们捕鼠器上的老鼠。谈青山很不甘心，向他们伸着手，张着嘴，却没有声音。对他来说，此时任何反抗都苍白乏力。

批斗臭名远扬的老流氓陆家芹时，谈青山也被罗保光叫到台上……

6

批斗会后，谈青山卧床不起。

谈见香不认为罗保光害死了爹，却记住爹被牛一口打了一嘴巴，还去他家里哭闹。在黄叫五调停下，牛一口拆下房屋上的楼板，为谈青山打一口薄棺材。至于其他，谈见香不敢提及，因为爹是窃贼，还是偷窃大队副支书罗保光的东西。

谈见香找来亲戚，准备将牛一口痛打一顿，为爹出气，可是有人胆小怕事，这事拖延下来。他痛下决心，决定对牛一口实施报复的那个晚上，牛一口死了。谈见香以为叔叔谈青水抢先下手，吓得面如土色。他战战兢兢地问："是不是你干的？"

谈青水咬着旱烟杆猛地摇头，摇得火星飞溅。他取下旱烟杆，大声说："我哪敢这样？"

当山塘生产队的牛建华告诉他们："牛一口上山采摘野菜，从悬崖上跌落下来，被牛二吕找回时还有一口气，但不能说话……"谈见香才安心落意。牛建华是牛一口的堂侄，不会胡说八道。牛建华没有走多远，他就激动地喊叫："老天有眼，终于给爹报仇了。"

谈见香并不认为爹与牛一口的恩怨已断，伺机对牛家实施报复，以解心头之恨。几年后山塘生产队稻谷失窃，他听说牛一口儿子牛二吕有重大嫌疑，噌地跳了起来，挥舞拳头，大喊大叫："天助我也……"

他去找谈青水商量。谈青山死时，谈青水哭天喊地，发誓要找牛一口拼命。如果报复牛二吕，谈青水准会同意，还会鼎力相助。他反复琢磨后，往对面山上的谈青水家里走去。谈青水成了鳏夫，此时正躺在谢寡妇的被窝里。谈青水老婆咽气的前一个晚上，谢寡妇将臃肿的身子压在谈青水身上，弄得他喘不过气息。谈青水心有余悸，经常念叨："像大树压过来，感到要死了。"

谈见香知道谈青水在谢寡妇家里，除了那里，谈青水没处可去。谈见香往谢寡妇家里走了几步就折返回来，觉得冒失过去会让他们难堪，还会遭到一番责骂。他看着谢寡妇的破旧房子，咬牙切齿地骂着谈青水："老畜生，叔娘尸骨未寒，你就憋不住了。"

第二天深夜，他去找谈青水。谈青水又不在家里，他的儿女哭丧着脸说："去找那个骚货了。"

谈见香还没有询问他什么时候回来，谈青水儿子傻了吧唧地说："又不会回来。"

他悄悄往谢寡妇家里走去，一有风吹草动就蹲下来，像谈青水找谢寡妇鬼混一样，生怕别人看到。他喜欢谢寡妇的风骚，却说她长得丑，屁股像肥猪。他又纠正："像河马屁股。"

他希望谢寡妇家的黄狗吠叫起来，还有花猫，像叫春一样叫唤，让偷欢的狗男女知道有人过来。可是黄狗懒洋洋趴在那里，哼哼声也没有，仿佛吃了老鼠药。他吱吱地学着老鼠叫唤，却不见花猫的踪影。他不敢喊叫，生怕谢寡妇知道，也害怕谈青水骂人："兔崽子，一点也不懂事。"

他抓起一块石头，不管大小合适就朝着谢寡妇的房子扔去。他以为石头会落在前面不远处，可是谢寡妇的门砰砰响了。谢寡妇歇斯底里地咒骂："谁，找死。"

他趴在地上，随即躲进旁边的竹林里。他看到一个身影从后门溜走了，那人摔倒了，叫了一声。他悄声骂道："真是那个老不死的。"

谈青水慌忙逃回家里，插上门闩。谈见香过了一会才敲门，动作很轻，生怕吓着还在惊恐中的谈青水。他轻声说:"叔,我有事找你。"

谈青水披着衣服,呵呵地打着哈欠,不停地埋怨:"这么晚有啥事,不能在明天说吗?"

谈见香没有戳穿他的鬼把戏,咬着牙说:"我有重要事情。"

谈青水不同意报复牛二吕。这个品行不端的粗鲁汉子,却有宽广的胸怀,还引用一句俗语:"冤冤相报何时了。"

一番折腾却是这个结果,谈见香将门关得啪啪直响,还捡着石头往黑暗里扔去。石头砸在椿树干上,砰砰声与谢寡妇门上的一样。暗中偷窥的谈青水猛然一惊,一股热流迅速涌起。他轻声念道:"原来是这个兔崽子砸的门。"

谈见香决定单独行动,还去谈青山坟前哭诉:"我要替你复仇。"

他也央求:"保佑我马到成功,还要神鬼不知。"

他立即去找肖国才,肖国才咬着旱烟杆躺在大板凳上,眯着眼睛想着谢寡妇。老婆李翠花看得紧,还寻死觅活地吵闹,他只能通过想象意淫谢寡妇,还沉溺其中,像玩真的一样亢奋。他由衷地感叹:"这种感觉也不错。"

他经常这样,一惊一乍,让人莫名其妙。有人耻笑他:"又发骚了。"

看到谈见香过来,他慵懒地坐起来,像重病缠身,将旁边的东西碰得丁零当啷。李翠花怨声载道:"刚才像骚公鸡一样叫唤,现在死翘翘了。"

谈见香抓着一把烟旱烟丝递过来,要他去外面说话。他说:"什么事?就在这里说。"

谈见香将手伸进口袋,像掏出值钱的东西,引诱肖国才走出去。他们靠着柴火垛,柴火垛晃动将他们吓得要死,谈见香还妈妈哟叫唤。谈见香说话时,肖国才不停地折腾旱烟杆,先在树干上当当地敲着,又咬着烟嘴呼呼地吹气,还将细长的竹枝插入烟管,反复抽拉疏通油烟……谈见香答应送来十个鸡蛋,他就扔掉竹枝,拿着旱烟杆站起来,认真地说:"让我想一想。"

肖国才说搜查时牛二吕没有在家,谈见香眼前一亮,看到报复牛二吕的希望。肖国才却说出得到牛丰收证实的话："他带着儿子看病去了。"

他还要说出其他证人，谈见香却说："谁都不说自己是坏人。"

肖国才坚持说："没有真凭实据，不能冤枉别人。"

谈见香争辩几句没有结果，悻悻地走了。觉得报复牛二吕需要肖国才帮忙，他又走回来，将旱烟丝都给了他。

谈见香无法入睡，又去找肖国才。他往口袋里装上十个鸡蛋，必须言而有信。他不慎滑倒了，鸡蛋咔嚓的破碎声，让他破口大骂。他懊恼地拍打额头，仿佛打碎了一件传世珍宝。他将蛋壳里的鸡蛋倒进嘴里，迅速咽下，又伸着舌头舔舐蛋壳，还舔舐沾着蛋清的鸡蛋。他舔完手指就翻转口袋，扯着茅草擦拭。他感到喉咙里有浓痰，用力咳嗽准备吐掉，突然觉得里面有鸡蛋，就闭住嘴巴，像吞咽鸡蛋一样将它咽下去。他咧嘴一笑："又吃了一口鸡蛋。"

他喜不自胜，像打牙祭一样揪着草棍剔牙。雷公山没有送单数鸡蛋的规矩，他决定给肖国才送八个鸡蛋，就将一个鸡蛋藏在路边的草丛里。他没有后悔打碎一个鸡蛋，还觉得少了一分损失。

谈见香又来叫门，肖国才张口便骂。当谈见香轻声说："别生气，我给你送鸡蛋来了。"他才停止骂人，却轻声责怪："弄得全家都睡不好觉。"

谈见香不停地往碗柜的菜碗里放鸡蛋，肖国才嘿嘿地笑，赶忙给他上烟，又给他倒茶。他否认以前的说法，还说："牛二吕深夜里不在家，是最大的嫌疑。"

可是他又强调："要有确凿的证据。"

谈见香很失望。他悄声说："批斗牛二吕，要叫五支书同意。"

他给谈见香点着火把，将他送去很远，又说："需要我帮忙，你就说。"

他信誓旦旦，似乎赴汤蹈火也在所不辞。不过看到碗柜里只有八个鸡蛋，他怒气冲冲，大骂不止："说好十个鸡蛋，少了两个。"

他也安慰自己："八个就八个，比没有好。"

谈见香去找黄叫五，不能像对待肖国才那样，露骨地栽赃给牛二吕。他准备这样说："牛二吕是窃贼，好多人说他偷东西。"

他不能空手去找黄叫五，黄叫五是支书，不会像肖国才那样得到几个鸡蛋就丧失原则。他想到家里的羊，却舍不得，反复琢磨后，他决定给黄叫五送一只大公鸡。老婆杨文玉喂鸡时，他盯着鸡看了很久，追得鸡嘎嘎叫唤，扑啦啦乱飞。

他不想让杨文玉知道事情原委，就无法从家里弄走一只鸡，况且家里的鸡羽毛蓬松，发瘟一样。他盯上曾亮娥家里的鸡，还想多偷几只。黑夜里他蹲在曾亮娥屋旁的枇杷树下面，伺机下手。曾亮娥家的门吱呀一声打开了，她儿子摸黑走到枇杷树前，解开裤子稀里哗啦撒尿，撒了很久。谈见香全身湿透，也一动不动，想着小王八蛋再不停下来，身上的水就放干了。

谈见香决定点燃曾亮娥放在稻田边的柴火，将曾亮娥家里人乃至村里人吸引过去。他卷着喇叭烟，吸得冒着红光。他将喇叭烟放进柴火里，却后悔了，觉得浪费了烟卷。他取出喇叭烟吸了起来，吸得所剩不多才放进去，飞速逃离。

他蹲在曾亮娥牛栏旁边的稻草堆里，目不转睛地看着柴火那边，可是那里没有动静，行动失败了。他又惴惴不安地走向稻田，带着一把干稻草。他心痛地说："又浪费我一根烟。"

柴火烧了起来，很快就火光冲天，似乎要将黑沉沉的夜幕烧得精光。人们喊叫着冲过去，有人从陡坡上摔了下去，哭爹喊娘。

谈见香没有看清楚曾亮娥家里冲出几个人，但知道曾亮娥跑了出去。他不顾一切冲向鸡窝，将大公鸡装进袋子里。他的手又伸了过去，鸡拥挤踩踏嘎嘎地叫，他赶忙收手，提着大公鸡仓皇逃离。

7

谈见香连夜去找黄叫五，黄叫五开门时骂骂咧咧，唾沫横飞。谈见香赶忙说："别生气，我给你送鸡来了。"

黄叫五停止咒骂，却不停地责怪："这么晚了，耽误睡觉。"

谈见香举着大公鸡，故意歪着身子，表明公鸡很大很沉。他吞咽口水后说："牛二吕是惯偷，山塘生产队稻谷被窃，很可能是他干的。"

黄叫五表情很严肃。他心里想着："你怎么不早说，现在说是马后炮。"嘴里却说："牛二吕深夜里不在家，是很大的嫌疑。"

他又强调："要有确凿的证据。"

谈见香失望地离开时，他叮嘱着："需要我帮忙，你就说。"

走出黄叫五的地坪，谈见香在黑暗里拳打脚踢，大喊大叫："一只大公鸡你还嫌少……"

想到肖国才得到几个鸡蛋也这么说，他认为占了便宜，可是将黄叫五与肖国才比较，他觉得吃了大亏。他反复琢磨，最后分不清是吃了亏，还是占了便宜。

他觉得肖国才对他好，大清早屁颠屁颠去找他。他递上一坨旱烟丝，就没有其他表示。肖国才眉头紧锁，目光犀利地看着他，还围着他转圈，然后语气生硬地说："去找证据，快去呀。"

这天中午，谈见香拿着几条泥鳅去找肖国才，肖国才笑嘻嘻地说："有了证据，牛二吕就抵赖不了。"

　　牛丰收和肖国才翻箱倒柜地寻找，也没有找到窃贼，可是隔了这么久，谈见香去山塘生产队寻找证据，谈何容易。他没有资格明目张胆地搜查，就悄悄进行。黑夜里他往山塘生产队走去，刚到村口，大黑狗似乎知道他来找主人的麻烦，狂吠着跑了过来，还一呼百应带动其他土狗吠叫，那些走不远的狗崽子，也哼哼唧唧。谈见香大喊救命，呜呜地哭。村里男女老少赶了过来，生产队分粮食也没有这么热闹。谈见香且战且退，突然从陡坡上摔了下去，社员们以为他被土狗拖走了，立即追赶土狗救人，土狗四散逃窜，他们不知道追赶哪条土狗。听到谈见香哎哟叫唤和呼救声，他们喊叫着奔过来。他们费尽周折将他从荆棘丛中拉出来，说比弄上来一头牛还麻烦。

　　社员们七嘴八舌地询问伤势，也想方设法给他治疗。牛建华眯着眼睛摇头晃脑，娇媚地伸着兰花指，对着他流血的伤口划圈，嘛呢嘛呢吽叫着，随后跺着脚吼叫，将口水喷向伤口。有人就说："他止血很灵验。"

　　牛丰收打着灯光在周边寻找，像抓捕虫子。他拿着几根常见的青草，猛烈晃动抖落沙土，用力吹着，呼呼的又噗噗的，放屁一样。他将青草放进嘴里，嚼出黄牛吃草的嚓嚓声。他将碎渣吐在手里，咳嗽几声，用舌头清理口腔，然后说："敷上我的草药。"

　　他多么希望人们一如既往地夸奖："他的草药很管用，敷上后很快会好。"以及："他治疗跌打损伤有名气。"可是没有人吭声，他们喊叫着离开了。

　　谈见香长久地萎靡不振，丢了魂似的。家里人和社员，还有偶尔过来的大队领导，对他很关心："去找医生看一下。"

　　肖国才想到他送来的鸡蛋，就说："我不会白要你的东西。"

　　他还说："下次还给你。"

　　谈见香触电似的身子一挺，连忙说："不，不是这样……"

　　黄叫五没有像肖国才那样为他送礼感到不安，反而严正告诫他："作为社员，应该有战天斗地的精神。"

年底谈见香去公社兴修水库，才振作起来。他又想去寻找牛二吕盗窃的证据，可是山塘生产队穷凶极恶的土狗，让他望而生畏。他想除掉它们，或者搞掉几条，让人对其他土狗严加管束，可是他在工地上不是挑土挖土，就是在石头上打眼放炮，全身酸痛，天一黑便上床睡觉，第二天大喇叭喊工还起不来。他后悔不应该来兴修水库，没有机会去山塘生产队。时间长了，人们就淡忘稻谷失窃的事，那时他找到证据，也没有说服力。

工地的斜坡上，经常站着一个伸手叉腰的中年女人。她拿着铁皮广播，却没有像生产队长那样嗡嗡地喊工，而是动辄蹲下来捡起土块，或者石子，朝着她觉得行动缓慢或者消极怠工，总之不满意的人扔过去。她动作笨拙，却百发百中。有一次她抓起一块石头，朝着草丛里的麻雀扔去，麻雀中了鸟铳一样扑腾几下就命丧黄泉。她喜不自胜："我她妈的是个人才。"

她捡起一个石子，砸在她认为偷懒的人的扁担上，弹射到谈见香头上。谈见香扔下担子，摸着头顶，破口大骂："哪个王八蛋。"

身边的大个子拉扯他的袖子，悄声说："别骂了，是彭指挥长。"

谈见香猛地拍打惹是生非的嘴，啪啪的像拍打别人，连声乞求彭指挥长原谅。副指挥长彭春花依旧厉声呵斥："你骂谁？"

"对不起，我不知道是您。"

谈见香挑着土慌忙离开，彭春花咬牙切齿地说："老子记住你了。"

谈见香挑土回来，不像其他人那样低头走路，生怕摔倒，而是悄悄看着彭春花，谨防她谩骂，或者将石头土块砸过来。看到她身后的斜坡缓缓移动，他张牙舞爪大声喊叫："指挥长快跑，滑坡了。"

彭春花慌忙逃窜，却慢了一步，下身埋在土石里。她指着谈见香对周围的人说："幸亏他提醒，不然我被砸死了。"

谈见香扔下担子冲了过去，用手刨开她身上的土石，又帮她找到鞋子，还修复压扁的铁皮广播。他想给她揉捏疼痛的双腿，看到脏兮兮的手就打消念头。他心里喜滋滋的："她不会记恨我了。"

彭春花带病坚持工作，没有用土块或者石子击打社员同志，而是拿着铁皮广播大声喊叫。有一次她这样说："谈见香，你过来。"

她要求谈见香每天给食堂弄一担干柴，还说："你再找一个人。"

谈见香将消息告诉表弟刘桂中，要他参与时，像给他安排工作一样神气。他要报酬，手伸得很长，要拿走刘桂中的烟荷包，或者抓走一把旱烟丝。可是刘桂中只给他一坨旱烟丝，比平时还少。刘桂中还伸着手说："让我尝尝你的烟。"

他很生气，却和刘桂中去雷公山捡拾干柴。这是很轻松的活，他们捡好干柴，走五六里路，将干柴送到工地食堂里，就记一天工。第二天他不要刘桂中捡拾干柴，刘桂中抓着大把金黄色的旱烟丝，还将烟荷包送过来，他也不为所动。他选择呆头傻脑的郭四毛，郭四毛没有给他上烟，也没有其他犒赏，但对他言听计从。谈见香要郭四毛去捡拾干柴，郭四毛单膝跪地，右手臂斜伸撑着地面。他不是模仿清朝官僚卑躬屈膝的礼节，是一只脚站立不稳所致。他当然不会说"嗻"，只会说"好"。

他们来到山塘生产队的后山上，这里干柴多，有耐烧的腐烂树根，可是那些将谈见香逼到陡坡下的土狗狂吠不止，追了过来。大黑狗叫得最凶，跑得最快。社员以为它们追捕野兽，喊叫着跑过来，比那次扑灭山火的人还多。有人操着扁担，拿着尖刀，还有人背着鸟铳。牛丰收的喊叫声清晰可见："快回来干活，不然我扣你们的工分。"

他们举着木棍，挥舞砍柴刀，呜里哇啦喊叫。郭四毛扔出木棍差点打着领头的大黑狗，大黑狗见势不妙仓皇后退，其他土狗始料未及，两条土狗暴露在前面，吓得栽倒在地上。他们乘势而上，打断那条黄狗的腿。他们拼命逃窜，不是害怕土狗，是社员追了过来。他们跑了很远才停下来，衣服被荆棘拉开口子，郭四毛脸上划出一道血痕。谈见香喘着气说："我会……将大黑狗弄来打牙祭。"

他又说："你有没有信心？"

郭四毛气喘如牛，瘫坐在地上。谈见香捡起土块，像彭春花那样愤怒地扔过去，土块落在郭四毛头上，咚地一声像砸在鼓上。郭四毛惊恐地喊叫："怎么啦……"

他哇哇大哭，谈见香置之不理，反而说："明天你不要来打柴了。"

郭四毛停止哭泣，用袖子擦拭眼泪，摸着头顶，发现没有血迹，就说："痛，很痛。"

谈见香依旧没有理睬，只顾自己说："想法将黑狗弄过来。"

郭四毛没有回应，他就说："我们一人一半。"

郭四毛咧嘴一笑，连声说好，赶忙问："什么时候动手。"

谈见香不知道郭四毛是偷狗高手，大讲特讲抓狗的办法。郭四毛不屑一顾，他破口大骂，还要郭四毛立正站好。即使郭四毛说："我去弄狗，你放心好了。"他也喋喋不休。当郭四毛说："不是吹牛，弄狗没有人超过我。"以及："不信就问我们那里的人。"还有："我要是骗你，就不得好死，死了得喂狗。"他才相信，但也说："我暂且信你一回。"

他们又来到山上，土狗又狂吠着追了过来。社员没有过来，担心又上当受骗，也受不了牛丰收张牙舞爪的咆哮。郭四毛提着塑料包裹，里面装着饭团。他摇头叹息："自己也舍不得吃。"

说好谈见香引诱大黑狗，郭四毛将浸泡药物的饭团扔过去，谈见香却逃之夭夭。郭四毛将饭团扔在地上，也落荒而逃。没有多久，大黑狗痛苦地惨叫，另外两条土狗在地上挣扎。谈见香用木棒猛击大黑狗脑袋，骂骂咧咧："我打死你，竟敢咬老子。"

除掉了大黑狗，谈见香迫不及待给牛二吕栽赃。当天晚上，他来到山塘生产队探听风声，土狗安分守己，村里静悄悄的，树叶掉落的声音清晰可见。

牛志华大声呼唤黄狗，谈见香猛地一惊，不敢想象它正开膛破肚躺在郭四毛家的柜子里。牛志华喊了一阵，就问其他人，他们都说："一天都没有看到它们。"

牛二吕不见大黑狗，想起它经常领着土狗东奔西窜，得意地说："准是上山追逐野兽去了。"

牛二吕发动全村人来回呼唤土狗，谈见香无从下手，就悄悄回去了。

第二天深夜他又来了，土狗依然没有动静，仿佛被他整怕了。他小心谨慎，生怕土狗突然出现，或者遇到夜行的人。他在牛二吕邻居的柴火垛后面潜伏下来，一动不动像一条死狗，觉得安全可靠，才往牛二吕家里走去。

他想偷窃牛二吕的斗笠和蓑衣，还有锄头和筅箕，看到走廊上有写着牛二吕名字的箩筐，立即抓住箩筐绳索。路上偶尔有人走动，他很害怕，就将箩筐扔进山坳口的岩洞里。

8

　　谈见香以为这样能陷害牛二吕，就哼着小曲，咿呀喊叫，对着黑夜拳打脚踢。他似乎听到黑夜稀里哗啦的破碎声，一片光明即将呈现，可是眼前依旧漆黑一片。他踢着石头，痛得龇牙咧嘴。他蹲下来摸着脚，突然觉得："一担空箩筐，不能说明牛二吕是窃贼。"

　　他又认为："谁也不会将箩筐扔进山洞里。"

　　他将旱烟杆塞进嘴里，吸得油烟阻塞的烟管吱吱地响。一只嘴巴尖尖的鸟以为同类呼唤，飞过来落在旁边。他手忙脚乱抓到尖嘴鸟，却被它啄了一口，还挠了一下。他惊慌地松开手，尖嘴鸟迅疾飞走了。他追着尖嘴鸟跑去，捡着石块扔过去。他咬牙骂道："下次抓到你，就嚼碎你的骨头。"

　　邻居谈得风给公社送煤回来，他以为牛二吕追来了，惊恐地跑了起来。谈得风形似牛二吕，走路和咳嗽也与之相似。他的旱烟杆掉进荆棘丛里，不得不停下来。谈得风喊他："见香，这么晚也没有回去？"

　　他赶忙说："不要太辛苦，身体要紧哟。"

　　他用手电光照着箩筐，看到上面没有牛二吕的名字，就说："你的箩筐好结实。"

　　谈得风响亮地回答："我姐夫编织的，加了许多篾片。"

　　他担心箩筐挂在洞壁的树枝上，被人发现将它取走，就假装撒尿与谈得风拉开距离，然后回去取走箩筐，可是谈得风停了下来，也撒尿。他谎称拉屎走到石头后面，猛地拍打胸脯，庆幸将箩筐扔进岩洞里，不然被谈得风看到了。他哼哼唧唧，似乎排泄遇到困难。他没有拉出粪便，也没有放屁，谈得风却捂着鼻子嗡嗡地说："吃了什么，那么臭。"

谈见香走进屋子，反复抽拉门闩，弄出响亮的声音，制造上床睡觉的假象。他过了一阵才出门，走到茅房边，谈得风捧着蒸红薯叫住他："黄心薯，很甜的。"

谈见香接过红薯，惊慌得忘记感谢。谈得风走进屋子，插上门闩，熄灭灯光，他才往岩洞口跑去。他对自己深夜里反复折腾还精力旺盛，由衷地赞叹："像只骚公鸡。"

他又马上改口："像头牛，有很多母牛的公牛。"

他查看村子及四周，觉得安全可靠，才用手电光照射岩洞。树枝上没有箩筐，他为箩筐掉进岩洞里喜不自胜，却又懊悔不已。他来取回箩筐，再从长计议，这样反而增加了难度。陡坡上无从落脚，荆棘丛生，他也攀着小树走下去。他不断为自己加油鼓劲："遇到鬼，也要下去。"

岩洞里响起扑啦啦的声音，他心惊肉跳，却说："这是鸟，没有什么可怕的。"

蝙蝠受到惊扰，从他头顶上飞过，有一只差点拍着他的脸。他闭着眼睛，身子滑了下去。一个烂树根戳着他胯部的命根子，他痛苦地扭动，呜呜地哭。他脱下裤子反复查看后，一声叹息："要好几天才能恢复元气。"

岩洞里黑漆漆的，有瀑布倾泻的哗哗声。他很害怕，生怕掉落下去，也怕猛禽袭击。他放弃取出箩筐，不是旁边响起猫头鹰的叫声，是背着两只箩筐，无法从荆棘密布的陡坡上爬出来。他将箩筐放在平台上，用树枝和草叶盖好。他想起郭四毛，说这个傻子一定能将它弄出来。

第二天捡拾柴火，他说出箩筐的事，郭四毛说下午要回去伺候生病的老娘。他满脸沮丧，只好说："不要省钱，去卫生院请个郎中。"

他想说明天晚上去取箩筐，郭四毛又说："我今天捡两担柴火，把明天的活干完，明天在家里陪老娘。"

几天后郭四毛和谈见香准备行动，彭春花突然叫住他们："给我加固一下门窗。"

随后几天是谈见香家里有事，郭四毛就说："这不能怪我。"

他们轮番交替地有事，斗气似的。他们互相猜疑，郭四毛以为他骗人，谈见香认为他没有诚意，想法搪塞。在谈见香要去舅舅家里帮忙的那天下午，郭四毛生气了："再不去，以后就不要叫我。"

他们扛着锄头，拿着砍柴刀，直奔岩洞而去。路上的人行色匆匆，有的像去找地方躲雨，有的像便急去解决问题。他们不由得仰望天空，琢磨毫无下雨征兆的云彩，又提着裤子，捕捉身上不适的信号。郭四毛谎称去打猎，路人张杆子就说："我家有鸟铳，我使唤几条狗过来。"

谈见香断然拒绝。张杆子离去后，他责怪起来："不要瞎说，会坏事的。"

天未黑他们来到岩洞边，不敢贸然行动。他们看一眼就走了，走了很远。他们躺在树林里抽烟，抽得痰水像树胶一样黏稠苦涩。肚子咕叽咕叽，郭四毛嚷着去代销店买发饼，谈见香很犹豫，却同意了。郭四毛得寸进尺要喝二两散酒，谈见香突然停住了，骗他："这时候代销点关门了。"

他又说身上没有钱，彻底斩断郭四毛的念想。附近社员的萝卜成了他们的食物，萝卜遭到破坏，不亚于来了一群野猪。大冷天吃萝卜会闹肚子，他们就在石头后面烧火，烤着萝卜。

他们在井边喝足水，就往岩洞走去。谈见香用手电光照射岩洞，又捡着石头往里面扔去，还说："里面有很多鸟。"

郭四毛立即说："下去抓住几只，来打牙祭。"

岩洞里没有扑啦扑啦的声音，他们很失望，郭四毛咕叽咕叽吞咽口水，仿佛肚子又饿了。谈见香砍掉小树和荆棘，用锄头挖出踏脚的台阶。他挥汗如雨，却不要郭四毛帮忙，不过将箩筐弄上来，交给了郭四毛。

郭四毛喋喋不休地询问箩筐的由来，始终得不到答案，就生气了。谈见香没有办法，就敷衍着："莫出声，不要让人知道。"

他当然会说："别人偷来扔在里面，被我看到了。"

郭四毛深信不疑，却又问："这么久，怎么没有弄走？"

谈见香暗地里叫苦不迭。他想了想说："可能那人还在等机会。"

郭四毛的嘀咕戛然而止，是谈见香生气地说："不要说了，我给你拿一把旱烟叶。"

郭四毛喜不自胜，赶忙将谈见香的锄头和砍柴刀放进箩筐里，还看着谈见香，要从他身上取下东西放进去，让他轻松走路。他说："累不累，要不休息一下。"

他将烟荷包交给谈见香："你自己拿。"

他轻轻拍着谈见香，除去身上的草芥和灰尘，还说："你对我真好……"

他躺在谈见香家里的大板凳上说梦话，也这样叽叽歪歪。谈见香怨声载道："太烦人了。"

谈见香将箩筐锁进装稻谷的柜子里，挂着铁锁，随身带着钥匙，防止老婆拿出来使用。后来他很少念及牛二吕，似乎偷了他家一担箩筐，解了心头之恨。他又想栽赃陷害牛二吕，是谈得风突然说："牛丰收要烧瓦盖房了。"

他觉得机会来了，连夜赶往牛丰收的瓦窑。他在瓦窑前弄倒一摞瓦坯，吓得毛骨悚然，仓皇逃窜。牛丰收过来看到瓦坯成了一堆烂泥，大骂不止。他不认为是猫追逐老鼠所为，猫太小，没有这个能力。他骂起了土狗："让我看到，要了你的狗命。"

谈见香躲在石头后面，身子瑟瑟发抖，牙齿咯咯地响。听到牛丰收的叫骂声："那次怎么没有把你们偷光。"他忍不住笑了。他赶忙捂着嘴巴，生怕牛丰收听到。牛丰收骂骂咧咧，除了要结果狗命，就是："娘的。"

牛丰收走了，李淑英催他回去的声音在山谷里响起回音，似乎有许多女人喊他去睡觉。谈见香长久地趴在那里，身子麻木不能动弹，也恨恨地说："待会儿你男人整死你。"

谈见香小心走向瓦窑，他踩着一片碎瓦坯，像踩到蛇一样惊恐万状。这是一孔从陡坡上挖进去的窑洞，社员好几年没有烧瓦，周围长满了茅草，还长出几棵小树。窑口的茅草轻轻一拨就分开了，他走了进去。里面很空旷，他像遥望天穹一样看着窑顶，连声感叹："烧一窑瓦，下辈子也用不完。"

他被一只猫吓得栽倒在地，但没有咿呀叫唤。他不能喊叫，不然牛丰收又要过来。果然牛丰收听到猫叫，在对面大声说道："我以为是土狗捣乱。"

他突然想道：将牛二吕的箩筐装上稻谷放进瓦窑里，制造藏匿赃物的现场。

他舍不得从家里拿出稻谷，尽管他动辄说舍不得孩子套不着豺狼，以及舍不得婆娘抓不到流氓。

他决定偷窃，可是生产队仓库有人值守。自从山塘生产队稻谷失窃，社员的鸡和狗时常丢失，大家异常谨慎。他又盯上曾亮娥，还去她家里踩点。曾亮娥似乎知道他是窃贼，只要看到他，就咬牙骂道："哪个天诛地灭的，害得我家配种的鸡也没有了……"

他不能拖延下去，牛丰收马上要装窑了。他要让牛丰收装窑时，看到牛二吕的箩筐装着稻谷放在里面。他从家里装上半箩筐稻谷，挑着它趁夜黑往山塘生产队赶去。

他在瓦窑里放好箩筐，拍着身子离开时，牛丰收提着大公鸡，带着工匠吆喝着过来祭窑了。

9

谈见香躲进石头后面，要亲眼看到牛丰收发现装着稻谷的箩筐，并失声尖叫："丢失的稻谷找到了，是牛二吕干的。"

牛丰收迟迟没有走进瓦窑，还在旁边烧着火，对烧窑师傅刘大雷说："时辰未到，来烤烤火。"

刘大雷忙得不可开交，佝偻着身子在地上摆放东西，像一条寻找食物的狗。他闭着一只眼睛，反复校准摆放位置，还要徒弟帮忙。他突然往旁边的菜地跑去，牛志华自留地里的萝卜和白菜被踩得咔嚓作响。刘大雷的徒弟不知道发生什么，立即追过去，萝卜和白菜又踩倒不少。牛志华老婆第二天发现情况，哭着骂了好久。徒弟们站在刘大雷身边，刘大雷大声吼叫："干什么，我拉个屎。"

那条黏人的土狗，被人伸脚一拨就掉进陡坡的荆棘丛里，狂吠不止，其他土狗也吠叫起来。谈见香以为土狗冲他而来，惶恐不安。他慌忙跑到旁边的菜地里，拔出篱笆桩拿在手里。有保护手段，他又潜伏下来，还说："不怕死的就过来。"

刘大雷没有和大家一道围着篝火抽烟，无事可做就将祭品搬来搬去，仿佛怎么摆放都不满意。他还没有穿上袍子就咿呀叫唤，提前酝酿情绪。牛丰收以为他又要拉屎，赶忙说："拉到菜地去。"

他心里还说："不要玷污瓦窑。"

刘大雷开始祭祀。牛丰收跑过去制止："时辰还早。"

"我准备一下。"

刘大雷又说："我跟几路神仙和土地公公打个招呼，免得被别人请走了。"

刘大雷穿着缀满补丁的长袍，像逃荒的难民，却高高在上。他认为自己与众不同，能与神灵对话，受人尊重，还得到可观的收益。他站在篝火旁边也异乎寻常，他们面对篝火，他却背对着。他说这样是潜心笃志，不受干扰。

这个老家伙说出拗口的词语，徒弟们面面相觑。烧瓦程序简单，一般人跟上几回就学会了，但他将祭窑弄得很复杂，添加许多内容，徒弟们觉得他高深莫测，对他刮目相看。他不停地念叨，徒弟们围拢过来，有一个徒弟在口袋里摸索，要掏出纸笔记录。他们也哼哼唧唧，他咳嗽一声，他们跟着咳嗽。牛丰收和帮工牛建华在火边站了一会儿，就去清扫场地。刘大雷的长袍着火了，他感到疼痛时已经烧了好长一会儿。他跳了起来，徒弟们也跟着跳跃，那个学习最久的徒弟感到纳闷："以前没有这个动作。"

刘大雷反转脑袋，看着长袍上的火苗，大声喊叫："快给我灭火。"

徒弟们也这样喊叫。刘大雷大声哭喊，他们也齐声喊叫："袍子着火了。"

刘大雷转动袍子，弯腰噼噼啪啪拍打，他们也弯下腰，但没有拍打裤脚，而是扑了上去，七手八脚扑灭他身上的火苗。他怒气冲天，却没有一如既往地骂他们傻瓜蠢货，而是说："你们这样，何时能学到本事。"

刘大雷祭祀时不停地念叨，手持着火的纸钱在祭品上面舞动，烧得手指疼痛才扔在地上，弯腰拨弄到合适位置。他用双手相合的虎口夹着三根冒烟的篾香，麻利地翻转，让人眼花缭乱。他对着窑口作揖跪拜，将篾香一根根插在祭品上。徒弟们学得很认真，那个矮个子没有跟上，问旁边的师兄："刚才是什么动作？"

师兄努力模仿师父插香的动作，烦他："别打岔，师父又做动作了。"

刘大雷在窑口插上一把篾香，烧了许多纸钱，就将大公鸡提在手里。他左手抓着公鸡的翅膀，右手扭动鸡头，念念有词。他从窑口爬到瓦窑上端，对着通气孔重复这些动作。公鸡蹬腿抖动，但没有死。徒弟们跟在后面，有人掏出烟荷包形象地比画。刘大雷踩塌通风口，喊叫着向他们伸手，他们也转着身子，朝着刘大雷所指的方向伸着手，呜里哇啦喊叫，像整齐地跳舞。他们反应过来伸手拉扯时，刘大雷从塌陷口掉了下去。

听到声音，牛丰收大声询问："要不要上来帮忙？"

徒弟们齐声喊叫师父掉了下去，牛丰收大叫不好，立即冲进瓦窑。刘大雷坐在地上，在身上摸来摸去，然后双手撑着地面，试图站起来。他说："没事，身子骨硬着呢。"

他站不起来，嘴里哼哼唧唧，哎哟叫唤。牛丰收赶忙询问："哪里痛？"

他哭着说："我哪里……都痛。"

牛丰收以为他休息一下就能行走，赶忙说："不急，时辰还没过。"

刘大雷痛苦地喊叫，也说："今天不行了，改天再烧窑。"

徒弟们将他弄到外面，他坐在木板上痛苦呻吟，他们以为他念着咒语，都哼唱起来。刘大雷忍痛骂道："都蠢到家了……"

他在哎哟声里坚持骂完："世界上没有这么愚蠢的人。"

他们在刘大雷治疗上争吵不休，徒弟们主张请卫生院的医生过来，牛丰收却要求他们抬他去卫生院。至于医药费，由刘大雷自掏腰包，雷公山人向来如此，谁叫他不小心？牛丰收充其量拿点东西去看一下。徒弟们人数众多，却在执拗的牛丰收面前一败涂地，牛丰收还威胁他们："我要另请师傅。"

牛丰收叫牛建华去取给食品站送猪的竹杠子。竹杠子中间的草绳上有猪屎，刘大雷很生气。他万般无奈，就说："给我弄一把躺椅。"

牛丰收想了很久，也没有想出谁家有躺椅。他说："在草绳上铺设一床棉絮，很舒适。"

牛建华却说："隔壁生产队的周二旦有躺椅。"

他还说："我坐过。"

牛丰收没有表态，他就往周二旦家里走去，听到刘大雷痛苦呻吟，还跑了起来。他很快回来了，也带来周二旦的话："不要将血弄到上面。"

刘大雷被徒弟抬走了，却没有忘记拿走祭品，还有那只被他压死的大公鸡。想到下次祭窑还要一份礼品，牛丰收哭丧着脸说："这下子亏大了。"

他走进瓦窑，看着塌陷的窑顶，像看着天空破了个大洞。牛建华说兆头不好，这孔瓦窑不能使用，要封堵起来，否则会有灾祸。也就是说，他要烧瓦，必须择地挖掘新窑。那是一项巨大的工程，不是他一家人能够完成的。柴火和瓦坯要搬运过去，要耗费巨大的人力物力。他挥舞双手猛击脑袋，大喊大叫。

瓦窑那边吵吵嚷嚷，谈见香瞪着眼睛，侧耳倾听，努力捕捉信息。他以为他们看到箩筐和稻谷，牛丰收会喊声震天地告诉大家消息，可是牛丰收没有喊叫，倒是祭祀的人激烈争辩。随后一个人往村里跑去，声音隐隐若若，他听到"竹杠子"和"糟老头"的话。他以为牛丰收派人去找牛二吕，对质瓦窑里的箩筐和稻谷，可是那人扛来竹杠子，还怨声载道："不能小心一点，给丰收队长制造这么多麻烦。"

这些举动与发现箩筐和稻谷相去甚远，谈见香也将它们联系起来，认为牛丰收会有让他意想不到的举动。他异想天开地认为："他们在周密计划，防止牛二吕畏罪潜逃。"

随即有人跑出村子，这条路通往大队和公社。他甚至想，路也通往县城和省城，但没有想到通往北京。他觉得让牛二吕在县里或者省里遗臭万年，就报了牛一口的杀父之仇。可是那人很快回来了，没有带来大队干部，更没有公社领导，远处的路上也没有。那人咿呀喊叫："太沉了，痛死我了。"

那人扛着一把躺椅，还放下来，躺在上面。有人跑了过去，一起将躺椅抬到瓦窑。谈见香深吸一口气，鼓足勇气往前走去，可是恐惧急剧增长。勇气无法战胜恐惧，他停了下来。那些人在竹杠子上捆绑躺椅，他马上想道："可能是牛二吕打伤了。"

他也纳闷："没有看到他们打架，也没有看到牛二吕。"

他想知道抬走的人是不是牛二吕，是不是箩筐和稻谷的缘故，可是那些人抬着竹杠子飞奔而去。他想从牛丰收那里探听消息，却害怕事情败露。牛丰收大骂不止，他望而生畏。他只能去找那些人，在去大队和公社的岔路口，却做出错误的选择。他以为他们去大队找黄叫五，高兴地说："正好回家。"

谈得风和给公社送煤的人在前面，他追了上去，张口便问："看到有人过去吗？"

"没有。"他们疲惫不堪，却回答很干脆："鬼影都没有。"

他在社员集会的小学校里细心寻找，鬼鬼祟祟行窃似的。他一无所获，就去找黄叫五，黄叫五家大门紧闭，里面响起粗重的呼噜。他哭了："他们去公社了。"

他决定回家睡觉，不再纠缠，却辗转难眠。他翻身而起，还说出有水准的话："不能功亏一篑。"

他拔腿就跑，还解开衣服，又脱下来抓在手里。他跑到公社才追上那些人，面对他们质问，他无法回答。他弯腰双手撑着膝盖，大声喘气，像肺弄坏了。

10

谈见香从公社回来直奔肖国才家里，敲门一点也不含糊。肖国才以为他来送东西，开门时笑容满面。谈见香两手空空，大声喘气，他立即阴沉着脸，呵呵地打哈欠，举着双手伸懒腰，投降似的。谈见香吞咽口水后说："找到牛二吕偷窃稻谷的证据了。"

肖国才依旧举着手咿呀叫唤，谈见香惊愕地看着他，他就放下一只手轻轻拍打嘴巴，声音呜哇呜哇。谈见香说不会亏待他，他才停下来，还要谈见香进屋说话。

"外面太冷了。"他又说："我马上去找叫五支书。"

谈见香喜不自胜，说他举着手像公社领导锻炼身体。肖国才立马动身，随手取走墙上一件衣服。他手忙脚乱地穿衣，撑开了线缝，他看一眼就继续穿衣，不过动作慢了。他嘴唇抖动，似乎在说："为了你，衣服也弄破了。"但这句话"要费很大的工夫才能补好"，声音响亮地说了出来。他生怕谈见香没有听到，又说了一遍。家里人吵醒了，除了老婆李翠花嘟囔着要他自己缝补，儿子肖全保也咿呀喊叫："烦死了，觉也不让人睡。"

幸亏他们走了出去，还带上门，肖全保已经准备说"再说话我要骂人了"，还有："一天到晚没有正经事，鬼鬼祟祟像坏分子。"

肖国才要谈见香一起去找黄叫五，这样有说服力，另外有人在场，黄叫五不会因为耽搁睡眠大发雷霆。谈见香不想让黄叫五知道他从中作梗，使劲推辞。他使出浑身解数，也无济于事，就说："我去给你取旱烟叶。"

肖国才不再强求，笑着说："你这人鬼精鬼精的。"

他没有等到谈见香送来旱烟叶，就往黄叫五家里走去，还跑了起来，说这样身子暖和。他反复念叨："见香会送来旱烟叶，他不会骗我。"

谈见香没有食言，立即送来一把颜色上乘的旱烟叶。他伸手敲门，轻声喊道："主任……国才主任……"

门打开了。他以为是肖国才，就说："让你久等了。"

他将旱烟叶伸过去："你看这，行不……"

开门的是肖全保。他赶忙截住嘴边的奉承话，改口说道："给你爹的。"

肖全保接着旱烟叶埋怨起来："不能在明天送吗？"

听着屋子里五花八门的呼噜，肖国才不敢敲响黄叫五的门。他搓手顿脚，嘴里哼哼唧唧，咿咿呀呀。他忍不住打了个嗝，黄叫五喊叫起来："谁在外面放屁？"

肖国才没有应答，他确实没有放屁。黄叫五又喊叫着："再不吭声，我要骂人了。"

刘素云很害怕，虚张声势地说："是人就说句话，是鬼就……"

她不知道如何说下去，战栗着扑在黄叫五怀里。黄叫五搂住她，正要骂人，她想起那句话，立即说："就……啊就不吭声。"

肖国才求饶似的说："……是我，是国才。"

黄叫五立即起床，穿得很正规，像去公社开会。刘素云也起床了，披着棉衣趿着鞋子，扑啦扑啦像文艺宣传队员打快板。他们端坐着，像两个假人。黄叫五不是习惯地说"这么晚来找我，什么事情"，而是："你放屁像鬼打嗝。"

刘素云吭哧一笑，喷出鼻涕水掉在衣服上。她本来想问"你听过鬼打嗝"，却这样说了："对，声音怪吓人的。"

肖国才没有辩解，他糊涂了，记不清自己是否放屁。他咧嘴一笑，用尴尬的笑容表明他是弱者。他战战兢兢，声音吞吞吐吐："山塘生产队丢失的稻谷找到了。"

黄叫五噌地站了起来，用力拍打桌子。长凳翘了起来，坐在一头的刘素云摔倒了。肖国才身前的茶杯震落在地，摔成几片，茶水浇了一身。肖国才没有处理身上的茶水，立即冲过去保护刘素云，他伸着手，却不敢拉扯。刘素云还没有爬起来，黄叫五就大声埋怨："没有你的事，起床干啥？"

刘素云很生气，骂了起来："你……你没有良心。"

黄叫五没有理睬。他看着肖国才，故作惊讶地问："你说什么？"

"偷窃山塘生产队稻谷的贼找到了。"

"谁？"

"牛二吕。"

"有什么证据？"

"有人找到了稻谷。"

"谁找到的？在哪里？"

肖国才只回答后面的问题，为了掩饰前一个问题，他多说了一遍："在牛丰收烧瓦的窑里，牛二吕用箩筐装着稻谷藏在那里，只剩下半箩筐稻谷，其余的被他处理了。"

黄叫五以为牛丰收发现赃物，没有来报告，而是先告诉肖国才，非常生气。他又举起手，但只挥了一下，在离桌面很高的地方，将手挪开。他喊叫着："牛丰收人呢？怎么不向我报告？"

"不是他发现的，是……"

"是谁？"

肖国才抓耳挠腮，有口难言。可是他突然说："谈见香。"

"他怎么知道？"

"具体情况我不清楚。"肖国才想了想又说："他在山塘生产队后山上给水库食堂捡柴，有机会转到那里。"

"他人呢？"黄叫五吼叫着。

"在家里。"

"把他叫过来。"

肖国才立即去找谈见香。黄叫五希望他响亮回答："是。"他却嬉皮笑脸，像泼皮无赖。他走到门口，又响亮地打嗝。黄叫五伸手捂着口鼻，嗡嗡地说："又放屁了。"

刘素云马上纠正："他打嗝。"

黄叫五惊叫着："我的娘呀，这哪里是打嗝？"

谈见香回家睡觉了，听到肖国才的声音翻身而起。他学着肖国才的样子呵呵地打哈欠，又举手伸懒腰，但刚举起来被肖国才拉了下来。他咧嘴笑着："您来了。"

他又说："旱烟叶送过去了。"

肖国才装得很正经，似乎不为钱财所动。他认真地说："黄叫五要你过去。"

谈见香紧张不安，嘴里嘟囔着："我……我不去。"

他又说："我去了不好。"

"去吧，我和叫五支书不会说的。"

肖国才抓着谈见香的手腕，拉着他行走，牵牛一样。他突然松手，谈见香打着趔趄，险些摔倒。两个奸佞小人将石子踩得嚓嚓作响，没完没了地吐痰放屁，将漫漫长夜搅得不再沉寂。他们看着惊飞的鸟儿，想象它们是否为了食物，也不择手段地算计别人。

黄叫五和刘素云上床睡觉了，打着花样百出的呼噜。肖国才放了个屁，惊吓得跳了起来，仿佛响屁砸着脚后跟。黄叫五惊醒了，以为肖国才打嗝。他不甘心睡眠被一个隔着两道门的"嗝"破坏，出来时怨声载道："吃了什么东西，打嗝跟放屁一样。"

刘素云也起床了，穿着正规，像去参加酒宴。黄叫五却很随意，披着外衣趿着鞋子，弄出响亮的扑啦声。肖国才轻声说道："谈见香过来了。"

谈见香递上老旱烟后规规矩矩站在那里，回答黄叫五提问，也纹丝不动。他说："在山塘生产队的瓦窑里，我看到半箩筐稻谷。"

"牛丰收知道吗？"黄叫五表情严厉地问。

"这个，我不清楚。"

"什么时候看到的？"

谈见香想了一下，嘟囔着："今天上午，我在山上捡柴，看到那里要烧瓦，就好奇地过去了。"

刘素云正襟危坐，像公社领导。黄叫五要求："你们带两个民兵过去，把牛二吕抓过来。"

她赶忙阻止，说他不动脑子："谈见香什么都不是，怎么去抓人？"

她代替黄叫五做出决定，肖国才没有意见，他们是一家人，谁说都一样。肖国才满口答应："我立即去找民兵。"

谈见香想跟肖国才去找民兵，再看着他们走向山塘生产队。肖国才却说："素云主任说了，你不合适。"

谈见香大失所望，眼睁睁看着肖国才神气得像只骚公鸡。他愤怒地挥舞拳头，却不敢想象击打在肖国才身上，他牙齿咯咯作响，也不敢想象咬着肖国才的皮肉。他对肖国才说："箩筐藏在瓦窑里。"

他又说："如果不见箩筐，就问牛丰收。"

肖国才不胜其烦，生气了："知道了。"

肖国才找来任天保和任继保堂兄弟，他们经常给肖国才干活，像他家里的短工。他们心甘情愿，也乐此不疲，是肖国才反复说，要从他们中选一个负责大队治保工作的副主任。他们在一起时，他就说："配两个副主任，各管一片。"

任天保拿着枪，将枪托拍得噼噼啪啪，将枪栓拉得嘎啦嘎啦，似乎要扣动扳机，将愤怒的子弹打出去。任继保也拿着枪，肖国才却要他拿着一根绳子。

他们跟在肖国才后面，走出标准的步子，显得训练有素。肖国才停下来撒尿，他们就原地踏步，大幅度摆动手臂，高高地抬起腿。任天保忍不住喊出行进口令，只喊了个"一"，肖国才就惊慌逃窜，像听到野狼嚎叫。肖国才没有训斥，心里却说："要不是你们忠心耿耿，不然有你们好受的。"

任继保将绳子绕成几圈套在肩上，但绳子摩擦不利于手臂摆动。他取下绳子拿在手里，绳子甩来甩去，绳结挂在荆棘上。他用力拉扯，荆棘蓬哗啦哗啦，仿佛里面有一只困兽。肖国才和任天保以为鬼魂作祟，惊恐万状，落荒而逃。他们没有看到任继保，就大声喊叫，仿佛他遭遇不测。任继保只顾拉扯绳子，没有回应。肖国才急了："要有个三长两短，我怎么向人交代。"

任天保也哭喊着："不能有三长两短……"

任继保大声喊叫过来帮忙呀，他们才觉得他安然无恙，自己虚惊一场。他们以为他抓到一只野兽，或者一只鸟，肖国才就说："不管是什么，我要占一份。"

任天保念及兄弟情分，反复提醒："小心，不要让它咬着你。"

他们喊叫着跑过来。任天保端着枪，打开保险，将枪口对准前方，嘴里嘟囔着："在哪里？让我开一枪。"

任继保哭笑不得，摇头叹息："绳子挂在荆棘上，取不下来。"

他们嗨哟嗨哟地拉扯绳子，荆棘蓬咔嚓咔嚓连根拔起。任继保将绳子绕成几圈背在肩上，绳结装进口袋，任天保调整背带，行走时不再张扬地摆动手臂。

 **11**

　　进入山塘生产队，肖国才感到大黑狗咬过的地方隐隐作痛，他弯腰摸着小腿，那道深深的口子像刚被咬过，还在滴血。他身子瑟瑟发抖，像打摆子。任天保将枪交给任继保，双手扶着肖国才，大献殷勤："主任，有我在，您放心好了。"

　　任继保悄悄拉扯任天保，将枪还给他，他也要侍奉肖国才。当任天保对肖国才说："我们俩会让你称心如意。"他才收回枪，稳稳地背在肩上。

　　肖国才嫌弃他们话多，就说："轻点，我们要悄悄进去。"

　　他们踏着轻盈的步子，屏住呼吸，似乎步子重了会踩坏路基，呼吸大了会出现风暴。他们关掉手电筒，偶尔打开也用手捂着灯头，通过指缝间透出来的光看着路面，还很快熄灭。树上扑啦啦惊飞的鸟没有威胁，他们却吓得要死。

　　肖国才坐在石头上，任天保立即送上烟荷包。肖国才抓着一坨烟丝压入旱烟锅，任继保手忙脚乱地掏出火柴，将火送上去。点烟后肖国才立即吹灭火苗，语气生硬地说："不要暴露目标。"

　　他也觉得："两傻小子值得信赖，也容易上当受骗。"

　　他噗噗地抽烟，煮粥一样。任天保和任继保从不这样，为了呼应也弄出噗噗的声音。肖国才抽了两口后说道："我说两句。"

　　他们伸着脑袋洗耳恭听，肖国才却没有说话，而是噗噗地抽烟，将烟火吸得通红发亮，照出紧张不安的脸。他吐出一口浓烟，掩盖树皮一样粗糙的脸，才说："小心村里的狗。"

他捡起一块石头扔进荆棘丛里，砸出嗖嗖的声音，然后说："都拿根木棍。"

任天保说："狗来咬我，我就开枪。"

任继保甩着绳子说："我勒死它。"

任天保又说："我一开枪，它们就吓得屁滚尿流。"

肖国才咧嘴傻笑，声音断断续续："打着狗，嘿嘿……我们打牙祭，嘿嘿……"

他突然话锋一转："言归正传，我说一下抓贼的事。"

他咔咔地清理嗓子，呸呸地吐痰，又哧哧地擤鼻涕，再扯着茅草擦拭，才说："叫五支书要求我们只许成功，不许失败……"

任天保和任继保为肩负一项光荣任务心花怒放，争着表达决心。肖国才喜欢任天保这样说："主任说得好，像叫五支书作报告，有高度有层次，说出我们的心里话。"

任继保赶忙抢话："主任的水平，比叫五支书高。"

肖国才受到莫大的鼓舞，兴致勃勃地说："这是上交的农业粮，国家用来建设社会主义，却被窃贼偷走了，是破坏社会主义建设。"

他又说："即使是社员的口粮，社员吃不饱，不能建设社会主义……他罪大恶极，必须挖出来，不能让他继续危害社会主义。"

任天保赶忙附和："说得非常好。"

他还鼓掌，被肖国才阻止了。肖国才学着黄叫五的样子，阻止任继保说话："别打岔，我还没有讲完。"

他又说："我们不能放过一个坏人，也不能冤枉一个好人。"

他还说："一切行动都听我招呼。"

他无话可说，就像民兵训练一样问道："对完成任务，有没有信心？"

"有。"他们响亮回答，还站起来，挺直身子。他们举起右手，敬了一个似是而非的军礼，肖国才却埋怨他们："这么大声干什么。"

经过简短的动员发动，两个民兵精神焕发，像要跟老婆同房，还松开裤腰带，提了提裤子。肖国才非常满意自己的表现，觉得成功地上了一堂思想政治课，自己是优秀的政治工作者，黄叫五也没有这样的水平。

认识达到一定的高度，工作标准也提高了。他们格外谨慎，像去偷袭敌军阵地。在牛丰收摆放瓦坯的地方，黑咕隆咚肖国才也伸手一挥，再三强调："加强警戒。"

肖国才不慎碰掉一摞瓦坯，任天保赶忙趴在地上，拉开枪栓准备射击。任继保踩着任天保的脚，任天保呲哇乱叫，还动手打人。肖国才生气了："没有出息。"

肖国才要任天保去瓦窑前边查看，任天保惶恐不安，声音吞吞吐吐："我……怕遇到人，担心枪走火。"

肖国才咬牙切齿地说："你拿着枪干什么？"

任务转移到任继保身上，任继保想说"担心绳子伤人"，却努着嘴没有声音，连鼓捣出来的口水泡泡也弄进嘴里，生怕它破裂发出声音。他将绳子交给任天保，悄悄走过去。他发现没有人就向肖国才晃动手电光，肖国才急得直跳，轻声喊道："关掉灯光。"

他心里骂道："蠢东西，一点也不动脑筋。"

肖国才喋喋不休，像嘴碎的女人。他指着残留火星的灰堆说："从这里就能发现问题。"

任继保很谦和，但谦恭得没有底线。他弯着腰，可是黑夜里看不清，不然会跪下去。

"主任说得对，我们的工作有很大的差距。"

肖国才神气十足，像功勋卓著的领导人。他左手叉腰，右手一挥，认真地说:"这里有火星,说明不久前有人活动。"

他说到地上有不少烟头时,异常激动。他捡起一个烟头,看了看捏了捏,喊叫着:"还是湿的。"

他们立即做好战斗准备。任天保端着枪,哼哼地戳来戳去,任继保甩着绳子,呼呼地抽打黑夜。

肖国才要求他们去瓦窑里查看,还交代任天保:"不要开枪,抓活的。"

他也对任继保说:"你随时接应。"

他当然会说:"这是我对你们的考验。你们不要让我失望,不要辜负叫五支书对我们的信任。"

任天保关上枪保险,推上刺刀,提着枪蹲在窑口边。他挥动右手,要求任继保冲进去。任继保没有反应,他着急地喊叫:"去呀。"

任继保走了进去,任天保紧随其后。不管里面是否有人,是否对他们构成威胁,任天保端着枪大声喊叫:"缴枪不杀。"

嗡嗡的声音将外面的肖国才吓得魂飞魄散,他妈妈呀叫唤,不停地说:"要抓活的。"

任天保的喊叫震得刘大雷踩塌的缺口掉落渣土,渣土稀里哗啦砸在他们身上。任继保抱头鼠窜,任天保慌忙扣动扳机,可是枪没有响,他赶忙打开保险,啪地将这枪打出去,窑顶又塌陷一块。听到枪响肖国才哭了:"完了,出人命了。"

他抬脚往瓦窑里冲去,大喊大叫:"打开手电光,看伤着人没有。"

他也朝着黑暗的角落虚张声势地喊叫:"……我看到你了。"

任天保和任继保以为那里有人,害怕得跳了起来。任天保又举枪射击,将枪栓推得嘎啦嘎啦,任继保甩着绳子,抽得呼呼啦啦。肖国才说:"我是把里面的人吓出来。"

他们立即附和。任天保抢先说:"快出来,我也看到你了。"

任继保也想这样说，可是任天保捷足先登了，只好改口："你跑不了。"

里面没有人，他们也紧张不安，摸着胸口大声喘气。肖国才说任天保开枪："把魂都吓跑了。"

任天保指着窑顶上的缺口，狡辩："我看到上面有一只鸟。"

肖国才经验老到地告诉他："这时候鸟都进窝了。"

任继保想说"有夜里捕食的鸟，像猫头鹰"，却咬着嘴唇，咕叽咕叽将想法吞咽下去。他悄悄拍着嘴巴，警示自己不要说出让肖国才不高兴的话。

他们找到箩筐和稻谷，看到"牛二吕"三个字，尖叫起来。肖国才还拳打脚踢："可以报恶狗咬我的仇了。"

任天保和任继保要搬出箩筐，肖国才立即阻止："不能破坏现场。"

他又说："我们去找牛丰收。"

任天保留下来看守现场，肖国才和任继保去找牛丰收。任天保站在杂草丛生的瓦窑边，像在公社院子门口站岗一样神气。他麻利地拔掉茅草，让窑口像公社大门一样干净。他打量窑口，似乎要挂上一些东西，或者用棍子刻上对联。他将地面弄得很平整，拿来压瓦坯的木板垫在脚下。他将枪放在身边，用手轻轻扶着，随即收好刺刀，将枪挎在胸前，双手紧握枪杆。

他直挺挺地站着，冷风吹来也纹丝不动。他后来对任继保说，一只鸟将他当作一棵树，冒失飞到他头顶上，他没有伸手驱赶，而是让它自由飞走。任继保笑他："那是一只雌鸟，看上你了。"

天蒙蒙亮，早起去自留地里干活的牛志华，看到瓦窑口有人挎枪挺立，吓得一脚踏空栽进水沟里。他不顾摔得皮开肉绽，拔腿就跑，大喊大叫："有鬼——"

12

听到急促的敲门和喊叫声，牛丰收以为刘大雷家里人或者徒弟来讨要医药费，置之不理。不管怎么说，刘大雷为他烧瓦摔伤，他理应支付一些医疗费用。想起要择地挖掘一孔新窑，还要将瓦坯和柴火搬运过去，他异常愤怒。他伸手去抓东西，准备往门口砸去，还要吼叫："要钱没有，要命尽管拿去。"

他抓到烟荷包和旱烟杆，赶忙放下，这是山里男人的标配，砸坏了是跟自己过不去。他抓着老婆的脸，出血了。李淑英没有哭喊，只是不停地捶打他的胳膊和肩膀。他用力推开她，咬牙说："闹什么，烦死了。"

屋子里没有动静，肖国才和任继保就走向边角的牛栏，取下稻草垫在地上，躺了上去。他们很快睡着了，打着响亮的呼噜，与旁边生猪的鼾声惊人相似。牛志华过来找牛丰收报告，对那里响起三种呼噜声感到纳闷："没听说他又养了两头猪。"

牛志华跑进牛丰收的地坪，裤绳突然断裂，裤子滑落。他双手抓着裤子，大喊大叫："瓦窑里有鬼。"

牛丰收依旧不动声色。他拿着旱烟杆抽烟，被李淑英抢夺下来，还遭到一番抢白："烧了被子，你就光身子睡觉。"

牛志华敲门像擂鼓，勇气来源于他关心牛丰收，还有他们始终维系的良好关系。他改变策略："有人弄你的瓦坯。"

牛丰收趿着鞋子出来了，咒骂声在鞋子的扑啦声干扰下，失去应有的威力。他像打喷嚏的羊一样张皇失措，膝盖碰到长凳后心情更加沮丧。他拿着杀猪刀，用力砍向门槛，喊叫着："谁？老子一刀捅了他。"

牛丰收刚出来，肖国才翻身而起，用脚踢着任继保。任继保哼哼两声，又转身睡觉。肖国才无奈地摇头，他走到牛丰收和牛志华跟前，还在摇头。他对牛丰收的责怪"我叫了老半天，你怎么不吭声"，变得呜里哇啦，像嘴里含着东西。

肖国才和牛志华抢着跟牛丰收说话，他们礼节性的问候也没有了。肖国才神气十足，大队治保主任的头衔让他占据上风。牛志华赶忙让步，还道歉。肖国才说："生产队丢失的稻谷在瓦窑里。"

他又说："我派任天保在那里看守。"

牛丰收插了一句："不会吧，昨晚我们还在那里祭窑。"

但他信以为真，肖国才不可能耽误睡眠，平白无故地跑来折腾。真相大白后，牛志华说："原来是一个人，我以为是鬼。"

任继保伸着懒腰打着哈欠过来了，听后很生气："你家的人才是鬼。"

他们冲向瓦窑时，任继保和牛志华争吵起来，还动手了。牛志华举着锄头要锄死他，任继保甩着绳子，呼呼直响。肖国才厉声呵斥，还骂娘，他们才住手，也闭上嘴巴。

牛丰收说："昨晚我们祭窑，没有看到箩筐。"

"那是你们疏忽了。"

牛丰收说刘大雷踩塌通风口掉了下来，连夜送去公社卫生院。肖国才却笑了起来："他掉下来好几次，有一次差点摔死了。"

"我以为他会吸取教训，却又出现问题。"牛丰收又说："这下子我亏大了。"

他们赶到瓦窑时，任天保坐在木板上睡着了。肖国才大声喊叫，他也低头沉睡。肖国才声音越大，他的呼噜声越响，肖国才伸脚踢他，他哼哼叫唤，还伸手扒拉。肖国才轻声嘀咕："这种工作态度，叫我怎么放心。"他就睁开眼睛，迅速站起来，挺直身子。他打着哈欠，臭气熏天。肖国才眉头紧锁，伸手在鼻子上扇动，像矜持的女人。在瓦窑里向牛丰收指着箩筐，他的手也在鼻子前面扇动，不过有些敷衍，有时摸着鼻子。他吐痰时抬起了手，痰吐在手上，他猛地甩手，又在墙壁上擦拭，手上全是灰尘。任继保找来一片碎瓦，他生气地推开了："不动脑子，这能擦手吗？"

在铁的事实面前，牛丰收无法替牛二吕辩解。肖国才厉声呵斥，仿佛牛丰收是窃贼，他还向任天保和任继保招手，似乎要对牛丰收采取行动。他留下任继保看守箩筐，带着任天保跟着牛丰收去找牛二吕，任天保背着枪，能有力震慑牛二吕。

这个晚上没有睡觉的还有谢七娘。牛二吕晚上吃了两个红薯，就上山给患小儿麻痹症的牛三品采药，他说一会儿回来，可是天亮了也不见踪影。谢七娘点着葵杆火去屋后山上喊叫，喊得啄木鸟停止工作，也音讯全无。随后她在屋子里纺棉花，嗡嗡声让孩子无法入睡，也让邻居不得安宁。她去柴房里剁草，却很快剁完了。她用碎布给丈夫缝制挑担的垫肩，生产队许多男人都有，牛丰收还有两块。她的垫肩缝了一半，牛丰收带着人过来了。她没有理睬，烦恼和疲倦让她无法正常面对这些行色匆匆的人。她以为牛丰收安排出早工，心里埋怨着："用铁皮广播喊一声就完事了，还亲自跑来，没卵事干。"

看到肖国才和背着枪的任天保，她以为肖国才来找黑狗算账，赶忙说："狗被人偷走了。"

牛丰收希望肖国才说话，肖国才却盯着谢七娘家的鸡。任天保跃跃欲试，只等肖国才一声令下，就迅猛出击。谢七娘放下盛着鸡食的筛子，快步走过去，守着为儿子治病换钱的鸡。肖国才看着旁边的黑山羊，咩咩叫着。谢七娘叫苦不迭，急得直哭。

牛丰收见势不妙，立即抓着旱烟丝递过去，又给他们点火，请他们坐下来说话。他问谢七娘："二吕呢？"

谢七娘生气了，发出粗重的声音："昨晚上山采药，还没有回来。"

她哽咽着："我都急死了。"

肖国才将牛丰收拉到一旁，悄声说："……他又去偷东西了。"

他的训斥"你这个生产队长，对村里治安管理不闻不问，严重渎职"，将牛丰收的辩解堵在嘴里。牛丰收低着头，想了好久才说："他可能遇到麻烦了。"

谢七娘哇哇大哭，牛三娥和牛三品也哭了。牛丰收急赤白脸地劝导，也没有作用。肖国才生气地说："丰收队长只是猜想一下，没有说他真出事。"

他们停止哭泣。肖国才心里说："等一会我宣布消息，你们家真出大事了。"

牛丰收安排社员出工，就与牛志华跟着肖国才和任天保上山寻找牛二吕，谢七娘和牛三娥跟在后面。他们像寻找牛羊一样大声喊叫，牛三娥喊爹时哇哇地哭。

牛二吕想方设法给儿子治病，牛三品也小儿麻痹了。他得到用草药治疗小儿麻痹的偏方，雷公山有这些草药，不过有一种草药长在悬崖峭壁上。他背着大背篓，带着两把刀，砍柴刀用来砍掉荆棘，方便采药，尖刀来防备野兽偷袭，特别是狼。他还带着一把小锄头，一把手电筒和一捆干葵杆。他离开时谢七娘再三叮嘱："不要走太远，早点回来。"

他点头应答。谢七娘又说："你不回来，我就不放心。"

谢七娘多说几句，牛二吕生气了："你真啰唆。"

牛二吕找到很多药材，摘了不少野果。他本来不想去悬崖上采药，那里很远，天又黑，可是山上有人打猎，吆喝声狗叫声一波接一波响起。他抽了一锅烟，吃了几个野果，就往悬崖下走去。

他以前来过这里，知道从哪里上去。他放下背篓，咬着手电筒挂钩，攀着小树和石缝爬上去。他来到仅能容纳身子的平台上，打着手电光仔细寻找。他没有找到药材，又往上攀爬，可是石头光滑，伸手的缝隙也没有。他慢慢下滑，准备另辟蹊径，可是踩踏的石头掉落了，拉扯的小树也露出根须，歪斜地靠在那里。他尝试几次，没有胆量滑下来。他再次来到转身困难的平台上，猛地晃动手电光，大声呼救，希望打猎和采摘野果的人看到，却徒劳无功。一番折腾后，他坐了下来，紧紧抓着石头。他不停地提醒自己："不能睡觉，掉下去就没命了。"

天麻麻亮，他往下面张望，吓得要死。他不敢相信昨晚爬了这么高，以为神灵相助出现了奇迹。

他听到女儿在山坳口喊爹的声音，也听到谢七娘拖着长腔喊他，却只对女儿作出回应："三娥……我在岩壁上。"

随着时间推移和距离缩短，他们对接上了。谢七娘撕心裂肺地哭喊，仿佛牛二吕气绝人寰了。听到牛丰收的声音，牛二吕为耽误他组织出工深感愧疚："给你添麻烦了。"

他们站在悬崖下，觉得他爬到天上去了，惊叹他非凡的能力。他们引导牛二吕攀越那块够不着的石头，又说出很多办法，都劳而无功。最后牛志华回去取来绳子，从侧面爬到悬崖上，放下绳子，他抓着绳子滑下来。

看到肖国才和任天保，牛二吕惊愕地问："哪股风把你们二位吹来了。"

任天保正要说："我们来抓你。"肖国才发现端倪，立即制止："别说话。"

牛二吕以为他们过来救他，立即送上烟荷包，要他们随便拿取旱烟丝，又说："回去给你们每人一把旱烟叶。"

13

在回去的路上，任天保寸步不离地跟着牛二吕，还用枪指着他，像押解犯人。牛二吕回头轻轻推开枪管，笑着说："别对着人，我害怕。"

谢七娘立即走到他们中间，有些舍生取义。她说："你端着枪，怪吓人的。"

任天保想方设法走到她前面，没有成功。这个身心疲惫的女人，将任天保弄得招架不住。任天保很想说出过来的目的，肖国才突然伸脚踢他，他哎哟叫唤。在那个拐弯的地方，肖国才悄悄告诫他："冷静，不能让牛二吕狗急跳墙出现变故。"

旁边树上的喜鹊叫喳喳的，肖国才听出推拉枪栓的声音。他赶忙拉着任天保的手，命令他打上保险，将枪背在肩上。他又说："把子弹退出来。"

任天保满口答应，提着枪倒腾起来。枪突然啪地响了，子弹嗖嗖地穿过树叶，打断了树枝。谢七娥中弹一样倒在地上，一动不动。牛二吕和牛三娥大声哭喊，牛三娥趴在谢七娘身上，牛二吕猛烈摇晃她的身子，努力寻找生命迹象。任天保惊恐万状，以为枪走火将她打死了，蹲在旁边瑟瑟发抖，挥拳击打脑袋。肖国才大骂任天保，不停地向牛二吕道歉。牛二吕举着刀将背着枪的任天保追得仓皇逃窜，肖国才慌忙求饶，却毫无作用。牛二吕摔了一跤停了下来，就捡着石头砸向任天保。在牛三娥猛烈摇晃和急促地呼喊后，谢七娘嘴里出现哼哼声，慢慢睁开了眼睛。牛二吕在谢七娘身上找了好久，没有发现伤口，就摸着胸口说："吓死我了。"

虚惊一场后他们继续赶路，谢七娘不让牛二吕和牛三娥走在任天保前面，还反复说："这家伙太吓人了。"

肖国才害怕任天保走火伤及自己，看着他退出枪膛里的子弹，关上保险，才和他们走在一起，还保持较远的距离。

在牛二吕家里，肖国才和任天保以救命恩人自居，纵情说笑，还告诉围观的人，牛二吕能安全回来，是他们的功劳。牛二吕兑现承诺，拿出旱烟叶分给他们。肖国才和任天保一片片摊开旱烟叶，平整地叠在一起，紧紧地卷起来。牛二吕拿着刀子，对肖国才说："我帮你切成烟丝。"

任天保从未有过这种待遇，动辄嘿嘿地傻笑。他将枪当作烧火棍一样放在旁边，枪倒了也视而不见。他抽烟时眯着眼睛，摇头晃脑，像肖国才那样恭维牛二吕："好烟，绝顶的好烟。"

肖国才突然脸色大变，双手叉腰严肃地说："二吕，等一会跟我们走一趟。"

牛二吕正给牛丰收切烟，猛地一惊，将手指甲切落一块，鲜血直流。他用破布擦拭血迹，再伸手压着伤口，然后说："主任，你是领导，又救了我，你说走几趟，我听你的。"

肖国才脸皮颤动，仿佛一只蚊子在叮咬。他咬着牙说："等一会，你老实点。"

牛二吕不知所措，惊恐地看着牛丰收。牛丰收嚅动嘴巴，咬个不停，却弄不出牛二吕想听的声音。看着牛二吕切了一半的旱烟丝，又看着肖国才，他心里想：你不能再等一下？嘴里却说："可能是误会，去说清楚就好了。"

牛丰收拿着刀子切烟，肖国才生气了："不要切了，马上走。"

任天保发现枪不见了，哭天喊地到处寻找。牛丰收又操刀切烟，切完后还抽了一锅烟，任天保也没有找到枪。

枪被细伢子当作玩具拿去玩耍了，里面没有子弹，不然会酿成惨祸。他们的小手在扳机上摸来摸去，嘴里嘟囔着啪啪的声音，一个细伢子假装中弹倒地，其他细伢子嘿嘿地笑。任天保哭喊着追过来，他们没有逃跑，都木讷地看到他。一个细伢子胆怯地说："我没有玩。"

其他细伢子也慌忙说："我也没有玩。"

那个最大的伢子悄悄离开了，走了几步理直气壮地说："我拿的。"

他边跑边说："有什么了不起，一枝破枪给我都不要。"

任天保没有追赶，也追不上。他作出让人惊恐万状的举动，端着枪瞄准细伢子射击，声音响亮地喊叫："啪，啪啪。"

牛丰收奋力扑向单膝跪地的任天保，大声喊叫："会弄出人命的。"

任天保端着枪对准牛丰收，牛丰收吓得跪地求饶。任天保将枪管对着天空，连续扣动扳机，哈哈大笑："没有子弹，是空枪。"

他又得意地说："我吓唬他们。"

牛丰收战战兢兢地说："你玩笑开得太大了，吓死人了。"

肖国才让牛二吕指认箩筐时怒气冲天，要狠狠教训他，可是拳头碰到鼓鼓囊囊的烟荷包就松开了。他还将没有拿到旱烟的任继保拉到身后，要他收好绳子。他的训斥也哕声哕气："仔细看看，是不是你家的箩筐。"

牛二吕点着头，还没有说话，任天保就大声喊叫："把盗窃分子牛二吕抓起来。"

他还朝天上放了一枪，好几个人吓得趴在地上。有人弄得瓦坯稀里哗啦地倒塌，牛丰收心疼不已，心里直骂娘。

肖国才训斥冒失的任天保，像狗尾巴一样竖立的手指头，诱使他的脑袋不停地晃动。牛二吕追悔莫及，心里埋怨着："拿了烟也这个样子。"

肖国才指着箩筐上牛二吕的名字，认真地问："箩筐是不是你的？"

"是我的。"牛二吕赶忙辩解："几天前箩筐不见了，怎么找也找不着，原来被人放到这里。"

他又说:"前不久我还用它给粮站送粮,牛建华能作证。"

谢七娘帮着腔,说几天前用箩筐从地里挑红薯,还去煤矿挑煤。她又说用箩筐给公社送棉花,可那是丢失稻谷之前,她停了下来。她指天发誓:"我说半句假话,天打雷劈。"

肖国才走开了,他向来不听女人的话。他要牛二吕去找牛建华对质,却将他叫了回来,除了担心他们串通,也害怕他跑掉。他指着牛二吕说:"你在这里待着。"

他看着任天保,没有让他去找牛建华,担心他的枪走火。任继保拿着绳子跃跃欲试,他看一眼便摇头放弃了。能去的只有牛丰收,他正要说话,牛丰收说:"我去。"

听到牛丰收喊叫,牛建华扔下锄头跑了过来,面对高高的陡坡,他没有犹豫纵身跳下。他双腿骨裂般疼痛,也跑步来到牛丰收身边。牛丰收要他替牛二吕作证,他不管证明什么,满口答应。

面对牛二吕一家人充满期望的目光,牛建华认真查看箩筐。可是他说:"好像用它送过稻谷……"

"到底是不是?给个准信。"肖国才杀气腾腾。

牛建华不知道如何回答,如果牛二吕是窃贼,他如实说是替坏人辩解,担心受到牵连,说那次牛二吕没有用它送粮,显然违背事实。他咿咿呀呀,又假装咳嗽,结果停不下来。他左手拍着胸脯,右手反过去捶击后背,啪啪地放鞭炮一样。大家以为他要停下来,他却交换双手,继续拍打身子。他将地上吐得像倒了一瓶糨糊,任继保奚落他:"几天都不要撒尿了。"

肖国才将他赶到旁边,大声吼叫:"你咳死了,跟我们没有一毛钱的关系。"

肖国才指着箩筐,对牛二吕说:"不管怎么说,这是你的箩筐,你跟我们去大队，向叫五支书说清楚。"

他们要带走牛二吕，谢七娘急了，拼命阻拦，任天保用枪对着她，她毫不畏惧，还试图夺枪。她无法阻止，就坐在地上撒泼。牛二吕要她放心，说自己没有偷窃稻谷，什么也不怕。

"有人栽赃陷害。"他临走时又说："我去说明情况，没事的。"

肖国才记着牛二吕给他一把颜色上乘的旱烟叶，带走牛二吕时，没有捆绑，像结伴去赶集。他要求任天保和任继保，时刻听从安排，没有他的命令，不得擅自行动。

黄叫五忘记了肖国才带领民兵连夜去抓人，大清早又去社员家里蹭吃蹭喝。他制订翔实的计划，在规定的时间里，将大队有能力供他吃喝的社员吃个遍。他舔着嘴唇，说好几天没有见到油星子，今天无论如何也要下去。

他们到来时，刘素云正要出门，去了解育龄妇女的情况。她说黄叫五刚离开，不知道去了哪里。她搬来凳子，拿来茶壶和茶杯，假惺惺地说："叫五不在，不能给你们旱烟。"

太阳偏西的时候，黄叫五咬着草秆在村口咿呀喊叫。他跌跌撞撞，走走停停，随后躺在石头上。他们丢下牛二吕迎了上去，也不怕他逃跑。黄叫五抬起眼皮审视他们，表情很痛苦，像拉不出屎。他没有想起他们抓人，打着酒嗝呃呃地说："什么事？"

"您贵人多忘事。"他们都说，却只有肖国才说了下去："人赃俱获，都带来了。"

黄叫五没有看到牛二吕，就嚷嚷着开会。肖国才不顾他满身酒臭，贴近他耳语起来。黄叫五眉头紧锁，表明他什么也没有听到。一阵酒嗝后他似乎清醒了，就说："哦，不是开会。"

肖国才提出给黄叫五额头上敷上湿毛巾，任天保和任继保争相跑向灶房的水缸，都不想失去表现的机会。肖国才要他们回来，叫牛二吕过去。

在牛二吕精心伺候下，黄叫五气色好了许多。他正襟危坐，突然说："坦白从宽，抗拒从严。"

牛二吕气得浑身发抖，牙齿咯咯作响。他对天发誓，却吞吞吐吐："天地良心，我牛二吕……要是盗窃生产队的稻谷，天打五雷轰。如果我说谎，就全家死光。"

所有发誓无济于事，他跪了下去。

14

黄叫五不停地打嗝，仿佛喉咙里藏着一只蛤蟆。任天保端着茶水，扶着他慢慢喝下去。肖国才给他捶背，询问力度是否合适。任继保没有抢到活，哭丧着脸，慌慌张张。黄叫五臭气熏天，他们悉心照料，还咧嘴笑着。肖国才说在屋里生火，黄叫五还没有答应，任继保就行动起来。他笨手笨脚，弄得乌烟瘴气。黄叫五呛得猛烈咳嗽，吐出油脂般的浓痰，像肺痨病人。咳嗽还没停止，他就甩着软绵绵的手，一声吼叫："把牛二吕捆起来。"

牛二吕一直跪在那里，不停地发誓。任继保拿着绳子过来捆绑，任天保用枪托打他，他也对天发誓。他被绑在房屋柱子上动弹不得，也不停地说："我要是偷窃生产队的稻谷，不得好死。"

黄叫五认为窃贼绑在他家的柱子上，很晦气，就骂任氏兄弟："蠢得像头猪。"

牛二吕被绑在倒地的松树干上，可以坐在上面。发誓不能打动他们，他就哭求着："相信我，下辈子给你们当牛做马。"

他不停地求饶，自己也觉得单调乏味，但依旧乞求下去。他靠在那里打盹，也这样嘟囔。

他的鼻子鼓起了泡泡，两个鼻孔轮番出现，有时像乒乓球。泡泡吸引黄叫五家的花猫，泡泡突然消失，花猫受到欺骗一样傻傻地站在那里。另一个泡泡出现渐渐增大，它不再像发现老鼠一样冲上去，而是慢慢靠近，谨慎地伸着脚。泡泡也吸引黄叫五家的黄狗，黄狗也没有将它当作食物，只觉得它好玩。花猫寸步不让，要独自享有这个好玩的东西，它出其不意咬了黄狗一口，黄狗像被踩了一脚似的狂吠不止，落荒而逃。看到花猫打败黄狗，牛二吕觉得，在黄叫五面前，他是任人宰割的羔羊，也有转危为安的机会。

黄叫五以为牛二吕欺侮了黄狗，火冒三丈。肖国才和民兵冲了出去，在牛二吕身上看来看去，反复检查绳索。肖国才说："捆得很结实，他动不了。"

黄叫五疑神疑鬼，厉声质问："看清楚了吗？"

"看清楚了。"两个民兵抢着回答。

任继保还对天发誓，黄叫五立即阻止："自己人，没那么严重。"

黄叫五爬起来往窗外看了一眼，就发现问题。他想了想，这样说："查找问题要认真仔细，要多锻炼，特别是搞治保工作。"

"是，是。"肖国才点头如捣蒜泥，心里却很不服气："懂个屁。你是支书，没有人说你。"

黄叫五还是说出了看法："牛二吕踢了黄狗一脚。"

黄叫五要求绑着牛二吕的脚，任天保添油加醋地说："小花猫也被他踢跑了。"

黄叫五挥舞拳头，大喊大叫："踢狗也要看主人。"

他打出一个酒嗝，又说："踢猫也一样。"

他打着官腔："捆紧一点。"

牛二吕不知道是花猫和黄狗的原因，挣扎时总是说："我不会跑，也跑不了。"

所有抗争无济于事，他就一动不动，但嘴里始终念叨："你们弄死我算了。"

任继保怒气冲冲地说："弄死你，像摁死一只蚂蚁。"

他停止喊叫，随后一声叹息："看来在劫难逃了。"

他又连声哀求："绑松一点，我会记着你们的大恩大德。"

牛二吕不停地扭动，最后倒在地上。他无法坐起来，躺在那里像一具死尸，不过他有生命迹象，除了猛烈咳嗽，还泪流不止。

黄叫五像牛二吕那样躺着，不过躺在屋子里，有衣服垫着的枕头，手脚收放自如，还有人伺候。他的手脚懒得动弹，像绑住了。他哇哇呕吐，却没有污秽物吐出来，只有浓痰和臭气。任天保拿着脸盆守在旁边，熏得泪眼汪汪。他伸手揉搓眼睛时，黄叫五肚子里的酒菜喷吐出来，喷了他一身，像泼了一勺大粪。他仓皇逃离，肉渣纷纷掉落，黄狗以为他打翻饭菜，冲了过来。它闻了一下，就打着喷嚏，全身抖动仿佛一块骨头卡在喉咙里。

黄叫五呕吐后精神焕发，但没有说话，而是目不转睛地看着墙角的蜘蛛网。他翕动鼻翼哧哧地闻着，对任继保说："打开窗户。"

任天保擦了好久也没有弄掉身上的臭味，暗地里叫苦不迭。他悄声嘀咕："我差点晕过去了。"

黄叫五横眉怒目，咬着牙说："我的东西有那么臭吗？"

任天保立即闭住嘴巴，伸手啪啪地拍打。肖国才说屋子里很臭，好不容易才弄干净，黄叫五却没有生气，还说："是有点臭。"

他又说："我的胃不好。"

黄叫五想起他们去山塘生产队抓捕窃贼，却忘记刚才发生的事情。他惊讶地问："人和赃物带来了吗？"

他们面面相觑，却异口同声回答了："带来了。"

肖国才表功似的说："人赃俱在，大获全胜。"

"人呢，东西呢？"

他们说都在外面，还将指着门外的手伸得很长，像样板戏里的动作。黄叫五像他们那样伸着手，情不自禁唱了起来，但只唱了一句。随即他问："在哪里？"

他们又整齐地伸着手，指着躺在松树边的牛二吕。这次黄叫五没有哼唱，而是咬着嘴唇说："不要把人弄死了。"

他们如同将肥猪拖上案板，吃力地将手脚麻木的牛二吕扶起来，让他坐在树干上。看着蓬头垢面的牛二吕，黄叫五明知故问："是牛二吕吗？"

牛二吕没有吱声，还生气地偏转脑袋。他们齐声说："是他。"

肖国才多说了一句："千真万确。"

黄叫五要求给牛二吕松绑，还故作惊讶地说："谁把他绑成这样，弄死了，你们担当得起吗。"

任天保和任继保不敢说话，甚至不敢呼吸。肖国才想说"你要我们绑的"，却咬着嘴唇。幸亏黄叫五说："太紧了，谁也受不了。"以及："你们辛苦了，出现纰漏在所难免。"不然他会和黄叫五争吵。气氛缓和后，他说："到现在我们还没有吃饭。"

黄叫五想起在他们家里吃饭的情形，在任天保家里，他吃得满嘴流油，还拿走鸡蛋和旱烟叶。他笑脸相迎，立即拿出大米和腊肉，还有萝卜和白菜。他们咧嘴笑着，肖国才的嘴咧得最大，嘴角伸到耳朵边，像一条鳄鱼。

他们没有烹炒长着霉斑的腊肉，只煮了萝卜和白菜。他们不是害怕霉斑，是不敢食用支书的好东西。任天保和任继保吃过生蛆的臭肉，一点霉斑不足挂齿。黄叫五没有让他们支付饭钱，而是写下条子，让他们签名按上手印。他们始终都不知道，这顿掺杂红薯米只有萝卜和白菜的晚饭，让黄叫五从大队得到提供大米饭和咸鱼腊肉那样的补偿。牛二吕没有吃饭，黄叫五也写上他的名字，以自己的手印冒充。

他们争先恐后说着处理牛二吕的办法，黄叫五都否决了，还批评他们不动脑子。肖国才提出召开群众大会，这是近年来对待坏人一贯的做法。黄叫五摇着头，分析召开群众大会的困难：首先时间仓促，讲话稿没有着落；其次在冬修水利的攻坚阶段，耽误一天会落下很大的进度。他说出让肖国才闭嘴的理由："你的想法，是老一套。"

他想将牛二吕押往公社，却顾虑重重，担心当家的武装部长康跃进大发脾气。那次康跃进说工作千头万绪，没有功夫理会鸡毛蒜皮的事情。他无可奈何地说："我们再合计合计。"

谢七娘给牛二吕送饭来了，她没有啼哭，却泪眼汪汪，身子抖得老高。她双手捧着装着钵子的包袱，头发垂落盖住脸庞，影响视线，她就甩一下头。

谢七娘没有认出灰头土脸的牛二吕，以为他是孤苦伶仃的九癫子。九癫子是黄叫五的堂叔，经常在黄叫五的柴火垛上睡觉。牛二吕也没有认出谢七娘，以为她在家里忙碌，焦急地等待他回去。谢七娘站在门口，将包袱抱在怀里，用手撩起头发。她对着咬着旱烟杆噗噗抽烟的肖国才喂喂地喊叫："我家二吕呢！"

肖国才以为她抱着的包袱是石头，慌忙躲闪，跟他坐在长凳上的任继保，由于长凳翘起跌坐在地上。黄叫五也以为她抱着石头，惊慌地从大板凳上滚落下来，却说是看到任继保跌落的样子，笑得身子失控。他连微笑也没有，他们也连连肯定。任天保埋怨任继保："应该提前有所准备。"

他也从长凳上滑了下去，与任继保跌倒惊人相似。他单独坐一条长凳，对着任继保指手画脚，长凳翘了起来。黄叫五的脸紧绷着，像一张烤焦的尼龙布。

场面混乱不堪，谢七娘忍俊不禁，却笑不起来。她发现肖国才想跑，就放下包袱冲了上去，喊叫着："我男人呢？"

牛二吕发现她是谢七娘，就嘶哑地喊叫。谢七娘放开肖国才，包袱也不要了，哭喊着扑了过去。看到牛二吕反绑双手，她大骂不止，也不经过他们同意，立即解开绳子。

牛二吕吃着冰冷的饭菜，尘土吹进钵子里，也没有躲避，还吃得津津有味。黄叫五要他们去屋子里避风，牛二吕置之不理。黄叫五咬了咬嘴唇，说："吃完饭，你们回去。"

可是他又说："这件事没有完，以后再说。"

15

黄叫五派人抓走了牛二吕，谈见香异常激动，彻夜难眠。他住在水库附近的社员家里，将简易木床折腾得嘎吱嘎吱响，又在地坪里跳来跳去。土狗围攻野兽一样狂吠不止，他没有呵斥，也没有让同住的郭四毛驱赶，而是大声唱歌。他唱歌像骂街撒泼，有人从窗户里探出脑袋，大喊大叫："还让不让人睡觉？"

他不能唱歌就拳打脚踢，黑夜里响起的呼呼声，是他噘着嘴喊出来的配音。随后他躺在床上抽烟，一锅接着一锅。房主夜起闻到烟味，打着手电光四处寻找。他的窗户上烟雾弥漫，房主以为里面着火了，张牙舞爪地喊叫。谈见香和郭四毛痴呆地坐在床上，长久不敢出声。房主要求他们赶快搬离，说太吓人了。

谈见香要在群众大会上痛打牛二吕，像牛一口抽打他爹那样，将他打倒在地，也爬不起来。他想使用巴掌，还伸手拍着柱子，寻找拍打效果。他又想使用鞋掌，可是鞋底磨穿了，明天上山打柴都很困难。他想买一双新鞋，却舍不得花钱，会上丢失鞋子撕破衣服屡见不鲜。他想拿着木棍上台，却容易打死人。他不想打死牛二吕，害怕给他赔偿一副棺材。他从细伢子用鞭子抽打陀螺中深受启发，决定让郭四毛做一根鞭子。

在山上捡拾柴火时，郭四毛找到柔软的细藤，按照他的要求精心编织一条赶牛的鞭子。他拿着鞭子噼里啪啦抽打，树叶纷纷掉落。他骂骂咧咧，想象抽打在牛二吕身上。鞭子抽断了，甩了出去，他生气地说："什么玩意。"

郭四毛用棕毛编织鞭子，在树干上抽打很久，依然很结实。可是鞭子被谈见香侄子拿走了，后来不见踪影。

红泥湾大队没有批斗牛二吕，社员没有说他偷窃稻谷，他依然在生产队出工。谈见香去找肖国才，肖国才见他空着手，就去帮老婆干活，心里埋怨着："一片烟叶也不带来。"嘴里却说："等我忙完这点活。"

谈见香给他帮忙，撸起袖子准备大显身手。肖国才在屋里屋外屋前屋后折腾起来，似乎要将破烂房子修缮一新。谈见香叫苦不迭，也努力干着。肖国才告诉他："这件事没有完，叫五支书说没有时间开会。"

他又说："必须想办法，让他尽快开会。"

谈见香说给他取旱烟叶，他立即说："到时我催促一下。"

为了尽快惩治牛二吕，谈见香决定给黄叫五送礼。他又想到送鸡，却不敢去曾亮娥家里偷窃，曾亮娥丢了鸡，拿着生产队长喊出工的铁皮广播骂了几天，骂得他心惊肉跳。其他人喂养的鸡要死不活，有两家的鸡还发瘟。大家提高了警惕，加固了鸡舍。有人买了鸟铳，放出风声："要是来我家偷鸡，我一鸟铳崩了他。"

他想到送羊，队里有几家养了黑山羊，谢寡妇家的羊还下了崽，但他否决了。他不是不敢下手，是丢失羊闹得沸沸扬扬，黄叫五准会知道。他想给黄叫五干活，可是给黄叫五干活的人不计其数，有时要排队等待，有的人干活黄叫五看不上。他只好动用熏干的狗肉，却在送一边和一腿狗肉上纠缠不清，表情痛苦，像孕妇难产。他通过抛硬币来决定："数字是一腿狗肉，国徽是一边狗肉。"

硬币抛起后像飞鸟翅膀一样翻转，他为神奇的手法沾沾自喜。硬币在地上滚动，他没有伸脚踩踏，而是等待它倒下来，可是硬币掉进地窖里。他气急败坏，说不送狗肉了："这是天意。"

他想了许多，又回到送狗肉上。牛二吕家的大黑狗，熏得焦黄，像牛二吕一样被他反复琢磨。他不敢再抛掷硬币，生怕它又快速旋转，然后不知去向。他决定抓阄，将纸团做得很大，还说："这样就不会弄丢。"

他将纸团捧在手里，猛烈摇晃，纸团快速转动，手心里很痒，如同放着两只带刺的虫子。他将纸团扔在地上，手指对着纸团点来点去，不敢下手，仿佛是两团粪便。一只猫窜过来叼走一个纸团，像叼走一块鱼肉。他捡起剩下的纸团，打开一看，便是："一边狗肉。"

他挥拳喊道："就这样定了。"

谈见香知道晚上黄叫五家里人山人海，说着乱七八糟的事情，有时闹腾到深夜，也提着狗肉往他家里走去。他躲进黄叫五家旁边的竹林里，蹲在一棵枝繁叶茂的小树后面，目不转睛地看着黄叫五家里的人出出进进。他抓着烟荷包，咬着旱烟杆，却不敢抽烟，生怕被人发现。他扯着茅草放在地上，然后坐下来，将装着狗肉的篮子放在旁边。他冻得瑟瑟发抖，却睡着了。他被冷风吹醒，却将责任归咎于喵喵叫唤的猫，还抓着石块，却不敢扔过去。他站起来看着黄叫五家里，往前走了几步，那里寂静得让人害怕。他擦着火柴，看到狗肉咬得坑坑洼洼，大惊失色。他折下一根树枝，用断口刮着猫咬过的地方，又用火柴烧得吱吱啦啦，直到看不出明显的痕迹。黄叫五似乎在家里等他，他还没有敲门，门就开了。看到篮子里的狗肉，黄叫五将责备声融化在口水里，然后吞咽下去。他笑着说："外面冷，快进来。"

刘素云递上热茶，还提走压着煤火的铁锅，反复说："把身子烤暖和。"

谈见香喝了一口热茶，停了停才说："什么时候批斗牛二吕？"

黄叫五连声说："马上开，马上就开。"

刘素云也附和着："准备好了，这两天就开。"

他们忘记了昨天夜里收下牛二吕一只鸡，黄叫五相信牛二吕所说："我没有偷窃生产队的稻谷，有人栽赃。"

他还说："疑点许多，我会给你一个公正的交代。"

他又告诉牛二吕："事情没有搞清楚，不会批斗你。"

看到谈见香送来狗肉，他心花怒放："你小子很聪明。"

他选择给谈见香办事，不全是他的礼物厚重，也彰显大队打击歪风邪气的决心。他害怕牛二吕狗急跳墙，过来戳他的脊梁骨，就对刘素云说："明天把牛二吕的鸡送回去。"

刘素云感到为难："怎么送？我不去。"

他想了想就说："你捎信过去，要牛二吕来取。"

刘素云立即说："你自己找人去。"

吃完早饭刘素云提着鸡往外面走去，鸡嘎嘎叫唤，她捏着鸡冠猛地摇晃，用力拍打鸡背，怨声载道："要本主任送你回去。"

她对以检查为借口、又去社员家里蹭吃蹭喝的黄叫五说："早点回来，把猪喂好。"

刘素云提着鸡往娘家走去。那个身子弯得像一张弓的老娘，用三寸金莲踱着八字步，艰难地朝她走来，嘴里嘟囔着："前几天送来鸡，现在又送回去了。"

刘素云没有一如既往地喊她妈，而是说："这是别人的鸡。"

老娘噘着嘴，发出老鼠打架的吱吱声。刘素云给侄子刘多华一毛钱，让他去邻村给牛二吕送鸡，可是半路上他动起了歪脑筋：决定用鸡跟小伙伴打牙祭。他在小河拐角的大石头后面，掏出一片空地，将鸡放在里面，在上面盖着树枝和茅草，压着石块，然后蹦蹦跳跳回去放牛。

午饭后，他和小伙伴过来取鸡，鸡不见了。那里一片狼藉，留下一地鸡毛，沙地上还有乱七八糟的爪印。

16

黄叫五决定开会处理牛二吕的事，归根于刘素云将狗肉做得太香了。黄叫五初中毕业，却要只有小学文化的刘素云写便条，通知大队干部过来开会。刘素云满口答应，也让他跟人打牌成为泡影："把猪喂了，然后把草铡了。"

刘素云字迹歪斜，语句不通，却写得很认真。她将认为写得最好的便条递给黄叫五，反复提醒，希望得到表扬。黄叫五没有理睬，嘴里出现的响声，是抽多了旱烟后吐痰的咔咔声。

便条由小学校长陆金文交给学生带回去。刘素云将便条交给校长，像交给他一把钱一样看了又看，说了又说。陆金文选择精明的学生携带便条，像刘素云那样没完没了地交代："一定要交给本人。"

天黑后大队干部齐聚在黄叫五的屋子里，大队在学校里有一间会议室，他们不愿意去，说那里冷。他们守着通红的炭火，呼呼地喝着刘素云添加的茶水，噗噗地抽着老旱烟，像唱赞歌一样，齐声称颂黄叫五和刘素云营造了温暖的环境。他们掀起新一轮赞美的高潮时，黄叫五站了起来，像大会上制止群众说话一样，抬起手又压下去："都停下来，赞美的话以后再说。"

大家安静下来，洗耳恭听。他说："明天召开群众大会，批判老流氓陆家芹和盗窃犯牛二吕。"

黄叫五说征求大家的意见，却不让他们说话。他说了许多废话，才安排李勇敢带着民兵抓捕牛二吕，肖国才带人抓捕陆家芹，尤桂华派人去各生产队通知社员开会，刘素云布置会场，罗保光是老同志，回家休息。他也表功："我要写讲话稿。"

谁都知道，他的讲话稿由陆金文撰写，可是他拿出纸笔，放着一本字典，准备大写特写。他又摆着烟荷包和旱烟杆，还有火柴。他给钢笔吸满墨水，给旱烟锅填满烟丝，就将信纸写得沙沙的，将旱烟杆咬得噗噗的。

李勇敢和民兵唐积是与朱时丰来到牛丰收家里，牛丰收一家人睡着了。牛丰收开门时双手揉着眼睛，张嘴打着哈欠，口臭滚滚而出。他以为是生产队社员，很生气："都睡觉了，有什么急事？"

看到李勇敢，他紧张得踢着自己的脚，还被门槛绊了一下。他剧烈疼痛，却不敢声张。在他心里，李勇敢跟黄叫五一样，在大队举足轻重。李勇敢不由分说闯了进去，像入室抢劫，两个民兵紧随其后，将他挤向一边。牛丰收咧嘴笑着，赶忙递上旱烟丝，又扯开炉火门。他们像冻坏了，趴在桌子上，将手伸到煤火上。李勇敢被煤火呛得连连咳嗽，说话磕磕巴巴，唐积是和朱时丰争着补充："明天大队召开群众大会，批判陆家芹和牛二吕。"

李勇敢抬起身子，咔咔地清理嗓子，呸呸地吐痰，折腾了好久才说："社员一个都不能缺席。"

得知牛二吕在家里，李勇敢舒了口气，觉得抓捕牛二吕手到擒来。他们赖着不走，牛丰收就给他们添加茶水，还烧了一壶米酒，炒了两个菜。

牛丰收家里亮着灯，牛二吕想去借钱，牛三品又病了，必须去卫生院或者更好的医院治疗。他悄悄来到牛丰收的地坪，却弄出了响声。他们警觉地往外面张望，李勇敢什么也没有看到，却说："是一条狗。"

牛丰收以主人翁的姿态纠正："是一只猫。"

唐积是和朱时丰要将"猫"赶走，牛丰收立即阻止："它隔三岔五逮着一只老鼠。"

李勇敢对猫和狗没有兴趣，他咬着肉块，咿咿呀呀地说："我们来……

来抓捕盗窃分子牛二吕，还……还要赶回大队。"

牛二吕惊恐万状，吓得一串尿飚到裤裆里。他赶忙回家，对谢七娘说："我出去躲一躲。"

"躲什么，明天带儿子去看病。"

"他们来抓我了，要批判我。"

"谁？"

"李勇敢带着人，在牛丰收家里。"他哽咽起来。

他背着蓑衣，戴着斗笠，慌忙躲进树林里。牛丰收家里没有动静，他就返回去拿着砍柴刀，一把干葵杆。他自言自语："我去山上躲几天，也砍点柴火。"

他对谢七娘说："你找牛志华借点钱，明天背儿子去卫生院……"他还没有说完，就像野人一样拔腿往山上跑去。

他们折腾到天亮才去牛二吕家里。李勇敢要求唐积是和朱时丰守住两边的路："都机灵点。"

他去叫门，碰倒了走廊上的农具，噼噼啪啪。谢七娘以为牛二吕回来了，衣服没有穿好就出来开门。李勇敢对她说："我找二吕有点事。"

她迅速关上门，用凳子顶上去，哭喊着："你们非整死他不可。"

李勇敢反复解释开脱责任，她置之不理。李勇敢大喊大叫："快开门，不然我砸门了。"

李勇敢喊了一会，就用拳头砸门，门窗嘎啦嘎啦。牛三品和牛三娥呜呜地哭，他也没有停止。他拿着锄头，但没有打门，担心牛二吕冲出来跟他拼命。他用锄头敲打柱子，又砸着台阶。邻居推开窗户，愤怒地喊叫："谁，这么早闹腾啥？"

李勇敢没有理睬，依旧胡乱折腾。谢七娘大声哭喊："他已经死了。"

"叫他出来。"

"他去采药了。"

李勇敢大叫不好，懊恼地抽打自己的耳光。他和民兵上山寻找，也拍打脸颊。他大骂牛二吕上至十八代祖宗，下至千秋万代的子孙，直到嗓子嘶哑。他赶去大队开会，就留下唐积是和朱时丰，说无论什么时候，要把牛二吕带过来。

会场设在学校操场里，参加大会的群众如期而至。他们三五成群，用茅草和树枝烧起大火，会场乌烟瘴气，混乱不堪。有人开始撤退，黄叫五张嘴便骂，也宣布开会。他喝令民兵将陆家芹带上来，也说："盗窃分子牛二吕畏罪潜逃，下次专门开会批判他。"

17

牛二吕躲在屋后不远的地方，以为李勇敢折腾一番就会离开，可是他们追了过来。李勇敢虚张声势地说："下来吧，我看到你了。"

他以为李勇敢真的看到了，拔腿往山上跑去。他披着蓑衣，大清早上山采摘野果的牛志华以为遇到野人，吓得魂飞魄散，摔得头破血流。他对上山的李勇敢哭诉："山上有野人。"

李勇敢正要问"看到牛二吕没有"，只好作罢。他以为牛志华头上的血是野人所致，赶忙问："野人对你怎么了？"

牛志华张牙舞爪地比画："一身棕色的毛，很长。"

他还说："它跑得飞快，弄断了好多树。"

李勇敢打着冷战连连后退，踩得后面的唐积是吱哇乱叫，唐积是后退将朱时丰撞倒在荆棘丛里。他大声喊着牛二吕，却没有要他回来，而是："山上有野人。"

他要唐积是和朱时丰喊叫，一个一个来，不要慌乱。随后他大骂牛二吕，累了要他们接着骂，也是："一个一个来。"

牛二吕亡命逃窜，不在乎他们骂什么。谢七娘万分焦急，生怕牛二吕跟他们对骂，落入圈套。她大声哭喊："不要骂了，不要骂了。"

她要带着儿子去卫生院看病，没有时间阻止他们喊叫和责骂，就对牛三娥说："你今天不要去上学。"

她还想说"以后也不要去了"，却咬着嘴唇，将这个难以决断的想法，融化在泪水里倾洒下来。她又说："我带着你弟弟去看病。"

她还说："你爹回来，告诉他大队的人还在村里。"

牛三娥连连答应，使劲点头，眼泪扑簌簌落下。她不停地忙碌，显得比妈妈还能干。谢七娘的叮嘱"要按时喂猪"，以及"把牛和羊赶上山去"，就显得多余。谢七娘背着儿子找牛丰收请假，牛丰收答应借钱，她就不必找牛志华。牛志华被"野人"吓傻了，嘴里嘟囔着谁也听不清的话。

牛二吕跑得肺快跳出来了，最终体力不支栽倒在地。他坐了很久才恢复体力，可是身子疼痛不已。他牵挂儿子，突然站起来往家里走去，还认为：如果李勇敢他们走了，他就背着儿子去卫生院。看到牛三娥赶着牛和羊往山上走来，他正要问怎么不去上学，牛三娥双手相合套在嘴巴上，大声喊叫："爹，那几个人还在找你。"

牛二吕心里一怔，赶忙蹲下来，躲在石头后面，扯着茅草和树叶遮挡身子。他看到唐积是和朱时丰从树林里窜出来，呵斥住女儿："不要瞎说，不要说我们在这里。"

牛三娥大声回答："不让说，我就不说。"

牛三娥哇哇大哭，出现了回音，仿佛山谷里有多人在哭。牛二吕大声喊叫："妹子，有我在，你不要怕。"

他朝着女儿跑去。唐积是和朱时丰喜笑颜开，击掌相庆，却扑空了，脑袋撞在一起，哎哟叫唤。牛二吕以为他们打了女儿，大声喊叫："不要打我妹子，你们就冲我来。"

唐积是接腔了："二吕，你下来，我们一起抽烟。"

牛二吕没有理睬，只顾自己说话："我没有偷盗稻谷，有人陷害我。"

"那你跟我们……去大队……说清楚。"为了让牛二吕听清楚，朱时丰一截截地说。

"你骗人。"牛二吕哭了："黄叫五根本不听我说。"

唐积是和朱时丰天真地说："你下来，我们听你解释。"

朱时丰将绳子交给唐积是，轻声嘀咕："捆住他，不能让他跑了。"

牛三娥心急如焚，大声哭喊："爹，快跑，他们要用绳子捆你。"

唐积是举着绳子吓唬她："再喊就把你捆起来。"

牛三娥非常害怕，颤巍巍地说："他们追上来了。"

牛三娥跟着他们往山上跑去，看到唐积是和朱时丰从两边包抄过去，大声哭求牛二吕赶紧逃离。牛二吕破口大骂，用棍子在地上写着骂人的话。

来到牛二吕骂人的地方，唐积是和朱时丰气喘吁吁，弯着腰双手撑着膝盖，涕唾横飞。一阵风吹过来，他们像被吹翻一样跌坐在地上。朱时丰看到地上的字，像小学生一样磕磕巴巴地念道："糖鸡屎，你不是人。"

唐积是是个不能吃亏的家伙，立即还以颜色："你……你骂人。"

朱时丰指着地上，确实是这几个字。看到不远处有划动的痕迹，唐积是走了过去，他哈哈一笑，大声念道："猪屎粪，你也不是人。"

朱时丰也回敬一句："你奶奶的。"

他们打了起来，都想将对方放倒，但又被对方制服。他们想捆住对方，结果自己捆住了手脚。牛二吕写字只是发泄情绪，却让他们丑态百出。牛三娥过来时，他们拼命扭动，试图挣脱束缚。她以为爹捆住他们，佩服他能力非凡。他们请求她解开绳子，她瞪着眼睛猛地摇头。她喊了几声，牛二吕没有动静，就战战兢兢走了过去。他们追不上牛二吕，就往回走，叫苦连天："真倒霉。"

得知谢七娘背着儿子去看病，牛二吕就往山上跑去，弄得树叶哗啦啦晃动，鸟儿扑啦啦乱飞。渐渐地满山的鸟飞了起来，叽叽喳喳像放飞的鸽子，有野兽惊慌逃窜，却很快不见踪影。牛二吕栽了个嘴啃泥才停下来，脑袋埋在树叶里，像只鸵鸟。他哭丧着脸说："抓走吧，我这条老命送给你们，全家人都给你们。"随后他痛哭流涕。

他不敢回家，害怕被人抓走。那次他捆得很难受，像要死去了。他天真地认为，躲过这次批判，就去向黄叫五求情，黄叫五收了他的鸡，会还给他清白。那次黄叫五喝多了酒，神志不清，对他那样情有可原。他决定再给黄叫五送鸡，送两只，还送一捆颜色上乘的旱烟叶……彻底征服黄叫五。可是他否决了，觉得是肉包子打狗。他束手无策就在山上住下来，酌情而定。

开始他没有将小岩洞作为栖息之地，只是蜷缩身子休息一下。他转了好久，没有合适的地方又回到这里。他举刀砍向周围的荆条和小树，觉得它们能很好地遮挡岩洞后，立即停住了，还砍着树枝搭在上面。他削出一根锄头那样的木棍，掏出里面的碎石和泥土，慢慢地他能屈膝坐起来，后来能伸直腿躺在里面。他砍了一些木棒放在洞里，搭建一张简易的床，在上面铺着茅草，又铺上蓑衣。他觉得带来的东西除了砍柴刀，就是蓑衣最有用处。他不打算在这里长住，却掏出很大的空间，像一间小房子。他做了个栅栏门，很结实，能抵挡野兽侵袭。他在怀疑是野兽洞穴的地方做了个陷阱，希望有所收获。

下午他在小溪里抓了几条鲫鱼，就抬脚往家里走去。他想让家里人吃到鲫鱼，也想知道儿子的情况。他提着用草芥串起来的鲫鱼，喜滋滋的，像发了一笔横财。想起唐积是和朱时丰可能在村子里，他身子抖得很高，还抖落两条鲫鱼。

开完大会，李勇敢马不停蹄地往山塘生产队赶去。他将黄叫五训斥的话，提要求一样告诉唐积是和朱时丰："无论如何要抓到牛二吕。"

他还说："生要见人，死要见尸。"

他们坐在牛二吕家里，守株待兔地等着牛二吕落入圈套。谢七娘不但不倒茶，还拿着东西撒气。她借着纺棉花将昏暗的油灯放在身边，他们那里黑灯瞎火，抽烟时不是拿错烟荷包，就是不见旱烟杆和火机。她在纺车上拨弄一下，声音刺耳难听。他们反复提醒，她充耳不闻，我行我素。

牛二吕回家时小心谨慎，行窃似的。听到纺棉花的声音，他以为家里平安无事，就提着鲫鱼走向灶房，还说声音太大，要好好调试纺车。他轻声喊着谢七娘和孩子，告诉他们喜讯。有人突然从家里跑出来，生硬地喊叫："牛二吕，你不要跑。"

他不知道是谁，但这句话"老实点，你跑不了"，让他认出是来自李勇敢的臭嘴。他扔掉鲫鱼转身就跑，将堵在门口的唐积是推倒在地，又在跑过来帮忙的朱时丰脸上打了一拳。他们吱哇乱叫，喊爹叫娘，李勇敢张牙舞爪，大骂不止。

谢七娘和孩子哭喊着冲过来，谢七娘倒在地上，双手抱着李勇敢的腿，不让他追赶。牛三娥从身后抱着唐积是的腰，牛三品紧紧抓着朱时丰的衣服，却被他们拖着走了。牛三品情急中在朱时丰手上咬了一口，他挨了一记耳光，却让朱时丰停了下来。唐积是举着手，无法打着牛三娥，就一根根掰开她的手指。李勇敢折腾几下才甩开谢七娘，大声喊叫："不要闹了，我们走。"

18

两天后的深夜，躺在岩洞里的牛二吕被陷阱那边野兽的惨叫弄醒了。开始他没有在意，深山里经常有这样的声音，但离他很远，持续时间短。他坐起来握着砍柴刀，后悔黄昏时没有制作防护工具。他搞不清是什么动物，只好这样安慰自己："这不是野猪，也不是豺狼。"

他砍着一根木棒，却总是砍不到位置，还屡屡落空，险些砍到身上。他将削尖的木棒想象成一杆梭镖，有模有样地扛在肩膀上。他举着葵杆火，茅草很深，也划出很大的弧圈，弄出很大的亮光。野兽挣扎弄得树枝哗啦哗啦，他很害怕，贪婪又使他往前走去。想到可以让家里人美食一顿，或者去集市上卖钱，他加快了步伐，可是荆条挂着衣服，反而耽误时间。他没有判明是否有危险，却不顾一切冲了过去，仿佛去羊栏里牵羊。一只像羊的野兽的后腿挂在弯弓上，野兽很重，弯弓无法将它腾空吊起，另外三条腿在地上胡乱蹬踏。这不是狼，他却认为它有狼那样的危险。他将葵杆火插在地上，放下砍柴刀，双手紧握木棒，高高举起，狠狠打下去。野兽的惨叫，啪啪的击打声和他哭一样的喊叫，将场面弄得惨不忍睹。他打断木棒才停下来，也气喘吁吁站立不稳。他举着火把反复查看，这是一只麂子。他有些后悔："应该抓活的，把它养起来，下很多崽子。"

他又说："野麂子不好养，又没有配种的。"

他觉得麂子能卖很多钱，咧嘴笑了："比在生产队出工强太多"

他重新布置陷阱，对它寄予厚望："下次抓到一头野猪。"

他躺在岩洞里，想象布置更多陷阱，漫山遍野。他不想让别人知道，他们弄到麂子，自己就少了捕获机会。他喜不自胜，说有了钱，就带着儿子去城里治病。他又说："要给七娘做新衣服，自己也做，少不了三娥和三品的。"

他还说："有了钱，就盖一栋新房子，在生产队、在大队、在公社……"

他还要说在区里在县里是最好的，一口必须吐掉的痰打断他异想天开的吹嘘。痰水还没有清理干净，他又胡说八道。有了钱，他不怕秀阿婆奚落，说他老盯着她的胸脯，他不只是长久地看它，还要摸它。他也想，要多少钱才能捏它，捏得她嗷嗷直叫……

他从来没想跟她上床，她没有谢七娘年轻，只是奶子大，晃得厉害。据偷看过的人说，她的奶子像吹胀气的猪尿泡，白乎乎的。他很好奇，想看一下，至于其他想法，他有很强的冲动，也不敢付诸行动，且现在风声紧，抓到了会遭到批判。

他大骂肖国才和李勇敢时，用砍柴刀敲打石头，火星飞溅。他骂得最多的是："娘的。"还有："奶奶的。"

他痛恨黄叫五，用刀背砸击石头时，咬牙切齿，砸出更多的火星，射得更远。他也这样骂黄叫五。

想起给黄叫五送鸡，他伤心地哭了，仿佛那不是一只鸡，是一只羊。他以失去一头猪那样的恸哭，控诉黄叫五贪婪冷酷残忍："吃我的鸡，又收拾我，会烂肚子，烂肠子，烂屁股，烂……"

他觉得不过瘾，又说："全身烂掉。"

他骂得口干舌燥，那只握着刀砸击石头的手震得虎口发麻。他想去抓鱼的小河里喝水，可是那里很远，河水不干净。他在河里拉了一泡屎，想起来就恶心。他决定扛着麂子回家，却害怕李勇敢他们在村子里。他胆战心惊，却不知不觉往家里走去。他想悄悄潜入家里，交代几句，喝点水就走。如果他们不在，他就住下来，吃饱喝足，还去卖掉麂子。他要去很远的矿山，那里没有大队的人，工人同志也舍得出钱。有时他想："让他们抓着算了，早了断早解脱。"

他躲在竹林里的柴禾后面，紧盯着屋子那边，还偏转脑袋，将手放在耳朵上，纳入更多的声波。他没有获得有用的信息，就换一只耳朵倾听，也将手放在上面。他一无所获，也往家里走去，不过步子很轻，像猫抓捕老鼠。稍有动静他立即蹲下来，或者躲在树后面。他边走边听，觉得没有危险后就说："自己吓唬自己。"

他将一只手放在嘴巴上，贴着窗户朝屋里轻声喊道："我抓到一只麂子，有羊那么大。"

他先喊儿子，然后喊着："七娘，三娥。"

他们没有因为抓到麂子感到高兴，谢七娘还哽咽起来，身子抖得很高。她赶忙做饭，认为他躲藏的几天里，一直忍饥挨饿。她不停地说："再忍一下，马上就好。"

灶房里又烧火做饭，谢七娘用蓑衣和柴火遮挡窗户，阻挡光线透射出去，可是树叶燃起的大火，让这个四处漏风的地方火光四射，像着火了。那根半干的竹竿噼啪炸裂，像点响了炮仗。牛二吕惊恐万状，立即跑出去躲在柴火垛后面。

谢七娘做好饭菜，他不敢走进灶房，生怕有人过来。牛三娥在地坪口看着，他也不放心。一番东张西望后，他站在门口，对谢七娘说："盛一碗饭给我，我在外面吃。"

他端着饭碗蹲在杨梅树下，目不转睛地看着亮着灯的牛丰收家里。他饥肠辘辘，吃着可口的饭菜却难以下咽。

牛丰收家的门开了，有人走了出来，随后不见了。他端着饭碗仓皇逃窜，慌乱中将饭菜装进口袋里。他站在坡上的松树后面，盯着家门口。那些人冲他而来，为首的是李勇敢。李勇敢指挥民兵封堵两边的出路："快，不要让他跑了。"

李勇敢大喊大叫，将门窗捶得啪啪直响。谢七娘和孩子哭喊着，他泪流满面，失声痛哭。李勇敢叫不开门就威胁谢七娘："不交出牛二吕，你跟我们走。"

门踹开了，三娥和三品号啕大哭。谢七娘苦苦哀求："可怜可怜我们，伢子小，还有病。"

李勇敢苦苦相逼，她大声哭喊："再逼我，我就跟你们拼了。"

她拼命反抗，还拿着砍柴刀。他们停了下来，唐积是哭了："你……你把刀放下来，有话好说。"

谢七娘放下砍柴刀，李勇敢立即对唐积是和朱时丰说："快，把她捆起来。"

牛二吕脑袋嗡嗡直响，挥拳砸向树干，大声喊叫："放开她，我跟你们走。"

随即响起谢七娘摧心剖肝的哭诉："他爹，你不能回来。"

三娥也撕心裂肺地哭喊："爹，他们要捆你……"

他们放开谢七娘，朝着牛二吕跑去。牛二吕从口袋里掏着东西，李勇敢赶忙从柴禾垛里抽出一根木棍，即使知道牛二吕在吃饭，他也紧握木棍。不过唐积是和朱时丰捆绑牛二吕时，他说："让他吃完。"

他还引用一句俗语："雷公也不打吃饭人。"

牛二吕坐在家里吃饭，两边站着唐积是和朱时丰，像两个保镖。他的舌头在嘴里刷个不停，将吃着没有油水的瓜菜，弄得像黄叫五吃得满嘴流油。李勇敢悄悄吞咽口水，唐积是和朱时丰喉咙里咕叽咕叽，像猫看到鱼片，馋涎欲滴。牛二吕不停地喝茶，直到将一壶茶水喝光，他们没有制止，不过他给他们递上旱烟丝，将旱烟杆插进嘴里时，李勇敢训斥起来："有完没完？"

牛二吕说："等天亮了再走，现在走浪费你们的电池，我也容易跑掉。"

朱时丰立即回击："捆住你，你怎么跑。"

谢七娘和三娥三品哇哇地哭，仿佛牛二吕死了。李勇敢厉声呵斥："哭什么，人还没死呢。"

他也答应："只要你老老实实，我们就不捆了。"

牛二吕赶忙说："不要捆，免得弄脏你们的手。"

他觉得说得不对，立即纠正："我没有偷窃稻谷，我不会逃跑，也不值得你们捆绑。"

"那你跑什么？还躲藏起来……"他们同时说道，但声音最大并将话说完的是李勇敢。

牛二吕无言以对，却走得大义凛然，像英勇就义。他张着嘴，伸着手，似乎要高呼口号。他转过来对谢七娘和孩子说："我去说明情况，没事的。"

谢七娘去灶房寻找干葵杆，朱时丰跟了过去，防止她做出极端举动。他看到角落里的麂子，高兴得直跳："有一只麂子。"

他们跑了过去，对着麂子指指点点，品头论足。牛二吕说完"我做了个陷阱，将它捕获了"，李勇敢就大声斥责："这是集体财产。"

他对着唐积是和朱时丰张牙舞爪地喊叫："把他捆起来。"

19

唐积是和朱时丰粗暴地捆绑牛二吕，谢七娘没有阻止，而是和孩子抱头痛哭。村里能来的人都过来了，他们惶恐不安，似乎吓破了胆。他们看着牛丰收，希望他出来说话。牛丰收咬了咬嘴唇，对李勇敢说："不要捆了，给伢子一个面子。"

李勇敢惊愕地看着他，心想："没有立场，怪不得生产队丢失稻谷。"

他犹豫一下后说："解开绳子，不要捆了。"

他立即向牛二吕示好："幸亏是我，如果是叫五支书和国才主任，就不会放过你。"

牛二吕抓住机会，赶忙说："我不会忘记你的大恩大德。"

谢七娘停止哭泣，不停地说："我们全家人，会记着你的恩情。"

李勇敢见时机成熟，指着麂子说："这个东西，我要带走。"

牛二吕没有说话，李勇敢就问泪水涟涟的谢七娘："你说行不行？"

谢七娘没有像往常一样，凡事由牛二吕作主，为了让他关照牛二吕，立即说："你拿走好了。"

李勇敢随即说："不是拿走，是没收。"

牛二吕和谢七娘气得七窍生烟，对他恨之入骨，特别是他说："这是非法捕猎集体财产，是偷窃行为。"牛二吕很多年后还在骂他，谢七娘也骂他丧尽天良，断子绝孙。

唐积是和朱时丰争着扛着麂子，李勇敢断然拒绝，还训斥他们："好好看着他，出了差错就拿你们是问。”

他扛着麂子跑了起来，似乎要逃之夭夭。他们一致认为：“他打起了歪主意。”

李勇敢喜气洋洋，当年扛着山羊给丈人送聘礼就是这样。他噘嘴吹着口哨，也是以前的调子。早起的社员啧啧称羡，他用口哨声告诉他们：“在山上抓的。”

牛二吕想说出抓捕经过，却嗫嚅着嘴，哑巴了。过了一会，他说：“看在麂子的份上，你们要关照我。”

唐积是和朱时丰爽快地答应，夸赞他有本事。他们想跟他学习技术，希望他不吝赐教。牛二吕被石头绊了一下，跌跌撞撞，他们伸手搀扶，关心着：“你慢点。”

李勇敢将麂子放在表兄王毛记家里。他甩着胳膊，捏着肩膀，突然想到应该让牛二吕扛着麂子，自己就不用这样遭罪。他骂了一声，说自己愚不可及，牛二吕却吓哭了：“你不能落井下石。”

他们抓来牛二吕，黄叫五连声说他们辛苦了，党支部要给他们记功。

牛二吕自恃给黄叫五送了一只鸡，就坐在火炉边，伸手端着茶水。黄叫五向唐积是和朱时丰使眼色，要他们将牛二吕赶去角落里。他们向牛二吕伸着手，却停在那里，想到向他讨教捕猎技术，都尴尬地笑了。朱时丰说：“他抓捕野兽，很有本事。”

黄叫五训斥唐积是和朱时丰办事不力，又伸手夺走牛二吕的茶杯。牛二吕赶忙喝一口，烫得嘴巴噗噗地吐水，茶水弄到身上。黄叫五吼叫着：“你这个盗窃分子，有什么资格喝茶。”

刘素云眉头紧锁，仿佛牛二吕得了肺痨病。她倒掉茶水，举起茶杯，要打碎它，却放了下来。她想到：“可以拿去喂猫。”

牛二吕羞愧难当，眼泪巴达巴达掉落。在力量悬殊的场合里，他们肆无忌惮地宣泄情绪，他只能默默忍受。黄叫五咆哮起来："老实交代，其他稻谷弄到哪里去了。"

"我没有偷窃，有人栽赃陷害我。"牛二吕极力辩解。

说到具体事情，刘素云只会喊口号。她振臂高呼："坦白从宽，抗拒从严。"

牛二吕呜呜地哭。黄叫五和刘素云，还有李勇敢轮番交替地呵斥："你哭死呀，要哭就回家哭去。"

他反复说："我没有偷窃，有人陷害我。"

不过他们争着指责："那担箩筐你怎么解释？"以及："你逃跑躲藏，又为什么？"他无法回答。他们等待结果时，朱时丰傻乎乎地说："他能赤手空拳抓到麂子。"

"放空炮。"黄叫五轻蔑地看了一眼，冷冷地说。

他又说："麂子呢？"

朱时丰惊恐地看着李勇敢，希望得到他允许，或者由他说出来，可是李勇敢蹙额颦眉，哼叫一声转了过去。黄叫五横眉怒目，刘素云表情难看，朱时丰战战兢兢，像打摆子。唐积是洋洋得意，用手指轻轻敲击桌子。朱时丰支支吾吾地说："李营长将麂子放在王毛记家里。"

黄叫五没有搭理李勇敢，像憋着一股劲。刘素云找不到合适的话讥讽李勇敢，在屋子里走来走去，不时握拳捶击手心。过了一会，黄叫五说："没有将牛二吕捆绑起来，就是工作失误。"

李勇敢大声呵斥朱时丰："去把麂子扛过来。"

朱时丰犹豫一下，就屁颠屁颠跑向王毛记家里。他们齐声指责朱时丰，仿佛他出卖了组织，黄叫五还说："这人靠不住。"

李勇敢点着头。他生怕黄叫五没有明白，又说："是的，他很轻浮。"

他们要唐积是捆绑牛二吕，唐积是使劲摇头："我不会，朱时丰会捆。"

朱时丰迟迟不归，他们心急如焚，担心王毛记拒不交出麂子，或者他扛着麂子逃跑了。他们齐声要求唐积是跑过去催促，还为出现惊人一致的意见咧嘴笑着。这种挤出来的笑容，像描上去一样刻板僵硬。

麂子取了回来，他们立即围拢过去。黄叫五借口称重将麂子提到屋子里，朱时丰帮忙，他伸手阻拦。刘素云将麂子放进木桶里，像自家的东西一样，在上面盖着盖子。她有冠冕堂皇的理由："防止猫狗撕咬。"

李勇敢说要吃麂子肉，黄叫五和刘素云不得不拿出麂子。唐积是操刀剥皮，开膛破肚，忙得不可开交，仿佛宰杀一头牛。黄叫五说惯了官话套话，背着手说三道四，也像喊口号一样。唐积是慌里慌张屡屡出错，弄伤了手，割破了麂子皮。刘素云怒火中烧，立即剥夺他的宰杀权利。她想了想，将牛二吕喊了过来。

牛二吕抬手擦拭眼泪，擤掉鼻涕，咔咔地吐掉痰水。他操刀下手时，刘素云说："你等一下。"

她端来半盆凉水，水很脏，像洗过好多东西。她冷冷地说："先洗手。"

牛二吕心如刀绞，却拉开架势。他动作娴熟，他们还没有看明白，他就将麂子清理干净，大卸八块，整齐地摆放在那里。

吃饭时牛二吕自觉地站在门外，黄叫五念及他处理麂子，要他搬着小凳坐在角落里。刘素云用破口的碗给他盛饭，夹着辣椒，一点肉也没有。她夹着辣椒甩掉肉末，黄叫五说差不多了，她才停下来。她将碗交给牛二吕，像施舍乞丐一样冷漠。她假惺惺要给他加菜，他伸碗过来，她却夹着白菜，一滴油也没有。牛二吕不敢再要一碗饭，尽管黄叫五再三说："饭要吃饱。"

他们让他给小学校挑水，清理沟坑里的淤泥。他没有想到自己辛勤劳动，换来陆金文给黄叫五撰写批判他的讲话稿。陆金文提来热水瓶，递上旱烟丝，可是回去就写着将他批判的语言。他从报刊上摘录措辞严厉的语句，对这个"盗窃犯"上纲上线。牛二吕天真地认为，将淤泥清理干净就可以回去。他脱下棉衣，挽起袖子，天黑了也劲头不减，锄头挖得很深，步子跑得更快。要不是李勇敢对看守他的唐积是和朱时丰说："晚上把他关起来。"他还会努力干下去。他绝望地看了一眼，放下锄头，冷冷地说："我干不动了。"

牛二吕关押在黄叫五的牛栏里，牛栏土墙破烂不堪，有许多孔洞，里面塞着石头，糊上泥巴。牛栏空置了很久，像黄叫五这样的人，不会替生产队放牛。里面堆着煤灰，有时关几只鸡，去年还关过几个月的羊。唐积是和朱时丰没有捆绑牛二吕，还允许他用稻草铺设床铺。他们说："你要老老实实，不然李营长要捆绑你。"

牛二吕点头答应，再三保证："我以人格担保，不会乱来。"

牛栏窗户被黄叫五用木板钉死了，是防止野猫进去。牛二吕用力扳开木板，希望更多的空气进来。唐积是和朱时丰过来帮忙，唐积是说："轻点，不要让叫五支书听到。"

朱时丰立即说："也不要让素云主任听到。"

牛栏门上咔嚓地挂上大铁锁，两个想跟他学习捕猎技术的家伙，从窗户里对他说："就在里面拉屎撒尿。"

每隔一段时间，他们过来查看。唐积是听到呼噜声停了下来，在外面撒一泡尿就走了。朱时丰很认真，每次去里面查看。他粗鲁地开启大铁锁，嘎啦啦像拆卸东西，进门后他变了个人，俯下身子嘘寒问暖，似乎要给牛二吕抱来被褥。可是牛二吕不领情，直挺挺地躺在那里，一动不动，还屏住呼吸。

20

红泥湾大队要批判牛二吕，谈见香连夜从水库工地赶回来，还说黄叫五守信用、讲义气。他将靠得住的亲戚喊了过来，家里人山人海。有人说："谈青山死的时候，也没有这么多人。"

人多了食宿成了问题，邻居倾其所有献出床铺，依然有不少人无处安睡。谈见香在外面安锅搭灶，也有人没有吃上饭。这些人仿佛来他家逃难，大会结束也不愿意离去，说菜地里的萝卜白菜很多，能吃好几天。杨文玉生气地回了娘家，还骂道："吃吧，撑死你们。"

大家停了下来，等待他做出安排。他准备大讲特讲，谢寡妇突然说："老侄，你说吧，我们听你安排。"

谈青水面红耳赤，双手盖住那张老树皮一样的脸。谢寡妇又说："大侄子……"

大家哄堂大笑，懵懂的细伢子也嘿嘿地笑。有人问："他几时成了你的大侄子？"

也有人说："已成事实了。"

还有人说："你太性急了，人家青水老婆死了没多久。"

谢寡妇涨红着脸，辩解时却吐词清晰，声音洪亮："论年纪，我叫他大侄子，也不奇怪。"

谈见香挥舞双手，大声说："大家停一下，听我说……"

大家洗耳恭听，他却支支吾吾，牙痛似的。他做出安排，却遭到他们反对。他们七嘴八舌地争论，持续到深夜。许多人趴在桌子上睡着了，没有睡觉的人，也张着血盆大口，呵呵地打哈欠。

第二天吃完早饭，他们往小学校走去，沿途不断有人加入，越来越多。谈见香为带领一支庞大的队伍激动不已，那张咬着旱烟杆的嘴，长久地咧着，像被旱烟杆插坏了。他走出队伍，像李勇敢训练民兵那样，大幅度摆动手臂，可是动作僵硬，像不会走路。他踢着自己的脚踝，痛得龇牙咧嘴，他蹲下来摸了一下，就跳跃着往前冲去。他想喊出民兵训练的口令，可是嘴巴嚅动像老阿婆咀嚼东西。那些人很随意，伢子窜来窜去，队伍混乱不堪。

学校操场成了会场，学校没有停课，如果来人少，黄叫五就让学生坐在操场里，看着他张牙舞爪地表演。谈见香他们不是最早过来，却第一拨在操场里用茅草和树枝，还有垃圾烧火取暖。其他人纷纷效仿，操场里浓烟滚滚，吵吵嚷嚷，像学校里着火了。

黄叫五红光满面，精心修饰了一番，刘素云穿着干净的衣服，围着围巾，摆着黄叫五那样有力的手臂。他们像城里来的干部，频频向大家挥手致意，可是没有人回应。台下的人眯着眼睛，躲避滚滚浓烟，有的猛烈咳嗽，像咳坏了。其他大队干部很随意，罗保光的帽子像一团抹布，有很浓的汗臭味，让人直皱眉头。尤桂华的衣服扣错了扣眼，衣服歪斜，身子也歪斜了。肖国才流着鼻水，双手轮番交替地揩拭，然后用手揉搓，有时他将手伸进裤兜里，怎么处理谁也看不到。有人嘿嘿地笑，他赶忙说："感冒了，得了重感冒。"

黄叫五坐在靠边的话筒前面，认为话筒在那里，那里最重要。其他领导走走停停，像一群觅食的鸡，随意地坐在那里。黄叫五喊叫尤桂华到台上就座，尤桂华依旧伸手烤火，并说："我在下面，这里暖和。"

黄叫五叫人拉他上台，又对其他人恨恨地说："都坐过来，我又不吃你们。"

　　黄叫五屈着手指砰砰地敲着裹着红布的话筒，伸着嘴呼呼地吹气，喂喂地喊叫，认真检查这套从公社借来的设备。他宣布开会，却猛烈咳嗽，震得劣质喇叭刺耳地啸叫。操场上的人龇牙咧嘴，伸手捂着耳朵，那个聋哑人也惊恐地捂着耳朵，咿呀叫唤。黄叫五满脸通红，嘴上挂着痰丝，像咳坏了。随后他又砰砰地敲打话筒，呼呼又喂喂地折腾，像调皮的伢子。没有动作可做，他才说："将盗窃犯牛二吕带上来。"

　　唐积是和朱时丰将双手反绑的牛二吕从边角小屋带过来，他们背着枪，高高地踏着步子，有力地摆着一只手，令人发笑。牛二吕不停地喊叫："我没有偷窃，我冤枉了。"

　　黄叫五示意唐积是和朱时丰采取措施，他们用摆得很高的手，装模作样地拉扯。牛二吕突然冲向黄叫五，黄叫五妈妈呀叫唤，仓皇逃离。牛二吕弯下身子，将嘴巴对着话筒，学着黄叫五的样子，呼呼地吹一下，喂喂地喊一声，哭诉起来："我没有偷窃生产队的稻谷，我撒谎，就不得好死。"

　　黄叫五张皇失措，其他大队干部乱成一团，最后台下上来几个人拉开牛二吕，将他按倒在地。随后他脖子上挂着写着"盗窃犯牛二吕"的木板，跪在地上。黄叫五坐了下来，其他干部挨着坐下。他大骂唐积是和朱时丰："没得用。"

　　他要塞住牛二吕的嘴巴，防止他狡辩，却找不到破布。牛二吕答应不再闹腾，他也指着自己的脚说："再胡说八道，就用袜子塞住你的嘴。"

　　黄叫五念着陆金文撰写的讲话稿，像公社领导那样嗯嗯啊啊装腔作势。他很快念不下去，除了老眼昏花看不清楚，有些字很潦草，还有些字他不认识。他揉着眼睛，捏着嘴巴，又磕磕巴巴念着。他要陆金文坐在旁边，适时提醒。正在上课的陆金文应声而至，开门带起来的风，将讲话稿吹到台下的火堆里，社员手忙脚乱地捡拾，依然有几张稿纸烧了起来。他们赶忙灭火，将稿纸送到黄叫五手里。黄叫五看着残缺不全的稿纸，像老地主看着烧毁的地契一样，脸颊抖动不已。他和陆金文折腾很久，也没有复原讲话稿内容。陆金文说："你拣着内容念吧。"

他垂头丧气，摇头叹息。他要陆金文回去上课，随即对着话筒喊叫："下面由大家上台检举批判。"

谈见香带来好多人，有细伢子，谢寡妇也来了。他们搬开桌子，将黄叫五和大队干部挤到边角。黄叫五提醒着："不能打人。"却被臃肿的谢寡妇挡住了。谈见香带着一众亲友冲到台上，推推搡搡，结果一不小心，将牛二吕挤下了台。

21

牛二吕摔得鼻青眼肿，腿摔断了，这是卫生院医生刘为雄诊断的结论。

刘为雄精心治疗，一举一动包括细微处理，尽显名医的风范。谢七娘看到希望，可是他要他们去区医院找叶宏泰医生："他是我师傅。"

李勇敢觉得将牛二吕弄过去很麻烦，一遍遍地央求："就在这里治疗，你水平高。"

刘为雄喜滋滋的，咧着嘴嘿嘿地笑。他又穿上缀着补丁的白大褂，戴上发黄的口罩，将收拾起来的医疗器械一件件摆在台子上。他说："我尽力而为。"

他又说："叫人把我弟弟喊过来。"

李勇敢以为去他家里取药，安排朱时丰去叫人时说："有多少药，都写在纸上。"

刘为雄笑了笑，说："不取药，要他帮我去请叶宏泰医生。"

叶宏泰过了好久才过来，他像做了坏事一样目光躲闪，还悄声嘀咕："病人太多，我忙不过来。"

叶宏泰立即给牛二吕看病。询问情况后，他摇头叹息："摔得太严重了。"

他和刘为雄为牛二吕缝合伤口，又碾药调成膏状物，敷在伤口上。牛二吕胸口缠上纱布后，又捆上绷带。他们要求他躺着不要动："再痛也要忍下来。"

　　治疗骨折的脚踝和腿骨，他们忙了很久，仿佛哪里彻底报废了，治疗非常棘手。他们反复按压，又窃窃私语，然后在上面敷上药膏，缠着厚厚的纱布，绑着木板，将腿吊挂起来。叶宏泰看着牛二吕，没有说出心里的担忧："治好了，也是残废。"却绷着脸这样说："要很长时间才能恢复。"

　　他们轮番交替地交代注意事项，帮忙的小护士也说了不少，看热闹的人摇唇鼓舌地帮腔，可是谢七娘记住的不多。她很担心："吃饭屙屎怎么办？"

　　刘为雄说了好多，见她又问，就说："记住，这需要你帮忙。"

　　叶宏泰还在治疗，李勇敢带着民兵走了，说看不惯他装腔作势的样子，说话像刀子一样锋利，还说他立场不坚定，对盗窃分子心慈手软，问题很严重。

　　刘为雄催要医疗费用，谢七娘急了，连声哀求。刘为雄眉头紧锁，唉声叹气。谢七娘卖掉了生猪，那头即将宰杀的年猪，卖给穿着劳动布工作服的工人师傅。她痛哭流涕地诉说家里的困境，希望他同情，不要压低价格。工人师傅生气了："跟买猪没有关系。"

　　他以为谢七娘走了，大声嘀咕："我向来痛恨坏人，特别是窃贼。"

　　谢七娘泪流满面，咬着嘴唇，紧紧抓着给牛二吕治病的钱。

　　她又卖掉黑山羊，羊肚子里有崽子，没多久要出生了。按照惯例，小山羊抚养一段时间，母羊才被处理，可是谢七娘等不到黑山羊下崽，一天也不能耽误。买羊的汉子黑夜里过来牵羊，没有对吃了一天青草肚子胀鼓鼓的黑山羊不满，似乎很大方，或者稀里糊涂不知情。谢七娘盈着泪水看着他："肚子里有小崽子，你适当加点钱。"

　　他不屑一顾："你说有就有，即使有，也算了重量。"

　　羊肚子里有小羊羔，买主要适当补偿，谢七娘深谙这个道理，却没有办法。她接着汉子递来的钱，双手抖得很高，像帕金森患者。

　　钱还是不够，谢七娘就变卖嫁妆。两个随着她来到牛家的红漆柜子，想要的人不少，却出不起价钱。她去找出价较高的人，可是他变卦了，还说窃贼家里的东西，让人晦气。她没有回击，转身去找另一个需要柜子的人。

牛二吕不愿意卖掉猪和羊，但没有说，他受不了身子剧烈疼痛。谢七娘卖掉嫁妆，他很伤心，挥拳捶击脑袋，哭着说："那是你从娘家带来的东西！"

牛二吕不能动弹，却要提前出院，刘为雄和谢七娘反复劝说，他才不再提及。可是两天后他出院了，这不是钱的事，是吵得医生无法看病。他总是大声哭喊："我没有偷窃，我冤枉了。"

他用拳头敲打床头和柜子，谢七娘哭求也不奏效。院长生气了："……让他回家里吵去。"

刘为雄给他打针上药，就安排他出院。谢七娘挡在门口，不让刘为雄出去。刘为雄说："回家跟在卫生院治疗一样，还省钱。"

他又说："我会定期来家里治疗。"

她停止吵闹，牛二吕也不再说他被人栽赃陷害，他喊累了。

牛二吕被人抬了回去。那副给公社食品站送猪的竹杠子，在中间绑着一把椅子，便成了担架，就这么简单。他们走到公社院子门口，牛二吕突然动了一下，两个抬着竹杠子的人，还有谢七娘以为他掉落下来，吓出一身冷汗。后面的汉子立即要求前头的年轻人："赶紧把住杠子，莫让它倾斜。"

牛二吕偏着脑袋对着公社院子大声哭喊："青天大老爷，我冤枉了。"

谢七娘冲过来扶着竹杠子，又扶着他，乞求他："莫喊了，医生要你不要喊叫。"

他继续哭喊，声泪俱下。他能停止哭喊并老实躺着，归功于汉子推心置腹地说："你喊破嗓子也没有用。"年轻人所说"你乱动我们就没法走路"，也功不可没。他一动不动，谢七娘以为他睡着了，也想到他死了。她隔一会就说："他爹，马上到家了。"

牛二吕待在家里，总是痴呆看着一个地方，觅食的鸡啄着脚上的纱布，他也无动于衷。邻居和亲戚来看他，有的带着鸡蛋，有的带着治疗跌打损伤的草药，他也不说话。他要谢七娘和牛三娥给人倒茶，也使用手势。他们说到稻谷被盗，他就愤怒地喊叫："我要是偷了生产队一粒稻谷，不得好死。"

他们深表同情："我们不相信你，就不来看你。"

牛二吕用木棍做了一副拐杖，能缓慢行走，就做一些力所能及的事情。随着伤口愈合，驾驭拐杖的能力增强，他走得更远，还去地里干活。生产队那些坐着能做的事情，他积极参与，牛丰收也照顾他。

挂拐能走很远，他就想找领导申辩，为自己洗刷冤屈。他要去公社，去区里，去县里，去省里，直到中央，他说："总有讲理的地方。"

他在地坪里走来走去，检验双脚能否走那么远。牛建华家那条半死不活的土狗，窜过来将被谢七娘卖得所剩不多的鸡追得扑啦啦乱飞，还咬着一只鸡的翅膀。他将拐杖扔了过去，准确击中土狗脑袋。土狗栽倒在地，狂吠着仓皇逃窜。牛建华老婆是瞎眼婆子，听觉敏锐，据说通过声音能分辨苍蝇蚊子的公母。隔那么远她就知道牛二吕打了土狗，她感到打狗欺主的羞辱，张口便骂："你这个窃贼连狗也欺侮。"

牛二吕火冒三丈，张牙舞爪摔打东西，不停地辩解："我没有偷窃稻谷，你家牛建华知道我。"

牛建华老婆大骂不止，牛二吕不得不与她对骂："怪不得你是瞎子，原来心肠比蛇蝎还毒。"

他双手相合套在嘴上，大喊大叫："瞎眼婆子……"

他要牛三品取来牛丰收喊出工的铁皮广播，成倍地扩大声音。牛建华老婆哭着求饶："你厉害，我骂不过你。"

他去找公社领导，手上和胳肢窝打起了血泡。公社领导不在，办事员何光文接待他："跟我说一样。"

牛二吕声泪俱下地讲述自己的遭遇，放声大哭。何光文不住地点头，嗯嗯应答，还在本子上沙沙地写着。有时钢笔出现问题，需要倒腾才能书写，他就说："等一下再说。"

牛二吕嗓子嘶哑也努力申辩。何光文写得手心冒汗，就在身上擦一下，继续书写。何光文离开后，食堂里的胖厨师杨大毛过来告诉他："何光文没得用，公社是跃进部长当家。"

牛二吕跌跌撞撞地来到院外的电线杆下面，坐了下来，一只猫和将猫赶走的狗先后与他为伴，狗不停地摆动尾巴，他也生气地驱赶。他靠着电线杆睡着了，被人弄醒时周围站满了人，武装部长康跃进也来了。有人惊叫："他活了，不要找人抬走了。"

他艰难地爬起来，身子颤颤巍巍，没有人搀扶，都忌讳他刚才像死尸的样子。大家充满期盼地看着康跃进，他无动于衷，悄然离去。牛二吕焦急地喊道："康部长……"

康跃进回头看了一眼，又转身往院子里走去，越走越快。牛二吕又喊："康部长，我找你。"

康跃进停下来审视他，觉得他不构成威胁，才让他走进去。牛二吕哭诉蒙受的冤屈，指天发誓："我要是说谎，不得好死。"

他又说："他们串通一气，给我栽赃，请部长明察。"

康跃进很想听牛二吕说下去，喜欢他不停地赞美自己，却将牛二吕赶了出来。牛二吕将鼻涕擦在凳子腿上，还随地吐痰，浓痰成块发黑，像一坨坨粪便。康跃进眉头紧锁，告诉他："……党和政府不会冤枉一个好人，也不会放过一个坏人。"

牛二吕起身离开，伸脚反复擦着地面，直到看不到痰迹。他拿着拐杖，扶着门框，对着康跃进深深鞠躬，哀求着："部长，你要为我做主。"

牛二吕天天盼着公社领导来给他洗刷冤屈，只要村里来人，就放下农活跑去探个究竟。牛丰收怨声载道，谢七娘哭着阻止，他置之不理。有人说他："神经错乱了。"

听到土狗叫唤，他激动不已，这是外人进村的标志。他希望来人是穿着整齐的公社干部，最好是康跃进。他买了一盒烟，准备了米粉肉和水酒，招待给他平反的人，可是烟长霉了，水酒喝光了，也没有人过来。有一次土狗在村边裸露树根的大树下狂吠，他明知道不是来人，也走了过去。土狗对着颜色亮丽的四脚蛇狂吠，他很生气，捡起石头扔了过去，咬着牙说："你让土狗吠叫，我打死你。"

石头落地很远，弹回来砸着四脚蛇。他闯下大祸一样请求宽恕："不能怪我，是土狗叫把我招引过来。"

他又说："如果有灵魂，你赶紧离开，去投奔新的地方。"

他用手刨出土坑，将四脚蛇放在里面，呢喃着："你可以一走了之，而我要背负窃贼的名声，生不如死。"

他仰天长叹："老天爷，你开开眼，为什么让我吃尽苦头。"

他经常天啊神啊地念叨，悲观厌世，似乎要寻短见。大家都说："牛二吕发癫了。"

22

"他去北京告状了。"牛丰收安排牛二吕出工时，谢七娘生气地说。

这天天未亮，牛二吕背着几个红薯，拄着木棍跌跌撞撞往外面走去。谢七娘泪眼汪汪将他送到村外，他哽咽着："必须为自己讨个说法，不然我死不甘心。"

得知牛二吕外出告状，正在吃饭的黄叫五大惊失色，双手猛地抖动，饭碗掉了下来，啪地摔成几片，饭菜洒落一地。刘素云正大口吃肉，嚼出钝刀切肉的嚓嚓声，顿时张口结舌，饭菜纷纷掉落，像羊拉屎。她大声埋怨报告情况的肖国才："你不能等我们把饭吃完？"

肖国才急赤白脸地解释，又赔礼道歉，也不能阻止他们埋怨。他所有努力，不如说出："他去北京告状了。"

他们停止责备，还请他坐下来吃饭。黄叫五赶忙问道："听谁说的？"

刘素云给他盛来一碗米饭，他虚情假意地推辞，还挤出饱嗝。刘素云端走饭碗，将米饭倒进锅里，被黄叫五制止了："吃了饭也走了这么远，再吃半碗。"

刘素云用勺子在碗里挖了好几下，精准挖出半碗米饭。他双手接过饭碗，咿咿呀呀地说："牛二吕去了北京，要告到中央去。"

黄叫五惊恐地喊叫："我的娘呀——"

这次他没有摔掉饭碗，可是刘素云手里的饭碗掉落了，这是一只空碗，没有饭菜飞溅。空碗落在身上改变方向，在地上旋转，像一只陀螺，嗡嗡地响。她赶忙弯腰捡拾，旋转的空碗撞在凳子腿上，当地一声弹开了，裂成两半。她怒不可遏，嘴巴歪斜，大骂牛二吕丧尽天良，会断子绝孙。她停下来喘气，黄叫五接着咒骂，骂牛二吕祖宗和子孙，还有他家所有的女人。这句话"那怎么办"，他们同时喊了出来。他们关上门窗，和肖国才鬼鬼祟祟，像图谋不轨。他们试图发掘诸葛亮那样的智慧，却始终跳不出三个臭皮匠的圈子。他们说来说去，又回到黄叫五召开支部会议的提议上。黄叫五采纳刘素云的建议："国才主任，你去召集人。"

肖国才将大队干部喊过来，还没有喝一口水，黄叫五就问："牛丰收来了吗？"

"你没有说要他来。"肖国才满脸愕然。

黄叫五瞪着眼睛，心里想："你是大队干部，不会动脑筋？"嘴里却说："找人把牛丰收叫过来。"

参会的人从肖国才那里得知情况，就不再好奇地询问，都不停地抽烟，说着乱七八糟的事情。黄叫五突然说："知道叫你们来干什么？"

他们心知肚明，嘴上却说："不知道。"

尤桂华讨好地说："我们来聆听你的指示。"

黄叫五板着脸，声音低沉地说："牛二吕告状去了，我们来研究对策。"

他们装得很惊讶，没有丝毫破绽。在七嘴八舌议论后，他们大骂牛二吕，努力表明支持黄叫五。黄叫五却不领情，大声呵斥："不要吵了，等牛丰收来了再说。"

牛丰收气喘吁吁出现在门口，黄叫五噌地站了起来，其他人跟着起身。黄叫五准备说话，罗保光抢先说了："快说说，我们等你好久了。"

他们洗耳恭听，牛丰收却干巴巴说牛二吕去告状了，没有说他去哪里，更没有说去北京。肖国才焦急地问："还有吗？"

"没有了。"

"你知道吗，他告到中央去了。"黄叫五将旱烟锅当当地砸着桌子腿，说话像哭一样。

牛丰收身子抖得很高，仿佛牛二吕上北京是他指使。他嘟囔着："他什么时候走，什么时候回，去哪里，都不跟我说。"

黄叫五眉头紧锁，向他甩着手，生气地说："你先出去，我们要开会。"

黄叫五虽然说："现在商量如何对付牛二吕告状。"但整个过程都是他说话。有人插话，他立即制止："都听我说。"

他们都不说话，他就要求："你们也说说。"

他们面面相觑，希望对方说话。他们看着其他地方，墙上挂着多少破烂东西，有几处蜘蛛网，网上缠绕蛛丝的小包裹里是什么东西……都一清二楚。黄叫五要求派人去县火车站阻拦，没有人呼应，就不了了之。他宣布散会，对门外的牛丰收说："牛二吕回来，立即带他来见我。"

牛二吕没有去北京告状，他没有胆量，也没有盘缠。他去区公所申诉，还准备当天回来。他天黑才走到区公所，比预料的晚了很多。撑着木棍的胳肢窝肿胀起来，脚打着血泡，他只能慢慢行走。他在区公所转来转去，逢人便问哪个是领导，没有人理睬，就大声喊叫："冤枉啊，青天大老爷，给我申冤呀。"

一个壮汉冲着他吼叫："到别的地方喊去。"

旁边的矮个子嬉皮笑脸地说："喊破喉咙也没有用。"

牛二吕喊得越凶，他们赶得越厉害。他躺在地上撒泼，他们就拽着他的手脚，拖着他走，像拖着一袋垃圾。他大声哭喊："别拽我的脚，脚断了。"

他们将牛二吕扔在院外的垃圾旁边。他等到深夜也没有走进区公所，一个老头守在门口。一个汉子过意不去，告诉他："领导去城里开会了，一两天回不来。"

他想去县里告状，立即就走，可是血泡破裂剧烈疼痛，肚子咕噜噜直响。黑沉沉的夜空将他压得喘不上气息，那些闪烁的星星，像从头顶上飞溅出去。面对一个个困难，他少之又少的信心很快荡然无存。

他没有回家，天太黑了，也走不动。在一个牛栏旁边的稻草堆上，他和一条狗，还有一只猫睡在一起。狗没有吠叫，它第一次遇到生人温顺得像羊羔，它哼哼唧唧，是告诉他不要踩着它。猫喵喵叫唤，声音很小，像虫子鸣叫。它们轮番交替地发出声音，直到牛二吕躺下来。他饥渴难忍，勒紧当作裤腰带的布条，可是稍许用力布条断裂了。他用稻草搓出一条绳子，反复揉搓后变得很柔软。猫和狗不安地走动，要离开这里，却又在原地躺下来。他挑逗地吹着口哨，轻声说："我们互不干涉，各睡各的。"

23

天黑了好一阵，牛二吕才回到家里，他两眼昏黑，推开门就栽倒下去。谢七娘哭喊着冲过来，将他扶到大板凳上躺下。他浑身乏力，也大声哭喊："拿把刀过来。"

谢七娘以为他削平绊脚的门槛，急忙喊道："你疯了。"

牛二吕正要骂她："你这个老娘们……"牛三品拿着砍柴刀过来了。他摸着儿子的脑袋，向谢七娘喊叫："你过来帮忙。"

他要割断腰间的稻草绳，谢七娘舒了一口气："我以为要……"

前面带钩的砍柴刀无法插进稻草绳，谢七娘拿来一把菜刀，也割不到深嵌的稻草绳，就取来剪刀，和三娥三品一道，小心地将剪刀插进去，一点点剪断绳子。随后她去灶房里做饭，牛二吕说："有剩饭吗？给我来一碗。"

"有。"谢七娘赶忙说。

牛二吕揭开锅盖一看，就说："不要做了，我吃这个。"

他端着红薯米饭，没有剩菜，就冲上茶水。他将焦黄的锅巴嚼得咔哧咔哧，像嚼着骨头。他吃了一碗停下来，习惯地将旱烟杆插进嘴里，也讲述两天的经过。他大言不惭地说谎："区领导说，我的事情会水落石出。"

他说了许多，直到七娘和三娥三品深信不疑。他正说着："区里会派人过来……"门外站着一个面容憔悴的汉子，挑着做秤的担子。谢七娘说："我们不做秤。"

汉子没有回应，只顾自己嘟囔："能在你家住一晚吗？"

他们感到为难。他赶忙说："我给钱。"

家里有一张空床，没有被褥，牛三娥和牛三品还挤在一床薄被子里。谢七娘想了想说："行，给你想办法。"

得知他下午给牛丰收做秤，她又说："他家里不能住吗？"

汉子说："他家来人了。"

谢七娘异常警觉，是不是公社或者大队来人，还是针对牛二吕？上面的人过来，先去牛丰收家里。她慌慌张张走了出去，在地坪边往牛丰收家里张望。她什么也没有看到，就将牛二吕喊到外面嘀咕，然后摸黑往牛丰收家里走去。

她躲在牛丰收的柴火垛旁边。她看不清屋里的人，只能听他们说话，可是声音小。她走了过去，站在窗户外看了一阵才推门。牛丰收看到她就说："二吕去北京了？"

他又说："他回来了，是去卫生院看病。"

谁都知道去卫生院看病不要两天，牛丰收没有戳穿。他说："二吕好久没有出工了，年底结算会欠很多钱。"

谢七娘眨着眼睛，哽咽着："他的病是区医院叶宏泰看的，他去区里了。"

她又说："他身上打了好多血泡，爬回来的。"

李淑英娘家来人了，说话遮遮掩掩，生怕她听到。她坐一下就走了，牛丰收说："明天要二吕跟我去一趟大队。"

说到大队，谢七娘很生气："他走不了，你找人抬他去。"

外面黑灯瞎火，李淑英说给她点个光，却往屋子里走去。她拿了几个鸡蛋，又从走廊角落里取来一根干葵杆，点着火。看到谢七娘双手在黑暗里摸索，她吭哧笑了，也说："我去看一下二吕。"

谢七娘客气了一下，就不再说话。快到家里时，她说："给你家做秤的师傅，在我家住。"

"我要他过来的。"李淑英又说："收他一点钱。"

她没有吱声。李淑英又说一遍，她才说："不给钱也没有关系。"

做秤师傅解决住宿问题，就提出吃饭。牛二吕深知饥饿的滋味，不假思索地答应了，不过做饭要等谢七娘回来。

谢七娘炒了两个菜，煎了两个鸡蛋，也要牛二吕过来吃饭。她自责地说家里困难，没有东西招待。做秤师傅没有回应，只顾自己吃饭，像饿坏了。牛二吕觉得去区里告状，也没有饿成这样。做秤师傅掉了两粒米饭，赶忙捡起来放进嘴里，念叨着："一粒粮食一滴汗。"

牛三娥悄悄吞咽口水，默默念诵没有背会的唐诗："……谁知盘中餐，粒粒……皆辛苦。"

她咬了咬嘴唇，羞怯地躲进黑暗里。

做秤师傅吃饭时少言寡语，抽烟喝茶时像广播一样说个不停，谢七娘口齿伶俐也插不上话。谢七娘悄声嘀咕，转过来对牛三娥说："没见过这么能说的人。"

做秤师傅噗噗地抽烟，呼呼地喝茶，却不影响说话。他吹嘘祖传的做秤手艺，在宣德皇帝时祖上就做秤了，还强调："祖公老子在宫廷里做秤。"

牛二吕问他是第几代传人，他想了好久才说："反正几十代了。"

牛二吕啧啧称赞，好奇地问："师傅贵姓？"

他想让牛三品跟他学艺，多问了一句："家在哪里？"

做秤师傅叫胡兴旺，家在安溪区连心公社齐心大队。牛二吕不管他是否愿意，指着牛三品说："让他给你当徒弟。"

胡兴旺猛然一惊，晃出茶水，洒在身上。他来不及处理，就说："干这行走村串户很辛苦。"

他又叹息："现在做秤的少了，不挣钱。"

看到牛二吕和牛三品腿脚不好，牛三娥很正常，胡兴旺纳闷："儿子是遗传？"

谢七娘说儿子高烧不退，后来就这样了。她停了停又说："他爹是摔的。"

在胡兴旺要求下，牛二吕详说自己的遭遇，也说："我命不好。"

他又说："去年是本命年，算命的说我有一场劫难。"

胡兴旺眯着眼睛，嘴里叽里咕噜，手指掐来掐去，有时抠掉指甲缝里的污垢。他说："说说你的生辰八字，我帮你算一卦。"

牛二吕和谢七娘洗耳恭听，牛三品和牛三娥瞪着眼睛，悄悄掐着小手，似乎在跟他学习。胡兴旺嘛呢嘛呢吽地念叨，像一只讨厌的苍蝇。牛二吕和谢七娘只在乎今后的情况，一次次打断他唠叨牛二吕命里有这个劫难。为了让牛二吕和谢七娘高兴，他巧舌如簧地为他们描绘美好的蓝图，说得他们心花怒放，牛三娥和牛三品嘿嘿地笑。

这种逗人开心话很快让人失去兴趣，他们没精打采，还打瞌睡。胡兴旺意犹未尽，希望他们继续倾听。他想了想，话锋一转："我们大队的康跃进，在你们公社当官。"

牛二吕猛然抬头，瞪着眼睛，往胡兴旺身边靠去，似乎靠近他，就接近了康跃进。他赶忙问："你们是亲戚？"

胡兴旺摇头否认，牛二吕又问："你跟他熟吗？"

胡兴旺沉默后，说话声小了许多："他应该知道我。"

牛二吕对康跃进很感兴趣，胡兴旺又神采飞扬。他滔滔不绝地讲述康跃进的情况，与牛二吕挤在被窝里，也不厌其烦地絮叨。牛二吕诱使他说出康跃进更多的情况，悄悄记了下来。

24

　　牛二吕想装鬼吓唬黄叫五，还有抓捕他的肖国才和李勇敢，让他们知道，做多了坏事会遭到报应。那天夜里他带着一根骨头，往黄叫五家里走去。黄叫五的黄狗隔老远吠叫起来，没有人出来查看，以为是过路人。他吹着口哨挑逗，将骨头扔了过去。

　　黄狗有了骨头就不再闹腾，其他土狗跟在后面，眼巴巴看着它将骨头嚼得咔嚓咔嚓，随后卡着喉咙似的艰难吞咽，猛烈咳嗽，抖出一串串口水。牛二吕没有贸然下手，黄叫五家里人山人海，像集市一样热闹。他这时候行动等于自投罗网，那些人会蜂拥而上抓住他，然后就……他不敢想象。他坐在土坡上看着黄叫五家里，扯着树枝挡着身子。他不敢抽烟，生怕火光暴露目标，就搓着烟丝放在鼻孔下面，吸着烟味。他吸入烟丝，呛得喷嚏连连。他赶忙捂着鼻子，又用袖子压住。他跑到很远的地方抽烟，夜深人静时才回来。他感到脚背上凉飕飕的，立即想到是一条蛇，错误的判断让他付出毛骨悚然的代价，还吓破了胆。

　　他来到黄叫五屋后的山上，解开裤子对着他的房子撒尿。他无法将尿飚到黄叫五的房子上，却努力想着，还想象尿在黄叫五身上。他想着尿在刘素云身上时，那个全力排泄的家伙挺了一下，身子也往前面靠去，走了几步。他不是占刘素云的便宜，是发泄心中的怒火。尿完后他捡着石头，要将黄叫五的瓦屋顶砸得像筛子一样漏雨。由于天黑和害怕，他不知道捡了多少石头，后来黄叫五查看现场，将不足一箩筐石头说成能装满拖拉机。

他将石头扔到瓦屋顶上，瓦块破碎时，他有敲碎黄叫五骨头的快感。他扔了几块石头，才听到刘素云哭喊。他以为她骂人，准备逃跑，仔细听却是："屋顶上有鬼。"

他又扔了几块石头，还抓着石子扔过去，稀里哗啦，制造鬼扔沙子的场面。黄叫五和刘素云鬼哭狼嚎，他激动得拳打脚踢，似乎要将黑夜撕得稀碎。

屋顶到处漏雨，淋湿许多东西，黄叫五才去查看屋顶。上面碎了许多瓦，有些地方出现窟窿。黄叫五朝着刘素云大喊："不是闹鬼，是有人害我。"

牛二吕始终想着要摆脱困境，在村里堂堂正正地做人。有人谈及鬼魂显灵和灵魂转世，他眼前一亮，觉得里面暗藏玄机。经过反复琢磨，他想让儿子冒充上辈子是黄叫五的祖上，让他念及情分关照自己，不再接受批斗。他很快否决了，黄叫五作恶多端，觉得这样对不起儿子。他想到肖国才和李勇敢，他们是傀儡，大小事情做不了主。他将目光转向公社，很快锁定康跃进。他想到彭春花，觉得女人容易受骗，可是对彭春花的情况一无所知。

这事需要儿子帮忙。他摸着儿子的脑袋，看着他木讷的表情，咬着嘴唇不住地摇头。他走了很远，流着泪说："难为他了。"

让康跃进深信不疑，他要做大量的工作，要周密计划，做到滴水不漏。他希望康跃进富有爱心，像对待祖上一样，对牛三品毕恭毕敬。凭借这层关系，他能得到康跃进关照，并给予平反。他看准跟人外出购买耕牛的机会，去了解康跃进的家庭情况。牛丰收拒绝了，还假惺惺地说："你脚不好，不能走远路。"

牛二吕第二天出门了，跟买牛的人一同出发，但没有走在一起。他向牛丰收请假，说去区医院找叶宏泰看病，牛丰收就说："我知道你身子不行，不能去买牛。"

他走了一天一夜，问了很多人，天亮才到安溪区。这里山高路陡，到处林木葱郁。他在从悬崖上开凿出来的小路上行走，紧紧抓住崖壁上的树枝和茅草，生怕掉落下去。他跟着口齿不清的关老头缓慢行走，像两条蠕虫爬行。关老头将连心公社听成同心公社，两个地方位于安溪区的相反方向。关老头呜哇呜哇地说："跟我走，不会错。"

他在供销社买了两个发饼，喝了二两散酒。关老头馋涎欲滴，梭镖头一样突起的喉结快速跳动，随时会刺破鸵鸟皮一样松松垮垮的脖子。牛二吕舔掉嘴上的碎渣，晃动杯子将最后一滴白酒倒进嘴里。关老头挪开目光，喉结也停止跳动。

他们来到同心公社，站在中间出现许多小岛的水库堤坝上，对着小岛上花花绿绿的飞鸟指指点点。牛二吕啧啧夸赞："……这是人间仙境。"

关老头不知道他说什么，却洗耳恭听。他伸着鸟爪一样的手指头，指着前边的村庄说："我家在那里。"

牛二吕请他指路，他却对齐心大队和康跃进一无所知。他嘴里念念有词，手指头像苍蝇搓脚一样掐来掐去。过了一会，他说："你可能记错了。"

牛二吕怀疑胡兴旺骗人，也认为关老头脑子糊涂，记不清地名。一个挑着大粪吃力走来的汉子让他看到希望，他拿着旱烟丝迎了上去，边跑边问："齐心大队怎么走？"

汉子放下粪桶，将旱烟丝接在手里，咿呀叫唤，他是个哑巴。牛二吕往房屋较多的地方走去，那里有一所学校。一位老师告诉他："你走错了，齐心大队在连心公社……"

老师还没有说完，牛二吕就说："对，是那里。"

老师坚持将话说完："这里是同心公社，一字之差，相隔二十多公里。"

说到康跃进，中年老师眉飞色舞，像家里出了一位达官贵人。康跃进是他三姨夫大姐夫弟弟的二舅哥，他将这个拗口的关系说得很连贯，显然多次念叨过。他接过牛二吕的旱烟丝，如数家珍地说出康跃进家里的情况。

牛二吕不知道走了多久，问了多少人，夕阳西下时来到连心公社齐心大队。在破烂的风雨桥上，有人谈论康跃进，这些将旱烟杆咬出响亮噗噗声的人，说到康跃进时精神焕发，声音洪亮。他诱使他们说出更多情况，都默默记在心里。天色不早了，他赶忙往康跃进的村子走去。

康跃进家在康家湾，有母亲和一个哥哥，两个妹妹出嫁了。牛二吕进村时将头发抓成一团乱麻，用草木灰涂抹在脸上和衣服上，拿着棍子，佝偻身子。他为装扮叫花子叫好："将来没有人能认出来。"

他还解决饥渴问题，那个小脚老阿婆给他端来一碗红薯米饭，用勺子舀来清水。他向老阿婆打探情况，前后左右的山和小河的名称，康跃进祖上姓甚名谁，生卒年月，祖坟在那里……他问得很清楚。随后他向老阿婆深深鞠躬，赶忙离开。

25

牛二吕给谢七娘买了针线，给儿子和女儿买了砂糖饼，又给儿子买一双水胶鞋，就赶忙回家。在无人的地方，他老泪纵横，为自己独特的想法大声叫好："我是个天才。"

儿子吃砂糖饼，穿着水胶鞋蹦蹦跳跳，牛二吕笑了，觉得他的瘸腿也正常了。不过女儿目光躲闪，他局促不安。他摸着女儿的脑袋，轻声说："爹有了钱，就给你买。"

牛三娥低着头，一动不动，仿佛没有听到。当谢七娘说："你爹不会骗你，到时他不买，我给你买。"她才去干活。

过了一会，牛二吕将跳累了的儿子叫到身边，指着鞋子说："喜欢吗？"

牛三品使劲点头，嗯嗯应答。牛二吕又说："爹再给你买新鞋。"

牛三品却说："我不要，要你给姐姐买。"

他没料到儿子这样说，那句心藏已久的话——你帮我做一件事，一时无法说出来。他很高兴，嘿嘿地笑，觉得儿子懂事了。过一会儿，他将这句话说了出来，牛三品只顾玩耍，没有理睬。他又说一遍，牛三品才漫不经心地说："去干什么？"

牛三品以为替他倒茶，或者取旱烟杆，就往屋子里走去。牛二吕追过来说："我慢慢跟你说。"

他搬来一张小凳，让儿子坐下来。他深情地看着儿子，儿子却低头看着鞋子，双脚动来动去，随后站起来，准备去跟人玩耍。牛二吕将他按在小凳上："我不要你放牛扯猪草，也不要你烧火煮猪食，是冒充一个人。"

牛三品不知道他说什么，依旧低着头，双脚来回擦着地面。牛二吕咬着嘴唇，咕叽咕叽吞咽口水，努力消除心中的怒火。他抓着儿子的脚说："会弄坏鞋子的。"

牛三品安定下来，他又说："你冒充一个人，是救爹的命。"

听说救命，这个懵懂的小家伙瞪着眼睛，急得哇哇直哭。牛二吕愣怔了好一会，才吞吞吐吐地说："你去冒充一下，爹就平安无事，你能过上好日子。"

牛三品抬起袖子擦着眼泪，带着哭腔说："有新衣服吗？"

"有，什么都有，还能给你治好病。"

"嗯。"牛三品答应后就跑去玩耍。牛二吕赶忙说："我还没说完呢。"

他又说："……你上辈子叫康仑朝，儿子叫康纪元，记住了吗？"

牛三品又哭了。牛二吕紧绷着脸，咬着嘴唇，生怕控制不住嚷嚷起来。谢七娘埋怨他："看你，把儿子吓哭了。"

牛三品马上向她告状："爹不要我了。"

谢七娘知道事情的原委，好言相劝："你永远是我们的儿子，是好儿子。"

"我不走，我不离开你们。"牛三品以为将他送人，大声哭喊。

谢七娘给他擦拭眼泪，边擦边说："你不走，你爹没有让你走。"

牛二吕拿父亲牛一口打比方，说他死了，就去了别人家里。他又说："你来我们家之前，是别人的爷爷，或者奶奶。"

牛三品马上说："我不知道这个。"

"爹告诉你。"牛二吕觉得机会来了，喜笑颜开。

"爹也不知道，只是让你冒充一下。"

谢七娘说话，他立即阻止。他不想让谢七娘参与太多，怕她弄巧成拙。

他赶忙说："……你出生到我们家以前，生活在别人家里，你叫康仑朝，有两个儿子，一个女儿，但只活了一个，叫康纪元。康纪元有两个儿子和两个女儿，就是你有两个孙子和两个孙女，一个孙子是康建南，另一个叫康护南……"

他哽咽着，为难为儿子惴惴不安，却又喋喋不休："康护南是公社武装部长康跃进，康跃进是后来的名字，他改名时，你已经死了……"

他说儿子来到这里，是他们一家人的福气，还猛地鼓掌："欢迎欢迎，热烈欢迎……"

他声音低沉地说："跟康跃进拉上关系，我就能洗刷窃贼的冤屈。"

经过反复练习，牛三品记住了这些名字，理顺了关系，还能说出理由。几天后，牛二吕考问起来，谢七娘在旁边说："放松一点，自然一些。"

牛二吕对儿子的表现很满意，说要奖励他，却没有实质行动。他也说出担心的问题："他们问到你不知道的事情，你就说记不清了。"

牛三品穿着新衣服，像干部子弟，可是他紧张不安，说话支支吾吾。

牛二吕想方设法给他壮胆，他依然害怕。牛二吕想请巫婆神汉作法，让他感到一股力量暗中相助，谢七娘立即制止："他这么小，知道啥。"

牛三品跟着谢七娘参加群众大会，看到牛二吕和陆家芹挂着木牌接受批判，呜呜地哭了。大会还没有结束，他说："娘，我不怕了。"

谢七娘以为他说牛二吕的事，就说："你爹习惯了。"

牛三品摇着头，正要说出上辈子是康仑朝，谢七娘赶忙说："我知道了。"

她担心周围的人听到，悄声说："不要说话，身边有人。"

牛二吕没有立即将儿子知道上辈子的事扩散出去，要慎重考虑，此事非同儿戏，弄不好会前功尽弃，甚至身败名裂，并殃及无辜的孩子。他痛苦不堪，挥拳猛击脑袋。他决定放弃，却悄悄进行，窃贼的名声和一次次的批判，压得他喘不过气息。牛三品不再害怕，他就决定下来。他摇头叹息："我实在没有办法。"

牛二吕担心儿子在生人面前心虚胆怯，慌乱中出乖出丑，和盘托出是他教唆指使。他和谢七娘商量，决定让人冒充康跃进，测试儿子的胆量和应变能力，并纠正问题。他们想到谢七娘的表弟冯国力，他是小学老师，却担心他不答应，还将事情泄露出去。他们盘算了很久，没有结果。

那天大清早，牛二吕对谢七娘说："我有办法了。"

谢七娘喜不自胜。他说："让我试一下。"

谢七娘哼了一声，还骂他："神经病。"

吃罢中午饭，牛二吕对牛三品说去给舅舅盖房子，两三天不回来，要听妈妈的话，勤快做事。收工后他没有回家，等到天黑去冒充康跃进检验儿子的应对能力。他在山上砍柴，天黑了很久也没有回去，谢七娘心急如焚，嘴里不停地念叨："会不会有危险？"

牛三娥和牛三品睡着后，她点着葵秆火，拿着熟红薯，急急忙忙去找牛二吕。看到牛二吕还在砍柴，她大声埋怨："你不要命了。"

她又说："你不怕山上的狼，也不怕鬼？"

她拉着牛二吕回家，牛二吕要收拾柴火，她说："太晚了，儿子就不相信了。"

回家后他们立即行动，谢七娘将灯光调得很暗，只能隐约看到人影。牛二吕穿好衣服，戴着借来的毡帽，捂上口罩。他将帽檐压得很低，像从事秘密活动的特务。他在镜子前看了又看，对谢七娘说："把儿子喊起来，说公社康跃进部长来了。"

谢七娘进屋叫醒儿子时，端坐着的牛二吕又说："你要对我毕恭毕敬，还要端茶递水。"

谢七娘点头应允，撩起头发别在耳朵上，又拍了拍衣服，挺了挺身子，才走进里屋。她给双手揉着眼睛又咿呀叫唤的牛三品穿好衣服后，对牛二吕说："康部长，不好意思，儿子睡着了。"

她给牛二吕的杯子添加茶水，忍不住笑出声音，不过牛三品只顾张嘴打哈欠。她又说："部长，这伢子说胡话，您不要计较。"

牛三品瞪着眼睛看着穿着整齐的牛二吕，谢七娘立即说："部长很忙，平时没有时间，只能在晚上过来。"

牛二吕不住地点头，也拖着腔调询问："听说，你上辈子是我爷爷，叫什么名字。"

这难不倒牛三品，他已背得滚瓜烂熟。牛二吕话音刚落，他就说出康跃进的情况。牛二吕故作惊讶，可是牛三品停了下来，跑到他身边。牛二吕以为他要礼物，顿时慌了神，瞪着眼睛向谢七娘求助。谢七娘深感不安，赶忙说："在领导面前，不要胡闹。"

牛三品摇着牛二吕的胳膊，嘿嘿地笑："爹，我就知道是你。"

牛二吕还想补救这个失败的过程，那句"你认错了，你上辈子是我爷爷"还没有完整说出来，牛三品突然取下了他的毡帽，笑着说："真好玩。"

牛二吕摘下口罩，脸色铁青，像长久缺乏营养。他失望地说："白费一番功夫。"

他只得求助冯国力，送去一只自己舍不得吃的大公鸡。冯国力从学校里回来，断然拒绝牛二吕奇怪的要求，还说很危险。当老婆指着大公鸡说："这是表姐夫送来的。"他满口答应，要马上动身。他截然不同的态度，换来老婆的耻笑和埋怨："看你，像个啥？"

他们吃了饭才走，冯国力走得很快，一路小跑。牛二吕感到吃力，就说："我的脚断过，不能跑步。"

冯国力速度不减，走得更快。他说："我晚上还要回来。"

牛二吕不敢说送他回去，他的脚受不了。他说："住在我家里。"

"不行，'康跃进'不能住在你家里。"冯国力又说："我明天还要上课。"

走到村口，牛二吕要冯国力过一会儿再来，这样更真实。可是牛二吕刚进门，冯国力就来了。他故作惊讶地说："康部长，您来了。"

牛二吕和谢七娘很快进入角色，牛三娥像见到大领导一样张皇失措。牛三品生怕又是别人冒充，在冯国力身上看来看去，一无所获后就规规矩矩，紧张不安。牛二吕训斥他："对康部长要有礼貌。"

冯国力咧嘴笑着。他本来想说"没关系，他是我爷爷"，却说不出口。他后来说，就是给他一座金山，也说不出来。他咬着嘴唇说："你知道上辈子的事情，你上辈子是谁？"

"康仑朝。"牛三品显得很天真，童稚十足。

冯国力问了很多，牛三品对答如流，说得冯国力无法提问。结束后冯国力将牛二吕拉到外面，轻声说："他说话像背诵课文，分明是你们教他这么说的。"

26

谈见香听到消息，还没有权衡利弊就大叫不好。他双手猛击脑袋，痛苦地喊叫："完了，都完了。"

他以为牛二吕跟康跃进拉上关系，牛二吕就能平反，会疯狂报复。他一夜未睡，还伤心哭泣："……悔不该这样。"

他连夜去找黄叫五，利用他的力量，阻止康跃进与牛二吕拉拢关系。他轻轻敲门，轻声喊道："叫五支书，我有事找你。"

黄叫五愤怒地喊叫："有事明天说。"

他连声乞求："我……我有重要事情禀报。"

他两手空空，黄叫五紧绷着脸，像拉不出屎。谈见香说出牛二吕儿子上辈子是康跃进爷爷，还没有挑明利害关系，黄叫五生气了："知道了。"

刘素云也很生气："我们知道了。"

第二天大清早，黄叫五急忙往公社走去。刘素云追着他说："再急也要吃饭。"

她又说："你不必亲自去，会引起康部长怀疑。"

刘素云立即做饭，不过动作缓慢，试图拖延时间。黄叫五过来帮忙，催促她加快速度。刘素云拖延的时间，被他狼吞虎咽赶了回来。他觉得："一刻也没有耽误。"

黄叫五去找康跃进，像汉奸向鬼子告密，摇头晃脑踏着虚晃的步子。他站在公社院子门口，张着嘴巴大口吸气，呼呼地似乎要吸光院子里的空气。

康跃进的门上挂着铁锁，他就询问在角落里晒太阳的何光文："康部长去哪里了。"

他给何光文抓出一把旱烟丝，何光文却给他不想听到的结果："他回家了。"

他魂不守舍，想了好久才说："牛二吕的儿子，说他的上辈子是康部长的爷爷。"

他又说："兔崽子，敢在太岁头上动土。"

何光文将他拉到一旁，悄声说："别说了，前几天杨大毛说这事，被跃进部长骂得狗血喷头。"

黄叫五呆若木鸡，嘴里嘟囔着："幸亏遇到你，不然……"

他不敢说了，那是一个可怕的场面。他感激地将旱烟丝都抓给何光文，何光文也在背后骂他："蠢得死，好坏也分不清楚。"

胖厨师杨大毛得知牛二吕儿子上辈子是康跃进的爷爷，立即去告诉康跃进。他将一壶烧酒和一钵子粉蒸肉放在康跃进面前，看到他吃得呼呼啦啦就挑拨离间。听到牛二吕儿子的事情，康跃进呜里哇啦应答，也嗯嗯啊啊点头，可是吃完酒菜就破口大骂，还将筷子扔到杨大毛身上。他拿起酒壶和钵子，却没有砸过去，又放在桌子上。他大骂杨大毛的祖宗，说他不想干就滚回去，不要在这里胡说八道。

牛二吕的儿子上辈子是康跃进爷爷的消息，应验了这句话："好事不出门，坏事传千里。"

雷公山人幸灾乐祸，千方百计使它出现更坏的效果。公社的人议论，都避开康跃进。康跃进与他们谈笑风生，像什么事也没有发生。他偶尔听到，也装聋作哑不闻不问，不过有一次他生气了："有人诽谤诬陷。"

他又说："再说，我就撕烂他的嘴。"

渐渐地他听到很多议论，那些搬弄是非的人，嘴唇并没有被他撕烂，依旧大放厥词。

那天晚上康跃进又嘴馋了，要杨大毛烧一壶酒，炒两个菜。杨大毛躲躲闪闪，他大声斥责："说你两句，就记仇了。"

杨大毛弄好酒菜端过来，生怕说错话，反复提醒自己，要少说话，最好不说话。他还腾出手抽打嘴巴，又咬着嘴唇，咬出深酱色痕印。他战战兢兢，晃得菜盘里的钵子和酒壶嘎啦嘎啦。一只猫从身边窜过，他吓得要死，差点打翻酒菜。他赶忙伸着脑袋，用下巴将滑向一边的钵子推到合适位置。

听到脚步声，康跃进迎了上来。他给杨大毛一支烟，还要他坐下来喝酒，杨大毛喜笑颜开，像获得提拔一样。杨大毛用筷子夹着米粉肉，却没有送进嘴里，而是翻出来摆在康跃进那边。他没有喝酒，谎称戒酒了。钵子和酒壶很快空了，康跃进像牛一样伸着舌头，在嘴唇上刷来刷去。嘴巴干净后，他说："上次说的事，你怎么看？"

杨大毛觉得话里暗藏玄机，想了很久才说："我不相信，世上没有鬼魂。"

这句话一语双关，可以理解为：我不相信世上没有鬼魂。

康跃进认可这句连贯的话，咧嘴一笑："应该有。"

他又说："老一辈人都说有。"

杨大毛知道该怎么说了，连声说："有，宁可信其有。"

"你说那个姓牛的细伢子，上辈子是我爷爷，会不会是真的？"

杨大毛见他相信，就巧舌如簧地说："据说那小子，哦！不对，那伢子发烧后就知道上辈子的事。"

"那是他烧迷糊了。"

"听说这些是他病好后说出来的。"

一个盗窃犯的儿子上辈子是爷爷，康跃进很不舒服。他的大黄牙在嘴唇上咬来咬去，杨大毛觉得他的嘴唇快咬下来了。

第二天康跃进回家了，要将事情告诉家里人，跟哥哥商讨对策。听说他回来，康建南放下农活跑过来，隔老远就说："我正有事找你。"

他们嘀嘀咕咕商量的结果，是等妹妹过来共同商议。两个妹妹到晚上才来，都由丈夫陪同。她们说家里事多难以脱身，你来我往像斗气一样。她们的丈夫帮着腔，争得面红耳赤，却互相进烟，给对方点火，一如既往地亲热。商讨时康建南主动让步，让见多识广的康跃进拿主意。康跃进感到为难："你是老大，家里的事应由你做主。"

说是康建南作主，康跃进却说得最多。他们商量到深夜，又回到开始形成的决议上：在适当时候去牛家看一下。

27

　　清明节给爷爷上坟后，康建南想去看望上辈子是爷爷的牛三品。那天他和族里的男女老少，拿着祭品将阴森恐怖的坟地装扮得花花绿绿，像山花盛开。按照走路跌跌撞撞的族老康仑忠的要求，他们从最老的祖宗开始，从男到女，由上而下祭祀。他们跟着康仑忠跪在地上，听着他泪流满面地吟唱，对土里的死人动着真感情。随后他们努力清除坟墓上的杂草，砍掉周边蓬勃生长的小树，将坟墓修缮一新。他们阴沉着脸，仿佛这些作古多年的人辞世不久，还在悲痛中。祭奠完共同的祖宗，康建南在爷爷康仑朝的坟头上挂着有孔洞的纸钱，又焚香烧纸，行三跪九叩之礼。他的嘴巴像牙齿掉光的康仑忠一样嗫动，但没有声音。

　　爷爷的坟头有一个洞，康建南不假思索地认为是蛇的杰作。他不敢说，生怕他们说是老鼠洞，可是堂兄康建平喊叫起来："这里有洞。"

　　他们没有理睬，依然有条不紊地祭奠祖先的在天之灵。康建平又说："里面有野兽。"

　　他们放下祭品跑了过来，有人跑掉了鞋，有人摔倒了，但好奇心依然如故。康仑忠喊叫着要过来，他的孙子扶着他。他往洞里看了看，用枝条捅了捅，然后说："……是朝哥的魂魄出来的通道。"

　　康建南惶恐不安，生怕他说这是蛇洞，或者老鼠洞，会殃及子孙后代。他长长地舒了口气，吹得坟墓上的纸钱窸窸窣窣摆动。康仑忠指着洞口说："朝哥出来好多年了。"

康建南非常满意，赶忙问："去了哪里？"

"又活在世界上。"康仑忠显得经验老到，仿佛博古通今。

康建南眉头紧锁，心想："难道牛家细伢子的事是真的？"

"肯定是真的。"他喊叫起来，握拳啪啪地捶击掌心。

晚上他梦见爷爷，爷爷说出生在牛家。他记得在梦里对爷爷说："您怎么不找个好一点的人家？"

他没有希望爷爷回答，爷爷却说："下界的事情，像世上的东西一样说不清楚。"

在对待牛三品上，他希望爷爷有明确交代，可是爷爷飘然而去。一个苍白的声音在窗外响起，爷爷说必须马上离开，公鸡要打鸣了。

康建南立即去找康跃进，康跃进坐在办公桌前打盹，嘴上挂着痰丝。康建南用咳嗽声弄醒他，他微微抬起眼皮，埋怨着："不能轻一点？"

康建南说出清明祭祖发生的事，要他去看望牛家伢子，他却举着双手伸懒腰，咿咿呀呀打哈欠。康建南喋喋不休，被他轻轻一句"我不适合过去"，弄得哑口无言。他说："你带着妹妹去看一下，时机成熟了我再过去。"

他又纠正："你们不要去，要他们带着伢子过来，在晚上过来。"

康建南让表弟肖扣子给牛二吕送去口信，要他带着牛三品过去。牛二吕异常激动，松开搓着旱烟丝的手，抓出大把旱烟丝，恭恭敬敬送过来。谢七娘热泪盈眶，赶忙端茶递水。

康建南没有说出事实真相，肖扣子就问牛二吕，牛二吕像康建南那样支支吾吾。谢七娘张口便说，牛二吕赶忙制止，后来还埋怨她："你差点坏了大事。"

牛二吕觉得康建南没有说，他也不便于说出来，就敷衍应付："具体情况我不清楚，以后你会知道。"

第二天大清早，牛二吕带着穿上干净衣服的牛三品出发了。谢七娘觉得应该带上礼物，准备了一只鸡，还有鸡蛋。牛二吕立即否决："没有爷爷给孙子送礼的。"

他又说："按理说，他们应该来看望三品。"

谢七娘也生气了："他们不懂礼节。我们不去了，等他们过来。"

牛二吕不会让苦心经营的行动就此夭折，希望继续进行，朝着理想的方向发展。他说："当然要去，无论如何对我们有好处。"

牛二吕背着儿子走走停停，太阳下山了才走到康家湾。他没有立即走向康建南家里，而是在僻静的地方，让儿子熟悉村里的情况。

康建南跑过来迎接，诧异的目光让牛三品惊恐地躲在牛二吕身后。牛二吕递上一坨旱烟丝，康建南赶忙将烟递过来。

"抽我的。"他还客套地说："走那么远，辛苦了。"

牛二吕说："不辛苦。"

他们还没有行走，牛二吕就指着康建南的老屋子说："三品刚才说，他以前住在那里。"

康建南瞪着血红的眼睛，张着河马般的大嘴。牛二吕故弄玄虚地说："三品还说，对面那座山叫鸡……"

他故意停下来，让牛三品补充。牛三品很争气，立即说："鸡冠山。"

牛三品还要说出更多的地方，康建南阻止了，他心服口服。他背着牛三品，要他不要害怕，像回家一样。

28

康建南一家人目光怪异，牛二吕惴惴不安，生怕落入陷阱。康建南和老婆张凡云没有倒茶，痴呆地站在那里。小儿子康继人在牛三品身上抓挠，张凡云过来制止，轻轻拍打他的手背。

"别弄哥哥。"

牛二吕和康建南惊愕地张着嘴，像两头撕咬的河马。牛二吕多么希望康建南说：这是你太爷爷。可是他一言不发，继续张着嘴。康继人再次抓挠牛三品，他才说："别吵，到外面玩去。"

牛二吕嗫嚅着嘴巴，牙痛似的。他准备说话，却听到康继人在门外对小伙伴喊叫："两个叫花子。"

牛二吕面红耳赤，身子抖得很高，呼吸不畅。康建南和张凡云没有制止儿子喊叫，牛二吕生气了："我们不是来当乞丐，是你们叫我们过来。"

康建南连忙说："是，是。"

他又说："不要跟细伢子计较。"

他们没有热情接待，牛二吕怏怏不乐，牛三品回答提问，他立即阻止："我们走，他们没有诚意。"

康建南伸手阻拦，愧疚地打着脸。他连说该死，说见到他们太高兴了，忘记倒茶了。

他要大女儿康人香倒茶，要老婆端来瓜子花生。他送上一坨旱烟丝，笑着说："早就准备了。"

他们没有做饭，牛二吕就憋着气，将肚子弄得呱呱直叫。牛三品心领神会，不断往喉咙里压入空气，响亮地释放出来。牛二吕拉扯他的衣服，示意他不要弄得太响，他却以为往他身边靠去。

康建南三个女儿对他们很不友好，表情难看，还挑衅地哼叫。大女儿康人香声音最响，二女儿康从香声音略小，三女儿康众香声音又小一些。她们向牛三品做鬼脸，吐舌头。牛三品忍声吞气，不久后他也哼哼叫着，呃呃地吐舌头。她们比他大，人多势众，将呃呃声弄得很响，还向他挥舞手掌，要扇他耳光。无法赢过她们，牛三品就说："我是你们的太爷爷。"

牛二吕赶忙阻止，又向康建南的女儿道歉。康人香不依不饶，大声喊叫："我是你的太爷爷。"

她觉得不对，立即纠正："是你的太奶奶。"

康建南骂了一声，要她去灶房里做饭。她很生气，猛地甩手，噼里啪啦踢着东西。她想给他们煮一锅稀烂的饭，在锅里放入很多水。张凡云查看时倒掉多余的水，骂她长着猪脑子，将来怎么讨生活。

她冲到地坪里，挥舞拳头大喊大叫："打倒封建势力残渣余孽……"

张凡云不知道残渣余孽是什么，却觉得不是好东西。这个动辄粗暴训斥儿女的女人，要求大女儿停止喊叫的样子很可怜，像吓破了胆。

康人香没有给牛家父子煮一锅烂饭，就抓着一把盐，趁妈妈不注意放进锅里，让菜咸得无法进口。牛二吕发现菜很咸，却没有说，还要求儿子不要吱声，要少吃菜，多吃饭。

康继人吃过饭，看到好菜，又端着碗吃了起来。他尖声惊叫，喷出饭菜，哇哇地哭。张凡云以为他吃到石子，斥责他不要胡闹。他说菜太咸，她不相信，就夹着菜品尝。她没有呸呸地吐着咸菜，却表情痛苦，像生不出孩子。她将咸菜吐进潲水桶里，就向牛二吕道歉。她要将菜回锅，牛二吕客气地阻止，却放下碗筷，端着菜跟她走进灶房。

康人香说去找康跃进，要他带领民兵抓走他们。牛二吕很害怕，吵着要回家，康建南再三挽留，拍着胸脯保证安全，他才同意住下。第二天康跃进回来，他立即说是康建南要他们过来，还说："儿子没有冒充你们的爷爷，是知道你们爷爷的事情。"

康跃进没有像在公社那样冷酷无情，还咧嘴笑着，给牛二吕递上纸烟。牛二吕赶忙递上旱烟丝，康跃进拒收了，他有些不安，也赶忙掏出火柴给康跃进点火。康跃进看着腿脚残疾的牛三品，眉头紧锁，心里想："爷爷，怎么选择这样的人家？"

康跃进接二连三地提出问题，经历康建南和张凡云一个晚上盘问的牛三品认真回答，无法回答就一如既往地说："有些事我记不起来。"

为了突出自己的工作，康跃进提出一个问题，康建南就说："我问过了，都对上了。"

康跃进生气了："别打岔。"

康跃进问了一阵就停了下来。他没有像康建南那样急忙得出结论："他就是爷爷。"而是微笑着点头。他将康建南叫到偏角，故作惊讶地说："难道真有这种事情？"

"当然有。"康建南又激动地说："我们问了很多，都对上了。"

傍晚时，康建英和康建梅带着丈夫过来了。康建英和康建梅像哥哥一样，见到牛三品张口便问，轮番攻击。牛三品招架不住，康建南就责怪她们，也安慰牛三品。她们不依不饶，提出稀奇古怪的问题。牛三品无法回答，就说："我只记得一部分事情。"

张凡云说话了："这跟做梦一样，有的记得很清楚，有的很模糊。"

他们像一家人一样说说笑笑，好不热闹。康建南和张凡云端茶递水，备酒烧菜，忙得不可开交。他们让牛三品坐在康仑朝坐着的地方，牛三品不安地扭动，康建英就说："对，爷爷以前也是这样。"

康建梅却不认同，说无论如何没有看出来。她还说："形象差别太大。"

康建英生气了，拖着腔调纠正："我的妹妹呀，我们下辈子，也不是现在的样子。"

牛二吕想坐在儿子身边，给他壮胆，也替他应对突发事情。他们不同意，康跃进还说："这与你无关。"

牛二吕坐在昏暗的角落里，没有人理睬，他去倒水，还遭到嫌弃。他不甘心遭受冷落，主动挑起话题："你们的爷爷来到在我们家里，是我们的福气。"

看到牛三品是个瘸子，康建梅怨声载道："到你家倒了八辈子的霉。"

牛二吕惊慌地低着头，连声说："是，是的。"

他又说："我带着他到处看病，没有治好。"

牛三品说去好多地方治病，还说爹在悬崖上采药，差点摔了下来。

大家纷纷议论。康建英突然说："不能怪他，他尽力了。"

她将牛二吕请到桌子边，给他添上茶水，又抓着瓜子花生放在他面前。她要丈夫给他上烟，丈夫却不见踪影。她大声喊叫，粗重的气息将灯火吹得猛烈摇晃。康建南双手护着油灯，也没能阻止灯火熄灭。他从烟荷包里取出火机，点亮油灯。康建英抢过烟荷包，抓出一把旱烟丝放在牛二吕手里，哽咽着："你辛苦了。"

康建南和康跃进及妹妹妹夫走了出去，在破败的舂米房商量起来，声音很轻，也不许点火抽烟，生怕别人看到。黑暗中康跃进也将手指头压在嘴唇上，嘘的一声，要求说话再轻一些。康建英说："晚上不能吹口哨，会招鬼的。"

康建梅立即回应："二哥是部长，有枪，什么都不怕。"

康跃进又嘘了一下，严肃地说："不要开玩笑。"

说是大家共同商量，又是康跃进一个人说话。康建南偶尔说一句，也无关紧要,他说话还没有放屁多。两个妹夫一声不吭,连屁都不敢放。康跃进颠三倒四还是开头那句话:"现在向'爷爷'行礼。"

他们刚进门,康建英啪地跪在地上,像站立不稳栽倒下去。他们慌作一团,她丈夫惊恐地喊叫,以为她又犯羊痫风。她挡开伸来搀扶的手,当当地磕头,弄得灰头土脸。这时大家松了一口气,她丈夫也叹息一声:"吓死我了。"

屋子很小,多站几个人就拥挤不堪,转身都很困难。在这里行礼不正规,显得敷衍了事,于是大家一致要求:"去堂屋里行礼。"

堂屋的神龛是神圣的地方,前面却堆着乱七八糟的东西,挂着蜘蛛网,里面有老鼠窝。张凡云带着女人去清理,康建南认为女人不能触碰神龛,要她们走开:"还是我们来干。"

破烂的八仙桌擦洗得很干净,上面铺着毯子,毯子破旧,不如不铺。康建南说铺上后显得庄重,他们就不说话。牛三品跟着康建南来到八仙桌前,他没有见过这种场面,踌躇不前,害怕地后退。康建南鼓励他,将他扶上桌子,还说:"小心,别磕着。"

牛三品坐在桌子上,康建南要他摆出菩萨的手势,他总是做不到位,很别扭。康建南帮他摆好姿势,扶着他,让他挺直身子。牛三品坐好后,康建南和康跃进站在面前,康建南双手相合,嘴里念念有词,一番折腾后,他们下跪磕头。康建南的脑袋当当地响,康跃进却装模作样,脑袋离地面很高,康建南没有磕完,他就走了。由于地方狭窄,只能两个人一起磕头。康建英和康建梅磕头时,牛三品放了个屁,康建梅忍不住叫了一声,还皱眉头吐口水,康建英说:"在爷爷面前,规矩点。"

牛三品连连放屁,臭不可闻,他们依然按照康建南的要求下跪磕头,在地上磕出响亮的声音。最后是孩子磕头,康人香很反感,看到康跃进热衷参与,就不再反抗,却很消极。康继人不愿意磕头,康建南将他抱到八仙桌前,他拼命扭动,大声哭喊,说他老放屁,臭死了。

29

红泥湾大队好久没有召开群众大会，牛二吕认为康跃进照顾他，会也不开了。康跃进没有给他平反，他没有计较，准是康跃进工作忙，无暇顾及，或者时机不成熟。有康跃进做靠山，他扬眉吐气。

这天晚上谢七娘多炒了两个菜，烧了一壶米酒，要庆贺一番。他们轮番给表现出色的儿子夹菜，说他正在长身子，要加强营养。

牛三品轻声咳嗽，牛二吕和谢七娘伸手抚摸他的胸脯，拍打后背，牛三娥赶忙倒茶。他们都说："慢点，别噎着。"

罗保光突然来到门外，从窗户上看到他们吃得津津有味，咻咻地舔着舌头。牛二吕看到罗保光，赶忙将腊肉和煎鸡蛋藏进碗柜里，谢七娘却说："怕什么，又不是偷的，也不是抢的。"

罗保光过来带牛二吕去大队，参加明天的群众大会，却想在他家喝酒吃饭。谢七娘问他："哪股风把保光支书吹了过来？"

他支支吾吾，像嘴里含着东西。牛二吕取来筷子，端来一碗米酒，他推辞起来，还惺惺作态。牛二吕觉得他来者不善，也客气地说："不管干什么，先喝酒。"

他不再客套，抢夺似的端起碗，喝得咕噜咕噜。谢七娘端出碗柜里的腊肉和煎鸡蛋，还没有放下来，他就站起来伸着筷子，夹着一块腊肉放进嘴里，风卷残云般咀嚼起来。他尴尬地笑着，呜里哇啦地说："来得早不如真赶得巧。"

牛二吕全家人目瞪口呆，不知道如何应对这个将肉嚼得咔嚓卜嚓、将酒喝得呼呼啦啦的家伙。几碗酒下肚，罗保光胡言乱语，嘟囔出过来的目的："我来带你去大队……明天要开群众大会。"

那个全身抖动的酒嗝没有使他清醒，只让他的声音停顿一下。牛二吕没有生气，依旧痴呆地坐在那里。谢七娘喊叫着："……你好意思在这里大吃大喝。"

罗保光猛地一惊，咬着的肉块掉在身上，他赶忙捡起来塞进嘴里。他在裤子上擦着手，又伸手擦拭油光发亮的嘴唇。牛二吕埋怨谢七娘，也说："大队干部里，只有保光支书对我好。"

罗保光咧嘴一笑，又吃了起来，但动作慢了。他又喝了两碗米酒，将腊肉和鸡蛋吃得精光。他酒醉醺醺，哇哇呕吐。他呃呃地往喉咙里压入空气，将堵在那里的酒菜压下去。随后他说："你得跟我去大队。"

罗保光摇摇晃晃，一口气能将他吹翻，他却唱了起来，鬼哭狼嚎，也痛苦呻吟。他趴在柴火垛上呼呼大睡，谁也叫不醒，像一具死尸。一阵风吹过，他站了起来，嘟囔着："我……我没有喝多，我还要喝酒。"

罗保光丑态百出，牛二吕吭哧一笑，大声喊叫："你能不能走？"

"能……我能。"罗保光啪啪地拍着胸脯，拍得猛烈咳嗽，口水直流。他咿咿呀呀地说："不要说走，就是跑，也没有问题。"

牛二吕看了一眼，头也不回地走了，心里想："你迟早会摔得鼻青眼肿。"

牛二吕往公社走去，去找康跃进，还奔跑起来。罗保光吓得清醒了许多，慌忙喊叫："你走错了。"

牛二吕没有理睬，继续奔走。听到罗保光的哭喊声："去大队，不是去公社。"他生气地回了一句："我就是要去公社。"

罗保光努力追赶牛二吕，距离却越来越远。他胸口发闷，赶忙坐下来。

他向牛二吕求救，像小狗哼叫，随后迷迷糊糊睡着了，打着响亮的猪婆鼾。

牛二吕在路上奔走，没有停止期望找到康跃进的祈祷："阿弥陀佛，菩萨保佑。"

他询问康跃进是否在公社，也这样嘀咕。听到他神灵啊菩萨呀叫唤，杨大毛想起他儿子与康跃进的事，立即笑脸相迎："是你呀，我眼花，没有看清。"

杨大毛说康跃进在宿舍里睡觉，心里却说："等一会儿有好戏看。"

康跃进与彭春花在里面鬼混，杨大毛幸灾乐祸，悄悄等待牛二吕被骂得狗血喷头。牛二吕咧嘴笑着，轻轻敲门，轻声说："康部长，你好。"

屋子里没有动静，他失望地靠着墙蹲下来，掏出旱烟杆抽烟。门突然嘎吱一声打开了，他赶忙站起来，哀求着："康部长，我想请你帮忙。"

康跃进张着河马示威一样的大嘴，高举双手伸着懒腰，身子扭来扭去，仿佛芒刺在背奇痒难忍。牛二吕战战兢兢，赶忙道歉："对不起，把你吵醒了。"

康跃进伸手挡住门口，没有让他进去。他看到彭春花坐在里面，双手交替地捋着头发，整理衣服，就说："我跟彭指挥长打个招呼。"

康跃进嘴唇哆嗦，像开水烫着了。要不是康跃进说"不要说彭指挥长在我屋里"，牛二吕不会想到他们在里面鬼混。康跃进要他保证，还说："这事只有你知道……"

牛二吕满口答应，点头如捣蒜泥。他又猛地摇头，将这句"借我一千个胆也不敢说"摇得叽里呱啦。康跃进将他拉到旁边，轻声问："什么事，赶紧说。"

牛二吕说大队要开会批斗他，请求他关照。康跃进迟疑不决，他就指天发誓："我要是盗窃生产队的稻谷，不得好死。"

康跃进答应给黄叫五打电话，却说："你是不是偷窃稻谷，要进一步调查。"

他拨好几次电话，没有人接听，就说："打不通，不能怪我。"

牛二吕泪眼汪汪地看着康跃进，希望他给出万全之策，康跃进却挥手要他回去，说他也没有法子。

他跌跌撞撞走到大门口，想起明天的遭遇，泪水滚滚而出。杨大毛和何光文在那里说话，他赶忙抬起袖子擦拭眼泪，装得若无其事。杨大毛说："把饭钱结一下。"

"我现在没有钱，再缓几天。"

"你给我写一张条子。"

牛二吕恍然大悟，立即去找康跃进。他站在门口战战兢兢地说。"我想请你……"

"还有什么事。"康跃进说得很干脆，看起来很热心。

"请你给叫五支书写一张条子。"

康跃进没有以前签字批条一挥而就的势头，他抓耳挠腮，想了很久才说："这很难办。"

牛二吕苦苦哀求："只有你能救我。"

康跃进翻了几个抽屉，找到一个塑料皮本子。牛二吕伸手压着拱起来的塑料皮，康跃进却要他离开："你这样子，我写不出来。"

康跃进写了一张纸条，撕下来反复查看。牛二吕伸着手，康跃进没有给他，还将纸条揉成一团扔在地上。牛二吕弯腰捡拾，康跃进的任何东西，对他来说弥足珍贵。康跃进伸脚踩踏，踩着他的手。康跃进看了一眼，就说："不要了，我再写一张。"

他松开手，恭恭敬敬站在那里。康跃进写了很久，仿佛在上面刻字，他反复默读，又花了许多时间。牛二吕搓手顿脚，脸皮颤动，像冻得发抖。康跃进将纸条交给他，他激动得哭了，泪流满面。康跃进说："黄叫五要整治你，就要他给我打电话。"

牛二吕将纸条装进内衣口袋，和钱放在一起，反复按压，觉得稳妥可靠才放手。他走到门口又转过来，对着康跃进深深鞠躬，然后说："我永远记着你的大恩大德。"

罗保光被哇哇呕吐弄醒了，他吐了一地，脏了一身。他手忙脚乱地擦拭，没有忘记咒骂牛二吕和他十八代祖宗。他向黄叫五报告情况也破口大骂："牛二吕，真有他的，耍花招跑了。"

黄叫五骂着牛二吕和他的祖宗，但没有像罗保光那样歇斯底里。他用旱烟锅砸着地面，喊叫着："带两个民兵，把他抓起来。"

罗保光吐出酒菜，被风吹了一阵，依然头昏脑涨，身子乏力。他使劲推辞："我年龄大了，吃不消，你换个人去。"

黄叫五瞪着眼睛，心里想："你这个老家伙，真没用。"

他的嘴巴嚅动了好久，才对罗保光说："把唐积是和朱时丰叫过来，要他们去找。"

罗保光还没有叫来民兵，牛二吕就跑了过来。他扶着门框大声喘气，将脱落的对联吹得呼啦啦飘了起来，像大风吹拂旗子。黄叫五表情难看，正要说"给一个让我信服的理由"，牛二吕却递给他一张纸条，语气生硬地说："跃进部长给你的信。"

简短几句话黄叫五看了很久，还反复看着纸条背面，希望跃进部长给出更多指示。当牛二吕说："那边没有了。"他才停下来。

30

谈见香从曾亮娥家的鸡和牛二吕家的狗上尝到甜头，沉溺于在村里偷鸡摸狗，社员从此不得安生。他隔三岔五不干上一回，就心神不定，坐卧不安。

他想偷钱，钱到手了，省去变现的过程。社员身上没有钱，偶尔有钱，都深藏不露。他琢磨大队会计尤桂华很久，尤桂华掌管大队的钱财，还替农村信用社承揽业务。他想弄清楚尤桂华的钱放在哪里，拿着五块钱对尤桂华说："我要存钱。"

尤桂华断然拒绝："太少了。"

"要存多少？"

"至少十块。"

他攒足十块钱过来存储，尤桂华从里屋抱出一个铁皮盒子，打开铜锁，里面还有一个盒子，很精致，像贵妇人的首饰盒。尤桂华说："枪都打不烂。"

尤桂华打开能伸进手的缝隙，从里面摸出一本票据和一支圆珠笔，迅速合上盖子，上好锁，将盒子抱在怀里。他似乎知道，谈见香要图谋不轨。谈见香没有想到，尤桂华用链条将盒子锁在柜子里，柜子上挂着大铁锁。他老婆戏称：大铁锁能打一把锄头。为了表明盒子安全牢固，尤桂华说："用刀砍，用火烧，用铳打……都搞不开。"

有人问："用炮轰呢？"

尤桂华瞪着眼睛，咬牙切齿地说："那我们都得死。"

谈见香觉得从信用存款里偷钱比登天还难，就不再觊觎这里。尤桂华还说："这里不存钱，钱都送到公社信用社主任那里。"

谈见香只能偷窃社员饲养的家禽家畜，不过社员提高了警惕，看管很严，有人拿着长刀和鸟铳，暗中蹲守。他痛苦地感叹："弄点东西，越来越难了。"

隔壁生产队的五保户电光老子养了一只黑山羊，不久后他卖掉羊去卫生院看病，他的哮喘又严重了，咳嗽不止，吐出浓黑的痰。黑山羊长着很大的犄角，经常蹭坏树皮，弄掉头上的毛。他将羊牵到山上，拴在视线范围内，防止窃贼下手，也提防绳子缠住黑山羊。谈见香不敢在白天行窃，总觉得周围有人，那些蓬松的荆棘丛里，仿佛藏着人。

在伸手不见五指的黑夜，谈见香对电光老子说完要锁好门，决定对黑山羊下手。他将葵杆火舞得呼呼啦啦，大声唱歌，表明他回家了，这里随后发生的事情，与他无干。他回家睡觉，弄出响亮的声音，邻居问他："是不是打老鼠？"

有人很热心："把我家的猫弄过来。"

这人还说："我家的狗也很厉害。"

谈见香惶恐不安，也响亮回答："你家的猫害怕老鼠，狗连癞蛤蟆也抓不到。"

他又说："什么时候把狗做了，我们打牙祭。"

他喊叫着，又假装咳嗽，然后对邻居说："头痛得抬不起来。"

有人争着说："去卫生院看看。"

他努力渲染自己生病了，制造在家里睡觉的假象。杨文玉怨声载道："深更半夜里瞎折腾。"

杨文玉睡着后，他往电光老子家里走去。他摸黑走了一程，摔了一跤，就掏出打火机，准备点着干葵杆。他嗤嗤地转动砂轮，火星四溅却打不着火。他心疼不已，仿佛飞溅的不是瞬间即逝的火星，是一颗颗金子，还伸手拦截。他为荒唐的行为咧嘴笑着："把我摔糊涂了。"

他捏着火机纱芯，揭开火机尾盖，咬着火机尾部用力吹气，吹得汽油从纱芯口流出来。他深吸一口气，攒足力气，转动砂轮。他打着了火，砂轮却飞了出去。他大惊失色，火机晃动火苗熄灭了，他又回到黑暗中。他没有去偷窃电光老子的黑山羊，说兆头不好，老天不帮他。

第二天晚上月亮露头，他张牙舞爪地喊叫："天助我也。"

他来到电光老子屋旁的树林里，伺机对黑山羊下手。电光老子的破烂屋子前面有人，叽叽喳喳，像争论问题。一群伢子追逐打闹，大人破口大骂："吵死呀，摔死你们就安静了。"

伢子停了一下，又打闹起来，吵得更凶，跑得更远。一个伢子跑到谈见香跟前撒尿，地上的树叶窸窸窣窣，像老鼠奔跑。谈见香敛声屏息，憋得满脸通红。他抓起一块石头往旁边扔去，哗啦啦直响。伢子没有尿完就落荒而逃，哭喊着："有鬼。"

一个女人骂道："鬼你个头。"

伢子急得直跳，指天发誓："我要骗人，是小狗。"

"是猫抓老鼠。"好几个人都说，有人还跟他打赌。

谈见香赶忙离开，还会有人过来撒尿。他来到安全的地方，折下树枝铺在地上，歪着身子躺在上面抽烟。他睡着了，醒来时身上火辣辣地疼痛，以为旱烟锅所为，但很快知道是树叶上有痒辣子。他抓着旱烟杆说："差点冤枉了你。"

他不知道睡了多久，看到电光老子的地坪里还有人，认为时间过去不长。他又坐下来抽烟，心想："卖了这只羊，就买一块手表。"

那些人散去后，电光老子屋子里鼾声如雷。他抬起手腕做出看表的动作，就往电光老子的羊栏走去。几根在电光老子看来牢不可破的木头，被他三下两下拆卸下来。他没有着急爬进去，而是躲在旁边的柴火垛后面观看，确认电光老子没有发觉才行动。

里面有许多粪桶和杂物，黑漆漆的像黑山羊趴在那里。他轻声嘀咕："哪一只是羊？"

他走向那个很大的黑影，认为这只"羊"能卖很多钱，能买一块好手表，可是角落里出现声响。那才是黑山羊，他靠了过去。黑山羊高高跃起，狠狠地撞过来，坚硬的犄角准确撞击他的胯部，连撞几下。他痛得就地打滚，也没有放弃偷走黑山羊，他双手抓着犄角，用力往缺口拖去。电光老子在屋里大声喊叫，他赶忙爬出来，双手轮番交替地抓住胯部，亡命逃窜。

他下身疼痛难忍，像扎着刀子，他不敢叫唤，生怕被人发现。后来他希望被人看到，背他回去，或者叫家里人过来，可是深夜里路上静悄悄的。他大口抽烟，试图减轻痛苦，却收效甚微。他抓着旱烟丝不停地咀嚼，疼痛有所缓解。他站起来慢慢行走，这段不远的山路，他走了很久。

他连夜被人送去公社卫生院。他的睾丸破裂了，刘为雄没有看出来，但要求他去城里医院，进行翔实检查。刘为雄说："里面出了问题。"

他若不极力辩解："不小心摔了一跤。"

刘为雄不会嘲笑他："这个理由太牵强了。"

刘为雄又说："跟老婆睡觉悠着点。"

他没有去城里医院，以为过一段时间会好起来。他不顾刘为雄劝告，迫不及待跟老婆同房，胯部剧烈疼痛，还晕厥过去。他又去找刘为雄，刘为雄给他打针上药，也告诫他："病没好，要节制。"

他去城里医院治疗，切除了坏死的睾丸。医生告诉他："早点来治，另一个兴许能保住。"

他认为问题不严重，只是身上掉了两块肉。这个没有子嗣的家伙，听到医生说他丧失了生育能力后痛哭流涕，寻死觅活。病友和医护人员好言相劝，无济于事。他冲出病房，对着墙壁拳打脚踢，手上鲜血直流，双脚疼痛不已。他大声哭喊："电光老子，我跟你没完。"

31

杨文玉以为他痊愈了，迫不及待要跟他亲热。自从那次折腾得他下身剧烈疼痛，他们分居了。她躁动不安，着急地问："那里好了吗？"

谈见香点头又摇头，让人模棱两可。她认可有利的点头，赶忙说："晚上我们住在一起。"

她将他的被褥抱过去，像布置新房一样，将床铺弄得很干净。看到她红彤彤的脸庞和火辣辣的目光，他全身亢奋。他突然抱住她，像调戏别人的女人，做出下流动作。杨文玉生气了："急啥，晚上再说。"

她咧嘴一笑："有多大本事，到时候都使出来。"

天没有黑，杨文玉拉着他往里屋走去，还解开他的裤子，抓着他的胯部。他连忙躲闪，咿呀叫唤："太早了，等一会儿有人串门。"

她松开手，奋力一挥，果断地说："不管它。"

谈见香推辞的理由很多，却这样说："猪食没有煮，猪也没有喂……"

她说："先睡觉，等一会儿我来干。"

谈见香挣脱她冲出去，大声询问喂多少猪食，加多少水和糠皮。杨文玉怒气冲冲地说："我去喂猪。"

谈见香勤快地洗碗搞卫生，修理农具。杨文玉喂完猪，剁完草，又要跟他上床。他奋力推脱："我去跟叔叔说个事。"

"明天再说，现在跟我睡觉去。"她恬不知耻地说。

她左顾右盼，周围没有人，就娇嗔地说："人家想你了。"

谈见香无法脱身，就让杨文玉牵着手走进里屋。他哈欠连天，表明他不会走向其他地方，里屋破旧的木床是他的归宿。他突然甩开手，往外面走去："我去屙个尿。"

他们上床毫无新意，杨文玉依旧抓着他的胯部，抓得他嗷嗷直叫："轻点，那里动过手术。"

她轻轻抚摸，轻声说："再轻，就没有感觉了。"

谈见香钻心的疼痛，慌忙拿开她的手，垂头丧气地说："我已经废了。"

杨文玉哭了一夜，后来声音小了，也影响邻居休息。邻居以为屋后椿树上的猫头鹰啼叫，给人不祥之感，他们骂骂咧咧，要用鸟铳将它打下来。

杨文玉羡慕村里的女人，她们的男人如狼似虎，英姿勃发，膝下儿女众多，享受做母亲的快乐。她使出浑身解数，谈见香也萎靡不振，就向他提出离婚，还振振有词："我要做正常女人。"

谈见香不同意离婚，却不能理直气壮地拒绝。杨文玉轻轻一句"你是男人吗"，让他哑口无言。他哭着哀求，也无济于事，就抽打嘴巴，用头撞墙。

杨文玉的爹杨不凡听说她要离婚，气得七窍生烟，还昏厥过去。他反复说谈见香能干，孝敬老人，是十里八乡的好后生。家里人轮番劝说，试图让他消停下来，却事与愿违，还遭到责骂。儿子杨文光忍无可忍爆了粗口："给我闭嘴。"

杨不凡吱哇乱叫，抓着东西砸向着杨文光。他被人抱住也大喊大叫："老子打死你。"

他突然将旱烟杆打过去，嗖嗖地飞快旋转。杨文光慌忙躲闪，怒不可遏："老糊涂了，好坏不分。"

老母亲气得浑身发抖，凭借拐杖的帮助，她的三寸金莲也走得跌跌撞撞。她用拐杖指着杨文光，不停地喊叫："造孽啊，出了个不孝之子。"

杨不凡躺在大板凳上浑身抽搐，仿佛就要死去。杨文光瞥了一眼，嘀咕着："装神弄鬼。"

他又说："这点小把戏，吓唬谁？"

家里平静后，杨不凡要杨文光将杨文玉喊回来，说服她打消离婚的念头。杨文光嘴巴伸得很长，像调皮的猩猩，但还是去了。他见到杨文玉，没有说出杨不凡生气的话："说我要死了。"而是说："爹很生气，你看着办。"

在杨文玉家里酒足饭饱后，他说："你离他远一点，他说要打断你的腿。"

杨文玉给爹买了一只铝烟盒，给老母亲捉了一只鸡，提上一筐鸡蛋。她踏进娘家门，杨不凡怒气冲冲，不过看到旱烟盒子就停止喊叫。他态度转变，老母亲就说："你不要吓唬她。"

杨不凡轻蔑地看了一眼，算是给老伴一个回应。他对杨文玉说："在雷公山，离婚如同男盗女娼，丢人现眼。"

杨文玉坚持离婚，他暴跳如雷，大声咆哮："你要离婚，就等我这把老骨头埋进土里。"

在杨不凡的生日上，杨文玉向堂妹杨竹英讲述离婚的原因，以为她会捧腹大笑，她却同情起来，还愤愤不平："是没法过下去。"

她又说："如果离不成，就悄悄找个男人。"

杨文玉呆若木鸡，随即晃动脑袋，用下巴指向噗噗抽烟的爹，轻声说："他会打死我的。"

杨竹英将杨不凡叫到僻静的地方，搬着凳子坐在那里，长久交谈。老母亲不胜其烦，大声喊叫："什么时候了，还没完没了说话。"

杨不凡去找撸起袖子干活的杨文玉，她从后门走了，还要杨文光骗他："我去茅房了。"

杨不凡追了过去，反复说："跟你说一句话。"

杨文玉还没有停下来，他就说："我不反对你离婚……"

他又说："离了婚，就搬回来。"

32

没有杨文玉管束，谈见香恣意妄为。他盗窃手法多样，拉帮结伙。他离婚后第一次行窃，就从谢寡妇家里下手。谢寡妇开始嫌弃谈青水，说他太老，不讲卫生。她喜欢谈见香那样精力充沛的男人，但他们不容易上手。为了满足肉欲，她又跟谈青水在一起。在欲壑难填的谢寡妇面前，谈青水很害怕，常常力不从心，也痛惜家里的东西，像搬家一样成为她的财产。有人以为谈青水要搬过去居住，戏谑地说："什么时候搞杯酒给我们喝。"

谈见香将谈青水送去的东西偷回来，不是还给他，也不是自己使用，是将它们卖出去，或者换成其他东西。他从谢寡妇家里偷到谈青水的大木桶，卖了很多钱，却摔得头破血流，花了不少医疗费，还影响出工。

他又从谢寡妇家里偷来一床晒稻谷的晒垫，晒垫很轻，不像大木桶那样让他弄出一身臭汗。他埋怨谈青水没有早点将晒垫送给谢寡妇，还说："那样我早弄过来了，现在穿上了新衣服。"

他以低廉的价格，将八成新的晒垫卖给联系好的人家，用这些钱做了一套衣服，不过购买从旧轮胎上割出来的草鞋落空了。

谢寡妇丢失大木桶时没有咒骂，以为别人借用，就挨家挨户寻找，也不停地埋怨："借东西也不跟我说一声。"

她咬定谈青水将大木桶扛了回去。谈青水矢口否认，她厉声指责："别过河拆桥。"

谈青水答应给她打一只新木桶，她停止吵闹，也认为他没有取回大木桶。丢失晒垫时，她声泪俱下地哭诉，像忆苦思甜会上控诉恶霸地主，字字见血，句句戳心。谈见香心惊肉跳，好多天不敢出门。

谢寡妇以抓贼为由，邀请谈见香和谈青水晚上守在家里，好茶好酒招待。谈青水满腹牢骚，反复说："我一个人能行。"

谢寡妇生气了："再丢失东西，你要赔偿。"

他无言以对，过了好久，才嘟囔着："人家想跟你快活快活。"

谢寡妇再三保证："不会亏待你。"

他也听到她蚊蝇般的嘀咕："我比你年轻，更需要……"

她伸着灰指甲在他额头上戳了一下："你懂吗？"

谈青水咬着旱烟杆使劲点头，嗯嗯应答。挂在旱烟杆上的烟荷包甩来甩去，像公牛胯下吊得很长的卵蛋。在谢寡妇轻佻淫荡的目光里，他瞪着血红的眼睛，嘴里呼哧呼哧，像发情的狗。

这天晚上，谢寡妇又喊来谈青水和谈见香。她坐在谈见香对面，身子歪向旁边的谈青水，给老姘头一点安慰，也表明："谈见香只是一个帮手。"

她的脚从四方桌下面伸过去，踩着谈见香的脚背。谈见香故作镇定，依旧大口喝水，噗噗地抽烟。她的脚趾头像螃蟹走路一样跳动，沿着谈见香的小腿爬上去，停在膝盖上。谈青水看着他们，谢寡妇慌忙抽回脚，招呼他们喝茶抽烟。她沉思一下后说道："我去烧一壶酒。"

她炒了两个菜，与谈青水第一次跟她上床时如出一辙。谈青水喜不自胜："今晚有戏了。"

喝酒时谢寡妇的脚又伸了过去，踩着谈见香的膝盖左右摇摆，弄得他春心荡漾，裤裆膨胀得像撑起一把小伞。谈见香左手在桌边悄悄游动，却没有伸下去抓住她的脚。谈青水两碗酒下肚就昏昏欲睡，趴在桌子上。谈见香喊了一声，他没有答应，还流着口水，打着呼噜。谈见香放下筷子，双手抓住谢寡妇的脚，她嗷嗷叫唤。谢寡妇突然将脚蹬向谈见香的裆部，谈见香失声惊叫，将嚼成烂泥的菜肴喷射出来。谈青水抬起头睁开眼睛，他面红耳赤，慌忙解释："吃到虫子了。"

这一晚谢寡妇没有要他们抓贼，说将东西搬进屋子，上好锁就很安全。这个早已绝经的老女人，趁谈见香上茅房解手，对渴望与她上床的谈青水说："我来那个了，不方便。"

她有机会跟谈见香说话，但没有说出心里话"你别走"，也没有说："你过来，给你留门。"

他们刚出门，她就嘎啦啦插上门闩，制造上床睡觉的假象。她简单梳洗一下，立即走向谈见香家里。谈青水在谈见香屋子里说话，她躲进柴火垛里，残忍地占据一条狗和一只猫的领地。她躁动不安，体液像烧开了。她想着谈见香，骂着谈青水："老不死的，妨碍老娘的好事。"

谈见香催促谈青水回去，谈青水说："睡啥，又没有老婆。"

想起即将与谈见香风流快活，谢寡妇激动地握拳捶击手掌，笑着说："等一会儿，让你知道老娘的厉害。"

谢寡妇与谈见香频频通奸，也没有冷落谈青水。

谈见香想挤走谈青水，却不敢对谢寡妇说。他觉得扮鬼能吓跑谈青水，就用篾条编织形状怪异的篓子，在上面糊上薄纸，按照连环画上的鬼魂涂画起来。他还发出怪异的声音，制造恐怖气氛。

他决定在夜里行动。下午他向生产队长请假，也告诉谢寡妇："晚上去姑父家里。"也就是说，他晚上不能爬上她的床铺。收工后他在山上转到天黑，顺便采集草药，捡拾蘑菇。谢寡妇没有让谈青水完事后回家，说很害怕："这几天外面老有声响。"

谈见香悄悄来到谢寡妇的卧房外面，举着篓子，将鬼脸对着窗口。一切准备就绪，他就鬼哭狼嚎地喊叫，还用手电光照射鬼脸，晃动篓子，努力渲染恐怖气氛。他听到谈青水和谢寡妇的尖叫声，谢寡妇还呜呜地哭。他希望谈青水惊恐万状落荒而逃，以后不再过来，可是谈青水悄悄爬起来，寻找东西。谈见香听到声响，却不知道他干什么。谈青水拿着门后的红缨枪，对准鬼脸刺去，力气很大，折断了窗梁。红缨枪扎进鬼脸里，外面发出一声尖叫。从断断续续的手电光里，他看到一个人仓皇逃窜。他赶忙安抚魂飞魄散的谢寡妇："是人，不是鬼。"

33

谈青水屡屡失约，谢寡妇生气了："以后你不要来了。"

谈青水嚅动嘴巴，似乎要申辩，却一声不吭地走了。他回到家，关上门，咬牙骂道："臭婊子，老子不稀罕。"

谢寡妇有了新欢，立即踢开这个老家伙。谈青水要找出这个人，找到后要干什么，他不知道。他观察每个人，连细伢子也不放过，甚至认为发情的公牛与她有染，还说："这个骚娘们，什么事都干得出来。"

他躲在谢寡妇的柴火垛后面，这个患有气管炎的老烟鬼，居然长久不咳嗽，不抽烟。为了防止睡着，他掐着干巴的腿，掐得青一块紫一块。谈见香与谢寡妇勾搭成奸，就悄悄盯着谈青水。这天晚上他没有去谢寡妇家里，因为谈青水蹲守到天亮。第二天大清早，谢寡妇双手叉腰，怒气冲冲，谈见香赶忙说："有人躲在柴火垛后面。"

"是谁？"

谈见香摇着头，哼叫着："你说还有谁？"

晚上谢寡妇等待谈见香过去，他又迟迟不来。她想起他说过的话，立即端着一盆开水悄悄走向柴火垛，不管那里是否有人，在什么位置，胡乱地泼洒下去。她咬牙骂道："让你知道老娘的厉害。"

谈青水没有淋着开水，却落荒而逃。他以为她泼洒小便，庆幸自己藏得好，逃得快，如果沾上女人的尿，会一辈子倒霉。

谢寡妇与谈见香好上后，家里没有丢失东西，其他人家里也很少失窃。

她将这些归结于晚上有了谈见香，窃贼不敢过来。她对谈见香百般宠爱，谈见香裆部有时软塌塌的，她也不埋怨，不哭闹，还说："别急，慢慢来。"

谈见香贼心不死，从谢寡妇家里回来，总要拿点东西，譬如斗笠和蓑衣，锄头和箢箕……但他很快明白过来，立即物归原主。他拍打偷拿东西的手，警告自己："不能谁的东西都拿。"

他指天发誓，东西却照拿不误，然后懊悔不已。那次他拿走谢寡妇的箩筐，醒悟过来放回去时，放了个屁，惊动在牛栏上蹲守的谈青水。谈青水张牙舞爪，大喊大叫，像看到房子着火了。社员操着家伙喊叫着赶来，谢寡妇也参加追捕，还扛着红缨枪。大家争相喊着："别让他跑了。"

谈青水很想表现，却力不从心。他来到谢寡妇身边，讨好地说："我发现的，窃贼偷了你的箩筐。"

谢寡妇没有感谢，反而很生气："你来我家干什么？"

"替你看家，帮你抓贼。"

她哈哈大笑："难得你有这份好心。"

谈见香练就窃贼的看家本领，跑得飞快，大家不是他对手。他还停下来，悄声向他们挑衅："来呀，来抓我呀……"

他没有说完，就踏空栽进路边的荆棘丛里。荆棘很茂盛，有的比人高，枝叶相互渗透。他们吵吵嚷嚷，站在他消失的地方东张西望，大惑不解："怪了，一眨眼不见了。"

"难道钻进地里了？"

谈见香惶恐不安，下面深不可测的水潭，犹如张开的虎口。他踩着石头，抱着树干，一动不动，呼吸也停止了。他们找不到窃贼，就拿着石头朝着荆棘丛挨个砸过去。他们很快听到喊叫声："别砸了，我上来。"

看到谈见香，他们朝着谢寡妇喊道："抓住了，是谈见香。"

谢寡妇过来时，谈见香从荆棘丛里上来了。他们以为她会破口大骂，甚至大打出手，可是她一动不动，像一捆柴火。大家纷纷指责谈见香，她猛地跺脚，哼叫一声，扭着肥臀走了。

谈见香拒不承认其他盗窃是他所为，但大家心照不宣将所有盗窃案件加在他身上。黄叫五也说："不是他，还会是谁？"

谈见香成为红泥湾大队新的盗窃分子，接受人民群众的批判。社员纷纷上台，高举破旧鞋子，似乎拍下去就皮开肉绽。他们排着长长的队伍，谈见香吓得瘫坐在地上，尿湿了裤子。

在一些人撺掇下，谢寡妇上台了。大家以为她要抽打谈见香，或者往他身上啐口水，至少痛骂几声，可是她伸手替谈见香整理衣服，抹去他脸上和头发上的灰尘。大家很生气，纷纷指责："去，一边去。"

黄叫五将她赶了下去，说她没有原则立场。

牛二吕被逼无奈上台了。有人牵着他的手，有人推着他，还有人煽风点火："机会难得，狠狠地打。"

他没有举着鞋子，尽管有人蹲下来帮他脱鞋，并说："用鞋底抽打，效果更好。"

他猛地摇头，实话实说："鞋底烂了。"

那个脸庞像老树皮的人大声反问："两只都烂了？"

他使劲点头，嗯嗯肯定，还说："打坏了，就没得穿了。"

树皮脸脱下自己的鞋子给他，他没有接，赶忙离开。一个门牙短了一截的人替他解难："快穿上鞋子，太臭了。"

他又说："你的鞋子影响大家的情绪。"

树皮脸马上回敬："你的鞋子更臭，臭不可闻。"

两人为了鞋子激烈争吵，大打出手，要分出胜负。黄叫五猛击树皮脸一拳，打得他东倒西歪，咿呀叫唤。看到树皮脸被打，短门牙嘿嘿地笑。他挨到更重的拳头，也听到黄叫五的奚落："你是等着我打你。"

黄叫五还气他："没见过你这样的人。"

黄叫五又对他们吼叫："滚，滚远点。"

谈见香鼻青脸肿，伤痕累累，但没有骨折。谢寡妇不再找他，在地里干活，也不看他，还说："不如养条狗，狗知恩图报。"

大队和公社的文艺宣传队，将他的行为编入节目，让大家引以为戒。他感到生不如死，却害怕死去。他决定远走他乡，离开这个让他蒙羞的地方。

在那个月光皎洁的夜晚，他穿着干净的粗布衣服，背着挎包出发了。他疾步如飞，却不知道走向何方。他不停地走，总觉得天要亮了，却迟迟没有亮起来。他来到一座遭到人为捣毁的寺庙前，疲惫不堪，却不敢在这里睡觉。在菩萨显灵的地方，他说话也特别注意。他看到门窗毁坏的屋子里有光，好奇地走了过去。

地上有一个火红的东西，在黯淡的灯光里血腥可怕。他喊了一声，没有动静，就以为是鬼魂作祟。他惊恐万状，在隐约的山路上亡命逃窜。

他明明看到一条路，可是踏上去身子往下坠落。树枝和荆棘扫得他脸庞火辣辣地疼痛，他哭出不想死的声音。那句"放过我，下辈子给你们当牛做马"，是他从陡坡上滚落到深潭里，呜里哇啦发出的绝望。他不会游泳，在水里扑通扑通折腾。他想抓着东西，手里却一无所有，想踩踏给予他生存机会的地方，也屡屡踏空。他猛烈咳嗽，嗓子像插入刀子一样疼痛。他喝饱了，水还在灌入。

几天后一群放牛的伢子发现了谈见香，他趴在水上，一动不动像一头死猪。他摆放在路边，无人认领。这里的人拆除一间废弃的牛栏，为他打了一口薄棺材，以无名尸体埋葬在荒山上，也将壮汉投河自尽的消息散布出去。

34

破庙里火红的东西不是鬼神显灵，是一床被子，里面躺着两个被脚步声吓得魂不附体的青年男女。女的是谈见香的表侄女，为了逃婚与有夫之妇私奔，走累了在里面睡觉。她不知道来者是谈见香，谈见香失踪成了千古之谜。她后来知道，表叔在她与人私奔的那个晚上失踪了，没想到被她吓死了。

谈见香失踪后，红泥湾大队安宁了。大家不约而同地认为，村里所有偷窃行为，都是他所为。牛二吕也认为生产队稻谷失窃是谈见香作案，他丧心病狂地殴打自己，就疑窦丛生。许多人相信牛二吕没有偷窃，大队没有给他平反，是害怕承担责任。有人说："应该去讨个说法。"

那次肖国才神秘地对他说："我和叫五支书，怀疑是谈见香偷的。"

他决定去找黄叫五，要他给自己平反，可是黄叫五很贪婪，求他办事不送礼就免开尊口。谢七娘抓来一只鸡，他说："那次给他送鸡，他像没有收到一样。"

谢七娘也认为黄叫五是白眼狼，批判牛二吕时，他没有关照。可是她抓着鸡说："要不，送两只。"

谢七娘抓了两只鸡，牛二吕只同意送一只，说现在不同了，他有跃进部长撑腰。他又说："给他一只鸡，是给他面子。"

牛二吕站在门口，躺在大板凳上的黄叫五睁开一只眼睛。他没有像对待其他人那样，合上眼睛继续睡觉，让刘素云应付他们："让他睡一会，他太累了。"而是挣扎着爬起来。他向刘素云伸着手，刘素云视而不见。牛二吕立即走过去，一手抓着鸡，一手拉着他。牛二吕手忙脚乱，力所不及，黄叫五就冲着刘素云喊叫："过来帮忙。"

刘素云眉头紧锁，远远地站着，大声埋怨："天天喝，顿顿喝，醉死你就安静了。"

牛二吕不知所措，双手捧着鸡伸过去："给你补身子的。"

刘素云客气了一下，就将鸡放到隔壁房间。黄叫五递上旱烟丝，牛二吕伸着双手，身子弯得像煮熟的虾子，额头碰到桌沿上，当地一声。他尴尬地笑着："不碍事。"

他摸着桌沿，又说："桌子也没有事。"

黄叫五以为近期没有批判他，他来感谢，可是牛二吕说："请支书明察，给我平反。"

"事情过了这么久，说不清楚了。"

"好多人说是谈见香干的。"

"他失踪了，生不见人，死不见尸。"

牛二吕无话可说，痴呆地站在那里。黄叫五吭哧笑了："不要急，等谈见香回来，让他承认偷窃了稻谷。"

"他不承认呢？"牛二吕顾虑重重。

黄叫五说他会有办法，牛二吕看到了希望。他猛地摇着黄叫五的手，没完没了地感谢。他也感谢刘素云，伸着手却缩了回来。他笑着说："我永远记住你们的大恩大德。"

他激动不已，嘿嘿地笑。黄叫五却阴阳怪气地说："我是看着跃进部长的面子，不是你送来一只鸡。"

牛二吕笑嘻嘻的，出了门却脸色大变："吃人不吐骨头。"

他四处打探谈见香的下落，却始终不见他的踪影。他不再寻找，是有人说："谈见香下了大狱。"

还有人说："他被打死了。"

他梳理对自己有利的信息，对黄叫五说："他在外地偷东西。"

他没等黄叫五说话，又说："有人说他就地正法了。"

黄叫五嗫嚅着嘴巴，那句想好了的话"找个合适的机会给你说一下"，却没有说出来。他被迟迟不响的喷嚏纠缠得很痛苦，喷嚏迟延回答问题，谁能在打喷嚏时说话？他打出震响山谷的喷嚏，又张着血盆大嘴，伸手在牙缝里抠来抠去，似乎要将牙齿掰下来，一个个清洗干净。牛二吕跑向竹林，攀着竹竿爬上去，弄到一根竹枝。他举着竹枝跑过来，黄叫五吭哧笑了："喂牛啊——"

黄叫五嘴巴咬个不停，却没有声音。他从牙缝里剔出淤塞物，哼哼唧唧细嚼慢咽。过了很久，他说："你在家里等着。"

牛二吕一等就是好几年。谈见香踪迹全无，他平反就搁置下来，时间长了，黄叫五也忘记了。他找到黄叫五，黄叫五说："全大队那么多人，那么多事，哪能都记住？"

黄叫五还说："什么事都放在心上，我就累死了。"

为了让黄叫五给自己平反，牛二吕上山设置陷阱，将捕获的野味源源不断给他送去。在嚼着野味的咔嚓声里，黄叫五重复那句老生常谈的话："我做事，你放心好了。"

黄叫五要给牛二吕平反，肖国才坐立不安。这个两面三刀的家伙，不顾肚子叽里呱啦，立即赶往黄叫五家里。看到他走来，正在吃饭的黄叫五赶忙将野鸡肉放进碗柜里，刘素云觉得不安全，又将野鸡肉放到灶房的水缸上。她去招呼肖国才，花猫跳了上去，将野鸡肉吃得精光，连辣椒和葱姜蒜也没有剩下。

肖国才发现桌上没有荤菜，心里想："还不如我家。"嘴里却响亮地说：

"你们是厉行节约的典范。"他们以为他挖苦讽刺，阴沉着脸。肖国才赶忙说："晚上吃多了，会胀肚子，睡不好觉。"

黄叫五虚情假意地招呼他吃饭，还要刘素云做饭。刘素云很不情愿，肖国才就说："有红薯吗？给我两个。"

他吃着红薯喝着茶水，像吃着苦药一样面露难色。他边吃边说："听说谈见香在外地混得很好。"

看到黄叫五紧张不安，刘素云惊魂未定，他又说："说不定哪一天，他来找你们麻烦。"

黄叫五强装镇静，但说话呜里哇啦，像哭似的："我不怕，他就是一个窃贼。"

肖国才说服不了黄叫五和刘素云，便赶忙离开。刘素云张口便骂，说红薯不如喂猪，猪能长肉……黄叫五却说："他的话提醒了我。"

黄叫五忧心忡忡，害怕谈见香风光地回来。牛二吕继续背着偷窃生产队稻谷的名声，表明那次偷盗没有转嫁给谈见香，将来谈见香回来，不会找他麻烦。牛二吕也对他寄予希望，会不断给他送礼。

牛二吕依旧是盗窃分子，但没有上台接受批斗。那个捡到一只旱烟盒子，却被人说成偷窃的矮个子站在他曾经站立的位置上。在一次群众大会上，李勇敢大声喊叫："牛二吕来了吗？"

牛二吕以为上台批斗别人，摇摆双手使劲推辞，还说头昏脑涨身子乏力。李勇敢生气了："把盗窃分子牛二吕押上来。"

他非常沮丧，却走得从容。他双手护着脑袋，可是拳头和臭脚没有打过来。他听到黄叫五说："让他在那里陪站。"

牛二吕赶忙去找康跃进，要他再给黄叫五写纸条，或者打电话，最好将黄叫五叫去面授机宜。他给康跃进捉了一只大公鸡，谢七娘还准备了鸡蛋，因不好携带就放弃了。他将大公鸡抱在胸前，觉得给康跃进的东西应该倍加珍惜。公社院子里空无一人,那条看门狗也不见踪影。他敲着康跃进的门,一遍遍喊叫康部长,始终没有回应。他摸着门上的挂锁,打着火机查看,才确信康跃进不在里面。他在院外遇见杨大毛,杨大毛告诉他:"跃进部长去县里了,公社是光文同志当家。"

他立即去找康建南,还跑了起来。天亮时他来到康家湾,看到康建南的房子,像看到自己的家一样激动:"终于到了。"

康建南正往地里送粪,他喊叫着迎了上去,伸着手,似乎要接过粪桶。康建南先是一愣,随即后退几步,喃喃地说:"是你呀。"

他又说:"怎么这么早?"

牛二吕正要说出请他去找康跃进,让康跃进给何光文或者黄叫五写纸条,或者打电话,康建南哽咽起来,伤心哭泣。牛二吕不知所措,默默地看着他,听他嘟囔:"跃进跟彭春花出了点事,被何光文告发了。"

他们互相敬烟,沮丧的心情并未影响礼貌地推让。他们将旱烟杆举到嘴边,没有点火吸食,都傻傻地站着,像两个稻草人。张凡云喊着康建南回家吃饭,他们才往家里走去。牛二吕将大公鸡送给张凡云,换来一顿果腹的早饭,然后低着头,慌忙离开。

35

大队的地主富农摘掉了帽子，牛二吕觉得机会来了，逢人便说："我没有偷窃稻谷，我冤枉了。"

有人撺掇他去告状，一级级往上面告发，直到有人受理，给他平反。也有人说直接去北京，中央领导讲原则顾大局，公道正派，有号召力。这些人意见对立，人数相差无几，让以少数服从多数来取舍的牛二吕和谢七娘举棋不定，还对上访产生动摇。谢七娘寻求娘家人帮助，娘家老老少少商量好似的，认同自下而上的办法，说还能节省开支。

他认为生产队是一级组织，是稻谷丢失的事发地，就向牛丰收讨要说法："你是队里的当家人，应该帮我说话。"

牛丰收安排好大家出工，然后说："我在生产队宣布你不是窃贼，没有说服力，其他生产队依然认为你偷窃了稻谷。"

牛二吕手舞足蹈，大喊大叫。牛丰收立即说："晚上我陪你去找叫五支书。"

他安定下来，却咬着牙说："说话算数，我等着你。"

吃完晚饭，牛二吕盖着蓑衣，蜷缩在走廊角落里。牛丰收过来了，谢七娘不知道他们的约定，敷衍着："他蹲茅坑了。"

牛丰收找遍茅房也不见牛二吕，很生气："他到底去哪里了？"

谢七娘说牛二吕爱惜屎尿，一口痰也要送进茅房里留着做肥料。她要他："去猪栏里看一下。"

牛丰收拒绝了，说他这么大的声音，即使是聋子，也听到了。他又说："他不在，我回去了。"

他正要走，角落里响了一声。他看到蓑衣下面露出来的鞋子，以为细伢子玩游戏，笑着喊道："哈哈，我抓到你了。"

他掀开蓑衣看到牛二吕，没有惊讶。他说："去不去找叫五支书？"

牛二吕猛然想到约定的事，赶忙说："当然要去。"

牛丰收没有计较，知道他精神受到刺激，时好时坏，现在又犯病了。牛丰收说："现在正纠正冤假错案，你的事，上面会搞清楚的。"

他明白过来，马上道歉："对不起，我脑子糊涂了。"

他们立即出发，嘴里插着短烟杆，说话叽里呱啦，像哑巴叫唤。在黄叫五家的地坪里，他们取下旱烟杆，挺直身子，整理衣服，显得很正规。

黄叫五躺在大板凳上抽烟，见他们走来，立即放下旱烟杆，闭着眼睛打呼噜。在灶房里忙碌的刘素云听到呼噜声，来不及擦拭双手，走过来要他去床上睡觉。她看到牛丰收和牛二吕，立即改口："起来，来人了。"

她拍着他的屁股。黄叫五睁开眼睛，生气地喊叫："干什么。"

黄叫五知道他们为何而来，立即皱着眉头，摇着头，发出蚊蝇鸣叫的声音："我无能为力。"

他打着哈欠，将真诚的交代"去找上面的人"说得哇呜哇呜，像开水烫着嘴。不过这句话"公社就不要去找了，何光文那里说不通"，他说得很清晰，连说了几遍。他又说："明白吗？"

他以为他们会齐声喊叫"明白"，却只听到牛丰收的声音。牛二吕停顿一下才回答，还是这样："不明白。"

黄叫五哼哼唧唧，挥着手说："自己琢磨去。"

牛二吕很清楚，后来批判是何光文的主意。他准备了干粮和盘缠，显然忽略了公社这一关，他要去区里和县里，乃至省里。他卖掉一只羊，又卖掉几只鸡和所有鸡蛋。谢七娘还要卖掉生猪，他制止了，说宁愿背着贼名，也要让伢子过年时有肉吃。

谢七娘领着孩子送了一程又一程，他再三要求他们回去，反复交代孩子，多帮妈妈干活。场面很悲壮，仿佛牛二吕此去九死一生。后来谢七娘说："那时真担心他回不来。"

牛二吕站在公社院子门口，犹豫一下走了进去。看到何光文和人谈笑风生，他立即走出来，抬腿往区公所走去。他转身看着公社院子，朝着想象中的何光文哼哼喊叫，拳打脚踢。有一次他喊出了："老子就是不找你。"

黄昏时他来到区公所，不敢相信这个被大火烧得面目全非的院落，是向全区人民发号施令的场所。院子里里外外都是人，叽叽喳喳，指指戳戳。只有他与众不同，反复说要找领导。他们没有理睬，依旧摇唇鼓舌地搬弄是非。他为自己鼓足勇气去寻找，换来他们千篇一律的摇头很不满意，随后他缄默不语。有人说："遇到这种情况，谁有心情处理你的事？"

还有人说："去找县领导吧。"

他不知道县城有多远，但从大家的议论中，觉得走过去不脱掉一层皮，也会腿脚肿胀。他必须去，什么困难阻挡不了洗刷冤屈。他吃了两个红薯，一块煎饼，先安顿呱呱叫唤的肚子。他需要水，就蹲在给牛羊和虫鸟提供饮水的水坑边，捧着水喝得咕嘟咕嘟，弄湿胸前好大一片。

一台拖拉机突突驶来，他不知道它驶向哪里，却往土马路跑去。他横穿马路逼停了拖拉机，遭到机手唾骂也爬了上去。车厢上有人，还躺着一个。穿白大褂的人对他说："帮我扶着撑杆。"

他看一眼挂着的盐水瓶，点头答应。拖拉机开到县人民医院，他听到机手对人说："他在区公所救火时烧伤了。"

他在拖拉机上待到天亮，然后去吃一碗面条。面条味道独特，他连麻辣汤汁也喝完了，还伸着舌头舔舔。肩上搭着毛巾等待收拾桌子的汉子，嘴巴嚅动好久，铆足劲挖苦他："再咬，碗就烂了。"

他往县委县政府走去，站在办公楼前面，惊愕地张着嘴巴，像马王堆女尸。那里人山人海，吵吵嚷嚷，有人拿着写满字的纸，有人提着盛满水的玻璃瓶……翘首张望，还有人不断涌来。旁边的人说："这么多人，猴年马月才轮到我申诉。"

"走，找地委，找行署去。"

他跟着一群人扒火车去地区，却稀里糊涂来到省城。街上省城的名字映入眼帘，他也认为是地委和行署所在地，还说："要找书记，找专员。"

他走向省委大院时艳阳高照，却像黑夜里走路一样，举着一盏火苗旺盛的油灯，像一个火把。他怪异的行为引起人们议论，还引申到世道的光明与黑暗上。他很快被一个中年人叫了过去，他听从安排立即熄灭油灯。

他声泪俱下地倾诉，中年人在本子上写得沙沙作响。中年人手忙脚乱，他就说："我说慢一点，你都记下来。"

中年人微笑着点头，又飞快地写着。牛二吕重复说话，他立即提醒："这里已经说过了。"

中年人拨动电话，牛二吕不知道他打给谁，觉得他打电话比记录的时间长。中年人将一张填好字盖着省委大印的纸交给他，要他去县里找副书记郑伟生："我给他打了电话。"

牛二吕拿着信函，像拿着平反通知书一样热泪盈眶。他的嘴不停地咬合，有话要说，却支支吾吾。他跪了下去，啪啪地磕头。他呜呜地哭了，泪流满面，以至于忘记了心里的话："你是青天大老爷。"

36

牛二吕从省城回到县城，最大的收获是学会了扒火车，还对此津津乐道。

县委县政府门口的人比前几天还多，人群延伸至街道上很远。他们情绪激动，大声喊叫要见书记和县长，大骂守门的人阻拦。牛二吕往前面挤去，刚移动脚步就被人拉住了。这人是个结巴，嘟囔好久也没有说清楚："你……应该……啊该……啊该……"

旁边的汉子生气了："你不能说就闭嘴。"

结巴慌乱中一口气说完："……该遵守先来后到。"

牛二吕不停地抽烟，大声咳嗽，努力咳出油脂一样的浓痰，让他们远离自己。他们不但没有离开，反而靠得更近。他们等了几天也没有见到领导，牛二吕很神气："找领导申诉，要动脑筋。"

有人说："说说看，你有什么本事。"

牛二吕不假思索地说出在省城申诉时，大白天点着煤油灯，这样才引起领导注意。

有人说："领导怕你放火。"

他立即纠正："不对，是表明世道……"

他突然明白过来，手持省里领导的信函，不能胡说八道。他慌忙改口："自己琢磨去。"

他高举信函，晃得哗啦直响，一遍遍炫耀："这是省里领导写给县里郑书记的信。"

他们非常羡慕，却没有让他进去。他急忙喊叫："我要找郑书记，有信交给他。"

他喊了一阵，有人过来领着他往里面走。他发觉信函非常重要，对省里领导赞不绝口："他们水平高，想得周全。"

那人将他带到屋子里，给他泡上茶。他递上旱烟丝，那人没有接，说不会抽，也说屋子里禁止吸烟。老成持重的张少志接待他，他以为是郑书记，赶忙说："郑书记，你要给我申冤。"

张少志说他不是郑书记，牛二吕有些失望，嘴唇哆嗦像冻得发抖。张少志看着信函，然后说："你的事情，由我来处理。"

牛二吕伸着手，似乎要拿回信函，去找郑书记。张少志要他诉说情况，他心不在焉，往门外张望。张少志说："有其他人吗？"

牛二吕猛地摇头，又响亮回答。张少志问得很详细，写得很认真。牛二吕努力申辩，不停地说："我多年的冤枉，全靠你平反。"

他正要说"我会记住你的大恩大德，下辈子给你当牛做马"，张少志突然停止记录，告诉他："一个星期后，会有人去你那里调查情况。"

牛二吕千恩万谢，喜滋滋地走了，却又回来了。张少志整理笔录，见他进来，立即询问："还有事吗？"

他咧嘴一笑，就弯腰鞠躬，由于弯腰太深，手撑着地面冲出好远，擦破了皮。张少志起身搀扶，嘴里说道："不要那么多礼节。"

看到有人点着煤油灯，有人点着蜡烛，牛二吕嘿嘿地笑。那个举着火把的人问他："这样子行不行？"

牛二吕赶忙离开，生怕张少志说他煽风点火，扰乱民心。随后大楼里出来许多人，厉声斥责这种荒唐行为："瞎胡闹，失火了你们担当得起吗？"

他们东张西望，有人四处寻找，要找到说出办法的牛二吕。牛二吕已经走了很远，正神气地哼着调子。

回家后牛二吕立即告诉谢七娘：一星期后县里会来人调查。他挨家挨户打招呼，在县里来人调查时不要乱说，要说好话。

一个月后，张少志带着人过来了，牛二吕望眼欲穿，也说他言而有信。社员严厉看管自家的土狗，防止它们给调查组制造麻烦。牛二吕惴惴不安，生怕社员胡说八道，也担心张少志敷衍应付。他一遍遍说："我要是说谎，就全家死光。"

社员纷纷为牛二吕辩白。张少志觉得有价值的是牛丰收说："丢失稻谷的那天晚上，他儿子发高烧，昏迷不醒……"

牛二吕又说："这种情况下，谁都没有心思去偷窃。"

社员也抢着说："稻谷丢失很久后，他还用那担箩筐送上交粮。"

牛建华要证明，被牛二吕制止了："你当时怎么不跟肖国才说。"

有张少志撑腰，谢七娘大骂牛建华没有良心，不是人，还哭着说："当时要你说句话，你支支吾吾，害得我家二吕吃尽了苦头。"

她推搡牛建华，发泄多年的委屈和愤怒。张少志轻轻一句"我们会还给二吕同志清白"，她就停了下来。她擦干眼泪，清洗双手，去灶房里做饭。

半个月后一个风和日丽的上午，那个将自行车铃铛按得像电铃的邮递员，给牛二吕送来一封挂号信。牛二吕签收时，他为吵闹的铃声反复辩解："路不平，颠得铃铛停不了。"

牛二吕不知道如何打开信封，拿着它颠来倒去，像女人纳鞋底。邮递员拿过信封，撕开时说："我当着你的面打开的。"

邮递员从邮政袋子里取出古董似的老花眼镜，放在呵气的嘴巴前面，撩起衣服下摆擦拭。他不慎抠下一块镜片，无论如何安装不上。他戴着残破的老花眼镜，社员笑得前仰后合，有人跌倒在水田里，弄得满身泥水。他那只没有镜片的眼睛瞪得很大。这个说了大半辈子土话的人，用生硬的普通话念道："……牛二吕同志遭受林彪'四人帮'反革命修正主义路线的严重迫害，被打成盗窃分子，还株连了家属子女。现已查实，纯属冤假错案，决定给予彻底平反昭雪，恢复名誉，并表示亲切慰问，特发给平反昭雪通知书，作为证明。望鼓足更大干劲，为建设四个现代化的社会主义强国而努力奋斗。中共新坪县委落实政策办公室，一九七九年四月十八日。"

这是一张印刷规整的制式通知书，是针对革命干部被打成坏分子，被张少志挪用过来，没有太大的瑕疵。上面的名字和罪名，还有日期，他用钢笔填写上去，非常工整。落款是落实干部政策办公室，那个"干部"被划掉了，划了好几道，但印章上的"干部"没有涂改，很醒目。

邮递员似乎上瘾了，又从头念诵，还左顾右盼，希望有人鼓掌，或者啧啧称赞，可是现场鸦雀无声，风也停了。牛二吕老泪纵横，嘿嘿地笑。大家七嘴八舌地说："快回去取东西，好好感谢人家。"

他赶忙擦干眼泪，激动地对谢七娘说："伢他娘，给人家拿几个鸡蛋。"

邮递员哈哈大笑："这是举手之劳。"

谢七娘取来鸡蛋花生和毛巾，可是毛巾不见了。她急得团团直转，立即回去寻找。牛建华捡到毛巾，索要报酬只是一句玩笑，谢七娘却双手叉腰，怒目圆睁。牛建华赶忙奉上毛巾，她也说："现在不是以前，我家二吕平反了。"

她又说："谁也不怕。"

牛二吕拿着平反通知书去找黄叫五，还要去公社，让更多人知道他沉冤昭雪了。看到牛二吕走来，黄叫五慌忙跑进茅房，哼哼唧唧拉屎。牛二吕站在外面，累了就蹲下来，随后坐在长着蘑菇的树根上。他抽了两锅烟，黄叫五还没有出来，他骂了起来："真臭！"

他又说："心肠黑了，烂了，才臭不可闻。"

黄叫五从咿咿呀呀中艰难挤出质疑的声音："你说什么？"

牛二吕搪塞着："一只苍蝇，赶也赶不走。"

黄叫五又过了一阵才出来，双手提着裤腰带，似乎无法系上。他又去灶房里舀水洗手，用毛巾擦拭，像城里来的干部。看着牛二吕的平反通知书，他慢吞吞地说："我已经接到公社的电话通知。"

他要不是说有好几天了，牛二吕就不会冲着他大喊大叫："你怎么不告诉我。"

他要求黄叫五在大会上宣布平反，黄叫五满口答应，生怕说慢了，牛二吕又要吼叫。他也说："近几年大队很少开大会，你是知道的。"

在生产队长会议上，黄叫五没有说牛二吕已经平反。牛二吕知道他不会说，就挨家挨户通知，展示平反通知书。他晚上串门，社员都在家里，只是黑夜里有些地方阴森恐怖，他感到害怕。社员纷纷向他表示祝贺，但对他上访的经历更感兴趣。他不能耽搁太久，赶忙说："以后有时间，再详细说。"

他花了一天时间，逐个生产队通知。社员在一起劳动，他只说一遍，他们就知道了。许多人大字不识几个，却拿着平反通知书反复查看，像拿着钱一样爱不释手。

他要求黄叫五赔偿损失。他没完没了遭受批判……都在黄叫五主导下。他找来亲戚助威，趁夜黑向黄叫五家里进发。他们躲在黄叫五屋后的树林里，约定牛二吕大声喊叫黄叫五没有王法……就从树林里冲出来，迫使黄叫五答应赔偿要求。可是黄叫五满口答应赔偿他一些损失，但对他提出误工和精神损失赔偿感到为难，说大队赔不起，恳求他酌情考虑。

37

　　牛三品知道上辈子的事在雷公山家喻户晓，没有人说是封建迷信，更没有人说是欺诈行为，只说他与众不同，能力非凡。命运对他不公，让他成为瘸子，但他过着优越的生活。他的书篮子有漂亮的图案，是集市上最贵的那一种。他有让细伢子羡慕得要死的铁皮笔盒，还有钢笔。别人光脚走在石子路上，他却穿上塑料凉鞋。班上那个父亲吃国家粮的同学，也只穿着母亲缝制的布凉鞋。这些是康建南一家人送来的深情厚谊，康建南给他做衣服，还送钱。可是好景不长，康建南不再来了。

　　牛三品上学晚，牛二吕和谢七娘觉得他年龄大，自理能力会强一些。牛三品很聪明，但没有用在学业上。在班主任汪立新调教下，他不再趴在课桌上睡觉，也不用钢笔在前面同学的背上胡写乱画……汪立新表扬他，让他当班干部，负责大家的学习纪律。他对上课搞小动作的同学毫不客气，一发现苗头就冲过去没收他们的东西。同学都怕他，他力气大，还有挂着走路的木棍。

　　汪立新对他知道上辈子的事情很感兴趣，希望他说出真相。他将牛三品喊到宿舍，拿出两块发饼后说："想吃，还有。"

　　牛三品吃着发饼，将另一块装进口袋里，说要留给姐姐。

　　牛三品成功对付康跃进一家人，面对汪立新一点也不害怕。他伸着脖子吞咽口水，努力表明吃了发饼嗓子很难受，影响说话。汪立新走到走廊上做饭的地方，从水桶里舀来半勺清水。他不想说话，却生硬地说："给。"

牛三品喝得咕叽咕叽，直到勺子里最后一点水倒进嘴里。他用袖子擦拭嘴巴，弄出几个水嗝后，说着以前说过的话："我发高烧昏迷了，醒来后就出现稀奇古怪的事情……"

通过破四旧立四新运动的洗礼，汪立新和众多意气风发的年轻人一样，成为坚定的无神论者，可是现在颠覆了牢固树立的信念。他觉得有生命的东西，都有前世今生，只是目前科学还没有探究清楚。

他想找到自己上辈子的踪迹，通过它改变民办老师的境况。他想吃国家粮，不在生产队交钱记工分。他不敢让自己高烧不退，昏迷不醒，这是玩命，会落下病根。他想喝得酩酊大醉，却舍不得花钱，他的教学津贴交给生产队后所剩无几。他抓住村里一个老光棍结婚设宴的机会，决定一醉方休。他听信饥饿容易醉酒的传言，赴宴前饿得头昏眼花。

他咕叽咕叽地喝着水酒，像渴坏了。许多人惊愕地看过来，他身边围着一群看热闹的伢子。同桌的人担心他喝醉，不停地劝阻："先吃口菜。"

桌上的水酒喝光了，他就去灶房里舀酒。这个烂醉如泥的家伙，不停地往喉咙里压入空气，将翻滚的酒菜阻隔在胃里。他昏迷了一天一夜，醒来时头昏脑涨，里面像插着刀子。他努力想着脑海里的痕迹，却是一片空白。他问牛三品："你昏迷了几天？"

牛三品不知道如何回答，傻傻地站着。汪立新又问："是不是三天？"

牛三品紧张地低着头。汪立新认为他点头认可了，摇头感叹："我昏迷时间短，功力不够。"

他决定再来一次，加大酒量。他盯上隔壁生产队一个老头过生日，老头却放出风声，只接待亲戚。他要自己酿酒，老婆严词拒绝："你喝成那样，把我吓死了。"

他决定攒钱去代销点买酒，钱攒到能让他酩酊大醉时，他梦见自己的上辈子是一条狗，要依靠粪便才能度日，就打消了念头。他感叹自己命运多舛，不如一头猪，乃至一只鸡："它们不至于去吃屎。"

牛三品进入初中，班主任于次阳没有像汪立新那样，给予他考试错误百出也能得到高分的待遇。于次阳是公办老师，不要为前途反复折腾。他是坚定的无神论者，却说现在体面的工作是上辈子修来的福分。

于次阳将牛三品叫到办公室，要他说出事实真相。牛三品没有得到汪立新那样的发饼，也和盘托出那些事情。于次阳听得很认真，牛三品离开后，他却说："一派胡言。"

牛三品成绩不好，不敢让牛二吕查看期末考试通知书，就篡改上面的分数。老师的纯蓝墨水笔迹，被他的蓝黑墨水涂改得面目全非。牛二吕和谢七娘深信不疑，他们感到不满，儿子这么好的成绩，怎么没有一张奖状。

于次阳要求家长在通知书上签署意见，开学时反馈给他。牛三品觉得老师容易对付，不必像面对爹妈那样心惊胆战。他撒谎："爹生气，把通知书撕了。"

第二学期牛三品成绩有所提高，依然不敢让爹妈查看通知书。他骗他们："通知书没有写好，老师会托人带过来。"

他采纳同学的建议，让人代替家长签署意见，不过看到爹的钥匙串上的印章，立即改变主意。牛二吕跟人打牌，他讨要钥匙串修剪指甲。牛二吕看了一眼，冷冷地说："用完了赶紧拿过来。"

他关上门，插上门闩，取出通知书，将残存印泥的印章放在呵气的嘴巴前面。他呵了很久，印章依然干巴巴的。他将印章放进嘴里，却不敢触碰舌头。无法湿润印泥，他就伸手蘸着口水，在印章上涂抹，印泥湿润了，手上也有红色印迹。他将印章往通知书上用力压下去，反复查看后，折叠好通知书。他打开门，坐在门槛上修剪指甲。

于次阳拿着牛三品的通知书，还没有询问，牛三品就说："我爹不会写字，只能盖印章。"

于次阳盯着印章。他轻声嘀咕："家里没有印泥。"

于次阳瞪了他一眼，冷冷地说："跟没盖一样。"

牛二吕的旱烟杆坏了，向牛三品讨要作业纸卷烟，看到作业上的分数，目瞪口呆。他喊叫着："怎么回事？"

牛三品猛然一惊，后悔自己粗心大意，没有撕掉分数。他想了想就说："……是那次生病了没有听课。"

牛二吕相信了，还关心他："后来弄懂了吗？"

"弄懂了。"

在牛丰收的爹八十寿辰的酒宴上，从瓦窑通气孔上又摔过一次的刘大雷与牛二吕坐在一起，他的小女儿跟牛三品是同学。他突然说："别叫你儿子上学了，他在浪费时间。"

他又说："他回来能给你放个羊，砍个柴，扯个草的。"

牛二吕骂骂咧咧冲向学校，要狠狠教训儿子。从于次阳那里了解情况后，他没有对儿子动粗，只是不停地折磨自己，也反复念叨："我没有尽到责任，不称职。"

他等着儿子回家，还给他背着书包，儿子走累了，就背着他。牛三品不答应，觉得身子重了，他背着吃力，也认为自己成绩不好，没有资格趴在他的脊背上。

回家后牛二吕粗暴地教训牛三品，谢七娘劝阻无果，就喊叫着："要不是他冒充别人，你不知道要吃多少苦头。"

牛三品拿到毕业证，但没有上高中，区里的高中路途遥远，给他带来诸多不便。他也没有考上高中。

38

邻村的荞粑老子死了，这个光绪年间生人撒手人寰前精神矍铄，他不是正常死亡，家里人却说他寿终正寝，还写在挽联和讣告上。村民摇唇鼓舌地谈论他的死因，似乎要努力纠正错误。荞粑老子是红泥湾大队为数不多摆过九十寿酒的人，他子女多，都过得好。他闲不住，总是忙个不停。他可以要身手敏捷的孙子爬上门前的李树，砍掉遮挡阳光的枝条，却要亲力亲为。他搬来木梯搭在李树上，笑了起来："看来我还能活好几年。"

他麻利地爬了上去，轻松砍掉树枝，却一脚踏空摔了下来。他忍痛爬到屋檐下，坐在竹椅上。儿女们要送他去城里医院治疗，他坚持不去，说一点小伤过几天会好。病情加剧，儿女们力劝他去医院检查，他生气了，还说出晦气的话："我不想死在路上。"

荞粑老子感到生不如死，却没有呻吟，看到来人，笑脸相迎。他安详地死去，说寿终正寝也不为过。雷公山人死了要设堂吊唁，无儿无女的人故去，村里人凑钱也给死者超度。荞粑老子的儿子周洪松请来黄道吉做道场，黄道吉是佛家的俗缘弟子，喝酒吃肉，也娶妻生子。

黄道吉以前叫黄毛记，老一点的人才知道，他还有黄麻雀的叫法，知道的人更少。周洪松见到黄道吉，将了他一军："要做七天七夜。"

黄道吉大惊失色，悄悄骂道："显摆个啥？"

他犹豫一下，又说："时间太长，大家吃不消。"

黄道吉没有做过这么久的道场，过去爷爷给城里的把总做过，村里的财主最多三天三夜。周洪松提出做五天五夜，黄道吉也否决了："还是太久。"

黄道吉会做五天五夜的道场，是在三天三夜的基础上增加一些程序，但做道场不是他唱独角戏，需要多人配合。他有由徒弟组成的班子，可是最能干的徒弟生病了，另一个家里事急脱不开身，还有人外出打工。他将刚收进来的徒弟顶上来，勉强拉起一支队伍。

周洪松家里响起鞭炮和锣鼓声，大家就知道卧床不起的荞粑老子死了，开启道场了。村民摇头叹息："如果不摔一跤，荞粑老子还能活好几年。"

牛三品和几个细伢子蹦蹦跳跳走了过去，他们不是吊唁荞粑老子，是去看热闹。现场悲哀肃穆的气氛让他们紧张不安，都抿着嘴，生怕笑出声音遭到斥责。细伢子喜欢捡拾鞭炮，牛三品也不例外，他瘸着腿，在放炮的地方走来走去。面对火光冲天的鞭炮，细伢子东奔西窜，像戏谑的土狗。他不顾一切冲了上去，像捡到钱一样喜气洋洋，也弄得一身炮灰，呛得泪流满面，咳嗽不止。

那个撞掉一颗门牙的伢子对他捡鞭炮心生嫉妒，逢人便说风凉话："他腿瘸了，炸掉了也无所谓。"

牛三品踩到一串鞭炮，他立即向放鞭炮的汉子告状："鞭炮被瘸子弄走了，裤兜装满了。"

牛三品被鞭炮炸得哎哟叫唤，狼狈不堪，汉子哈哈大笑，阻止其他伢子帮忙。牛三品捡起没有炸响的鞭炮，汉子就大声呵斥："放下，炮都被你捡走了，还放个屁。"

牛三品扔掉手里的鞭炮，汉子又将手伸向他的口袋。细伢子逃之夭夭，站在很远的地方惊恐不安，双手捂着口袋。牛三品没有捡拾鞭炮，两眼盯着穿着怪异衣服的黄道吉领着一班人吹吹打打跳来跳去，还随着锣鼓声摇晃脑袋。

一个驼背老头在那里放鞭炮，牛三品奔了过去，却走了回来，生怕老头也是汉子那样的脾气，甚至更糟。细伢子围拢过来，希望他冲过去，然后跟着他捡拾鞭炮。他精神焕发，麻利地用瘸腿踩踏鞭炮。他踩着一个响珠雷，知道大事不好，却来不及收脚。响珠雷将他掀翻在地，他抽搐地弹着腿，像咽气的土狗。许多人认为他的腿报废了，他却晃悠悠站了起来，拍打身子若无其事地走向一边。

他不敢踩踏鞭炮，不能把瘸腿弄没了。他垂头丧气地靠在柴火上，像旁边那堆准备烧掉的荞粑老子的衣服。可是他在柴火上休息的权利也没有，黄道吉穿着法衣过来了。他赶忙说："我什么也没干。"

黄道吉轻声喊他："小伙子。"

他警觉地问："干什么？"

"去帮我打锣。"

"我不会。"牛三品准备离开，黄道吉一把抓住他，他咿咿呀呀，像哭，也像求饶。黄道吉说："我教你。"

他松开手，又说："很容易学。"

黄道吉司职打锣的徒弟家里有事走了，黄道吉思来想去，决定求助无所事事的牛三品。黄道吉详细讲解锣鼓的节奏、动作和力度，牛三品学得很认真，想立即掌握要领，不要他重复啰唆。需要击槌，或者连续击槌以及打出重槌时，徒弟给出明显提示。牛三品很快掌握打锣的技巧，练习一阵后就跟上了节奏。

吃饭时不见牛三品，牛二吕和谢七娘四处寻找，担心他在山上出现闪失。想到他可能遭遇不测，谢七娘放声大哭。一个细伢子跑来告诉他们："他在做道场的地方捡鞭炮，捡了很多。"

牛二吕立即奔向周洪松家里，在燃放鞭炮的地方，他没有看到儿子。他骂着告诉他情况的细伢子："屁眼都没有长开，就会骗人了。"

牛三品坐在堂屋的角落里专心打锣，没有在乎出出进进的人，更没有想到爹站在门口的逆光里。牛二吕看一眼就走了，要去寻找儿子。

他请求村民上山寻找，谢七娘哭哭啼啼，不停地央求："……我只有这么一个儿子。"

将旱烟杆咬出响亮噗噗声的牛志华，突然拔出旱烟杆凝眉沉思。声音戛然而止，大家惊愕地看过来。他说："听我儿子说，三品在周洪松那里打锣。"

牛二吕相信牛志华所说，牛志华老实本分，从不说谎。他想到牛三品不会打锣，就对牛志华说："不要开玩笑。"

牛志华嚅动嘴巴，用旱烟杆代替手指，高高举起对天发誓。大家依旧七嘴八舌地说他："骗人也不动脑筋。"

"他要是会打锣，我屙一泡屎做个粑吃了。"

…………

牛志华找来儿子，还有儿子的伙伴。两个伢子都说："他被那个穿着古怪衣服的人叫去打锣了。"

他们调侃着："是牛志华叫你们这样说的？"却要求牛二吕去探个究竟。

听到周洪松家里整齐的锣鼓声，牛二吕认为又上当了，还是遭到细伢子戏弄。他张口便骂，还殃及他们的大人。他想回去，却好奇地往周洪松家里走去。他心里想："要是儿子打得这么好，我什么也不说了。"

他站在堂屋门口，伸着头四处张望。黄道吉领着人咿咿呀呀吟唱，跳来跳去。里面乌烟瘴气，他没有看到儿子，反而熏得睁不开眼睛。这时有人跟他说到牛三品："多亏他过来救急。"

牛二吕高昂着头，伸着脚，用破旧鞋子拍出扑啦啦的声音。里面的人突然挤了过来，险些将他撞翻。黄道吉出来作法，一个拿着法器的帮手，一群披麻戴孝的人，以及敲锣打鼓的人紧随其后。牛二吕看到提着铜锣的儿子，儿子紧绷着脸，很认真，也很吃力。牛三品一瘸一拐，铜锣晃动不已，他似乎总是敲不到位置，声音也变了。

牛二吕冲过去帮助儿子提着大铜锣，泪水夺眶而出。

39

牛二吕无论如何不让牛三品去打锣，尽管他能得到比工匠高得多的工钱。黄道吉派人来叫牛三品，还夸赞他："有天赋，锣打得好。"

牛二吕严词拒绝，还要牛三娥看管好弟弟，说如果他去打锣，就拿她是问。

黄道吉改变策略，叫人来到村里，使唤细伢子去找牛三品。牛三品悄然离开，要牛志华在适当时候告诉他爹：他去打锣了。

牛二吕暴跳如雷，从柴火垛里抽出一根木棍，那只吃草的山羊替代想象中的牛三品，成为打击目标。他向山羊扔去木棍，飞过去的却是旱烟杆。木棍化为灰烬前，被当作心爱之物青睐一回，他将木棍插进嘴里，还吸了一口。他赶忙扔掉木棍，呸呸地吐口水。木棍插痛嘴巴的愤怒迅速飙升，他似乎听到嗖嗖的声音。山羊不能让他发泄愤怒，他就破口大骂，也大声埋怨牛志华："怎么不早点告诉我。"

牛志华咬着嘴唇，气呼呼地走了。牛二吕又说："现在说有啥用？"

牛志华突然停下来，解开领子下面的扣子，伸着脖子转动脑袋，咬着牙说："刚才说的，算我放屁。"

他觉得不对，又说："我为什么要告诉你。"

牛二吕赶忙道歉，又不是他弄走了儿子。他给牛志华递上旱烟丝，咧嘴笑着："他去哪里打锣了？"

牛志华语气很生硬："无可奉告。"

牛二吕对牛三品严加管束，牛三品蹲茅坑，他就和那条忠心耿耿的狗守在茅房外面。他侧耳听着里面的声音，生怕儿子翻窗逃走。如果没有声音，他就大声喊叫。有一次他喊出了儿子掉进茅坑里的焦虑，还捶打木门，将茅房捶得啪啪的又嘎嘎的。

牛三品离家形式多样，牛二吕猝不及防。牛二吕就训斥牛三娥，牛三娥失声痛哭，牛三品奋起还击："你再骂她，我就说出假冒别人的事。"

牛二吕不再责怪女儿看管不力，也不痛斥儿子屡教不改，他心灰意冷："先跟你说清楚，你将来变成什么，都与我无关。"

牛三品大胆回了一句："跟你没有一毛钱的关系。"

牛三品正儿八经跟黄道吉学习，非常刻苦，发誓要熟练掌握本领，在这个领域打开一片天地。黄道吉细心地教他，从基本技能开始，详细讲解，又让他反复练习。他天资聪颖，勤勉踏实，时常有惊人表现。黄道吉说："这个知道上辈子事情的人，是一块好料子。"

三年后牛三品顺利出师了，却拿不出谢师礼，也不敢求助牛二吕。当年过来当学徒，牛二吕百般阻挠，要跟他一刀两断。他长期住在黄道吉家里，没少干活，如今却拿不出谢师礼。黄道吉知道他的难处，只好说："礼物免了。"

随即他后悔了，表情难看要哭似的。他又说："以后有了钱，再给我。"

牛三品为了谢师礼焦头烂额，牛二吕悄悄准备了，还说："不能比其他人差。"

牛二吕没有像别人说的那样卖掉一头猪，但卖掉一只羊和几只鸡，还有其他东西。他将钱交给牛三品，拍着他的肩膀说："你师父说得对，你有这方面的天分。"

在黄道吉那里，出师仪式又叫入职典礼。他将超度亡灵当作职业，徒弟出师后，可以独立开展活动。出师日子由黄道吉选定，牛三品建议的资格也没有。选定日子要送礼：一只鸡、一条烟和一个红包。出师那天雷雨交加，按照惯例这种天气不宜开展活动，但仪式照常进行。这是黄道吉的意思，他的行为举止，代表神灵的旨意，有至高无上的权威。牛三品立志成为黄道吉那样的人，也是这个原因。黄道吉端坐在八仙桌旁边，桌子认真擦洗过，一些被污垢掩盖的图案显现出来，栩栩如生。上面摆着牛三品的谢师礼，一只大公鸡缚住翅膀，捆住双脚，却不停地挣扎，努力表明它与旁边的礼品不同——它是活生生的东西，知道痛苦的滋味。一条鱼，熏得焦黄，上面有一层泛白的盐，但更像灰。一块肉，是半边猪屁股，上面有一根尾巴，黄道吉很喜欢，说它是很好的下酒菜。那身衣服用了上好的布料，牛三品请他到裁缝店量身定做。他没有选择以前的款式，而是做一套西装，布料没有增多，但制作费用成倍增加了。黄道吉说："这也要改革。"

一双皮鞋，是近几年在供销社能买到后，徒弟表达孝心兴起的礼物。供销社的皮鞋面向广大劳动人民，价钱不贵，很结实。黄道吉嘴里说不要，眼睛却盯着那双最贵的皮鞋。皮鞋大了一码，他说："可以穿一双厚袜子。"

牛三品讨好地说："如果在城里，我会给你买一双更好的。"

给师父装点金身，除了衣服和皮鞋，牛三品请人给他编织一件毛衣，一般人没有这个项目。黄道吉接受牛三品跪拜时正襟危坐，努力使自己像一尊佛，不过他的手放在毛衣上。见证仪式的族老立即提醒，他赶忙拿开手，但又放了上去。牛三品给他端上茶水，奉上红包，跪拜三下就大功告成。

40

孟丽华胞妹孟冬英被黄道吉喊来打锣，这个体态臃肿的女人，断然拒绝一位俊俏后生的追求，爱上年轻的瘸子牛三品。牛三品惶恐不安，不是嫌弃她长相不好，是顾忌与黄道吉成为连襟，乱了称呼。

孟丽华没有想到，妹妹会看上除了作法其他难以成事的牛三品。那次妹妹神叨叨地问："牛三品怎么样？"她若无其事地说："这人鬼精鬼精。"

她又说："他知道上辈子的事情，你姐夫说他有天赋。"

几个月后，孟冬英哇哇呕吐，像吃错了东西。她隆起的肚子在肥胖身躯掩饰下，一点不现形，谁也没有料到里面正孕育下一代。有人说她病了，应该去卫生院看看。她说："一会儿就好。"

她还说："正好减肥。"

孟冬英经常呕吐，却不见身子消瘦，肚子反而变大。那天深夜，她诞下一名男婴。全家人惊慌失措，极力隐瞒掩饰，也传了出去。有人似乎要去村里或者乡里，通过大喇叭播送消息，逢人便问这种消息能否播送，是否收钱，收多少？有人奔走相告："黄道吉的小姨子，没结婚就下崽了。"

说到黄道吉，他们加重语气，仿佛这事是他所为。一段时间里，黄道吉强奸小姨子，在雷公山沸沸扬扬。有人骂他道貌岸然，不配为人求神作法。相比牛三品犯事就说得很少，还不为大家接受。不过有人幸灾乐祸："嘿嘿……既是徒弟，又是妹夫。"

事实并非人们传诵的那样：瘸子强奸了胖子，但有一点说得对，瘸子占了便宜。在那个月黑风高的夜晚，两个住在黄道吉家里的人夜起时相遇了。她冲着他咧嘴一笑："我喜欢你。"

牛三品脑袋嗡地炸开了，身子猛地抖动，甩出一串尿液。孟冬英将他推向柴火垛边，摸到他湿乎乎的裤裆，猛然一惊，赶忙停下来。她没有耻笑，反而关心他："去换一条裤子。"

当晚孟冬英又去找他，她粗壮得像牛三品小腿一样的手，从窗户伸进来拉开门闩时，将窗梁弄得嚓嚓作响。牛三品赶忙起床，伺机逃离。孟冬英双手压着他的肩膀，喘着粗气说："我跟你说说话。"

她说话了，也将他按倒在床上。她将鞋口一样宽大的嘴巴扣在他脸上，洗脸似的。他央求她动作轻点，再轻点："让我喘口气。"

为了那口维持生命的气息，牛三品拼命挣扎。黄道吉家里人睡得像死猪，患重感冒的孟丽华不再咳嗽，仿佛痊愈了，不过土狗哼叫着，像喉咙里卡着东西。他们胆战心惊，只得草草收场。就是这一次，牛三品还没有找到感觉，孟冬英就怀孕了。

孟冬英未婚生子，全家人惊恐万状，仿佛她将雷公山的天捅破了。他们立即寻找肇事者，也努力封锁消息，但还是走漏风声。寻找肇事者很简单，只要孟冬英说出那人就一清二楚，可是她守口如瓶，只是嘤嘤啜泣，还用被子捂着脑袋。年迈的父亲老孟头哭喊着："我的祖宗，说句话行不行。"

老孟头大骂黄道吉，黄道吉叫孟冬英去帮忙，难辞其咎。老孟头也骂孟丽华："死丫头，不帮我看好她。"

孟冬英哥哥孟国华认为姐夫黄道吉干了坏事，气急败坏从碗柜里抓起一摞饭碗，要用力砸下去，但很快明白在自己家里，赶忙放下来，将饭碗摆放整齐，关上碗柜门。他从门后操起一根钢钎，上面锈迹斑斑，沙沙地掉落锈渣，手像摸到油漆一样肮脏。他又拿着砍柴刀，老孟头上前抢夺，他狡辩："我去砍柴。"

"去把你姐夫叫过来。"老孟头喊叫着。

孟国华很生气，却调侃着："不知道叫他姐夫，还是叫妹夫。"

黄道吉不在家里，孟国华一路上积攒起来的骂人的话慢慢地自行消化了。孟丽华听说丈夫奸污了妹妹，来不及骂人就栽倒在地，不省人事，孟国华许多煽风点火的话就此打住。他大声喊叫孟丽华，不停地埋怨："大不该告诉你。"

孟丽华醒来时，黄道吉摇头晃脑回来了，还哼着调子，像只饿昏了的蚊子。孟丽华浑身乏力，也跌跌撞撞扑过去，哭喊着："你这个老畜生，自家人也去搞。"

黄道吉没有反应过来，就挨了孟丽华一巴掌。他晕头转向，大声喊叫："你疯了。"

孟国华也要打人，被孟丽华制止了："他是你姐夫，你不能打。"

孟丽华姐弟押着黄道吉去见老孟头，孟国华要绑住他，孟丽华不同意，骂他没有人性。孟丽华动辄跑上去踢黄道吉一脚，但力量不大。黄道吉焦急地喊叫："怎么回事？快说。"

孟丽华只顾伤心哭泣，孟国华就说："你干的好事，不要装得很无辜。"

黄道吉大声哭诉："没有搞清事实时，要冷静，不要冤枉好人。"

他突然蹲下来赖着不走："你们不说清楚，我不走。"

孟国华张望了一下，悄声说："到前面再说。"

得知孟冬英生了孩子，黄道吉惊恐地踩进水沟里，狼狈不堪。他失声尖叫："该死，前几天我还让她打锣。"

孟国华厉声呵斥："不要岔开话题……"

孟丽华也破口大骂："你这个老畜生。"

黄道吉矢口否认，跺着脚指天发誓，努力表明清白。孟国华咬定是他所为，说他："狗急跳墙了。"

孟丽华想了又想，对孟国华说："可能不是你姐夫干的。"

她又说："我谅他也没有这个胆。"

黄道吉的徒弟成了怀疑对象，牛三品遭到他们一致否认："冬英不会喜欢这个瘸子。"

孟丽华还说："除非她瞎了眼。"

孟国华突然冒出一句："他要是强奸呢？"

黄道吉张牙舞爪，大声吼叫："我就打折他另一条腿。"

黄道吉徒弟的名字，被他们的黄牙咬在嘴里，一遍遍地咀嚼。黄道吉作法一样掐着手指头，但念叨的不是佛祖和神灵，是对他俯首帖耳的徒弟。孟丽华也掐着手指头，表情痛苦，像扎进了尖刺。孟国华伸着手指，很别扭，像挖到鼻垢，要立即弹射掉。黄道吉突然说："别瞎猜了，问一下冬英就知道了。"

面对老孟头老两口寻死觅活，孟丽华姐弟威逼利诱，孟冬英不得不说："是牛三品。"

他们拒绝这个结果，说她神志不清，胡说八道。当孟国华大声要求她想清楚再说，她生气地说就是他，他们才认可这个灾难般的事实。他们慌作一团，孟丽华哭喊着："可他是个瘸子！"

她横眉怒目地看着黄道吉，哼叫着："你不是要打断他另一条腿吗？"

她又说："这就是你最信任的徒弟。"

黄道吉支支吾吾地应付："我没想到他这么坏。"

听说牛三品是瘸子，老孟头气得浑身发抖，抓着茶杯往石阶上砸去。茶杯的破碎声响起，他的咒骂声随之而来："我要打得他爬着走。"

按照老孟头的要求，黄道吉将牛三品叫过来，让他为这件事负责。回家后黄道吉叫徒弟曾永华去找牛三品，还要他骗人："叫他去做道场。"

曾永华费尽周折才找到牛三品，他正在给人祭祖。天气炎热，牛三品也穿着厚实的黑袍，跳来跳去，像一片乌云翻滚。他咿咿呀呀吟唱，发出泔水桶上苍蝇争吵的声音。曾永华焦灼不安，牛三品就说："一会儿就完了。"

他张牙舞爪折腾两个多小时，吃完饭收拾妥当，才与曾永华往黄道吉家里赶去。牛三品问道："谁死了，多大年纪？"

曾永华张口结舌，牛三品自己回答了："师父没有说，是吗？"

牛三品见到黄道吉就兴冲冲地问："哪个老同志又熬不过去了？"

黄道吉愤怒地吼叫："熬你个头。"

他咬牙切齿地问："你和孟冬英干了些啥？"

牛三品心里怦怦直跳，低头不语。黄道吉厉声催促："说呀，干了啥？"

他只好说："没，啥也没有。"

黄道吉喊叫着："恭喜你当爹了。"

牛三品不想去孟冬英家里，理由很多，都有说服力。当黄道吉拍着胸脯说："有我在，你绝对安全。"以及："你应该去看看儿子。"他才答应，也要求曾永华同去。他生怕黄道吉误会，赶忙说："有些事你不好办，他可以帮我。"

这不是贬低黄道吉的能力，在岳父家里，他得小心谨慎，要勤快做事。可是他错误理解了，很生气："尽给我惹事。"

牛三品低着头，闭着眼睛，努力拒绝周围的一切。他抬起手，在身上摸了一下就放下来，多余似的吊在那里。他等待黄道吉破口大骂，还将脊背送过来。黄道吉的拳头和棍棒没有打过来，也没有谩骂。他睁开眼睛，慢慢转过来。黄道吉蹲在地上，双手抓着头发。他伸手搀扶，黄道吉奋力推开他，吼叫着要他滚开。他没有离开，还搬来凳子让黄道吉坐下。

黄道吉气得七窍生烟，牛三品急得六神无主，也记得给老孟头带上礼物。牛三品身上的钱不多，黄道吉就借给他，又让曾永华陪同他去供销社采购礼物。牛三品买好东西，就给自己买一件衬衣，衬衣大了，他卷起袖子，将下摆扎进裤子里，像村干部。那条露在外面的裤腰带开裂了，他没有钱购买，曾永华只好将裤腰带贡献出来。他想买一双新鞋，却没有勇气走向鞋子柜台。

在黄道吉带领下，牛三品与挑着礼物的曾永华连夜赶往老孟头家里。这时候老孟头应该睡觉了，他却坐在屋檐下，与一群向他疯狂进攻的蚊子缠斗。看到有人走来，他握着长烟杆连甩几下，检验它能否担当打人的责任。他喊叫着："是道吉吗？"

"是的，爹——"黄道吉将亲热的喊叫拖得很长，希望缓解紧张的气氛。

老孟头颤悠悠地站起来，却站着马步，像要打拳。他愤怒地喊叫："那个王八羔子来了吗？"

黄道吉给牛三品加油鼓劲，又提醒他和曾永华倍加小心，然后说："来了，给你带着礼物。"

老孟头一声不吭，摩拳擦掌的孟国华也停了下来，似乎被丰厚的礼物迷惑了。他们迎了上去，孟国华还伸着双手，像迎接贵客。老孟头突然破口大骂，举起旱烟杆打过来，却砸向挑着东西的曾永华。黄道吉赶忙阻止，也防止这根老骨头栽倒下去。孟国华也打了起来，黄道吉放下老孟头过来制止时，曾永华被他踢了好几脚。牛三品逃之夭夭，葵杆火熄灭了，周围漆黑一片，却没有掉入杂草丛生的水沟。孟国华举着葵杆火很快站在他面前，带来一群看热闹的人。他站得很直，孟国华想起牛三品是瘸子，生怕弄错了，赶忙问："你是谁？牛三品呢？"

牛三品没有回答，知道这一声应答，是招致孟国华恶语相向和拳脚相加的口令。他警觉地举着干葵杆，应对于己不利的举动。当赶来的曾永华大声喊叫："师哥，我和师父来了。"以及黄道吉大声制止："不要打，他的脚有毛病。"孟国华才明白眼前这个慌里慌张的人，是让妹妹身败名裂让全家人蒙羞的瘸子。他举着葵杆火，张牙舞爪地往牛三品身上戳去，舞剑一样。牛三品举着干葵杆全力抵挡，葵杆火没有戳到身上，但火星甩了过来，飞到脸上。黄道吉拉着孟国华，大骂牛三品，又检讨自己管教不严，有不可推卸的责任，都不能制止他打人。不过他这样说："不要打了，将来大家是亲戚，是一家人。"孟国华就停了下来，还伸手拉扯退到坡下的牛三品。牛三品连忙躲闪，也拒绝曾永华伸来的手，努力表现得像正常人。

守着牛三品送来的礼物，老孟头一家人大骂不止。老孟头晃动打折的旱烟杆，要将没有打上去的那一杆补上来。黄道吉代替牛三品答应给他买一根铜烟杆，他就将旱烟杆扔在旁边，但没有停止责骂。他那张口说话就不停地哮喘的老伴站立不稳，在旁边叽叽歪歪地骂人，伸着鹰爪一样的手指，在牛三品前面戳来戳去，有一下戳到他脸上。在风烛残年的爹妈面前，孟丽华不积极表现，就应验他们挂在嘴边的话："嫁出去的女，是泼出去的水。"

她切齿怒骂，黄道吉努力制止无济于事。老孟头努着嘴向她示意："加油。"

他还说："拿出老孟家的气势来。"

孟冬英寻死觅活，他们视而不见，依旧歇斯底里地咒骂。老孟头大喊头痛，他们赶忙停下来，围着他问个没完，生怕他一命归西。老孟头稍许好转，孟国华就大声斥责哭得像泪人的孟冬英和低头哽咽的牛三品："哭死呀，两个不争气的东西。"

他们停止哭泣，孟冬英抬起袖子替牛三品擦拭眼泪，用另一只袖子擦着自己的眼睛。老孟头摇头哭喊："造孽呀，我上辈子做了亏心事，这辈子来惩罚我。"

夜深了很久，孟国华才给他们安排住宿，不管牛三品做了什么，他与这个家庭脱不了干系。老孟头要牛三品去灶房的柴火上睡觉，那里是狗窝。老孟头折磨牛三品，心里获得莫大的安慰，头痛也好了许多。随后他对黄道吉说："要他跟你睡。"

　　已经这样了，老孟头也极力阻拦女儿嫁给牛三品："除非他的腿正
常了。"

　　老孟头再怎么折腾，也斗不过孟冬英哭天喊地寻短见。她趁人在水塘边
干活，往水塘里跳去，大声喊叫："我不想活了。"

　　她被救了回来，老孟头遭到一番数落。她拉伤了筋骨，呛了一顿水，被
人在胸前摸了一把……换来一段安宁的日子。老孟头依旧要她另嫁他人，她
故伎重演，但没有跳进水塘，而是仰着脖子，举着一瓶有骷髅头标签的农
药。她没有喝进农药，喉咙里却咕叽咕叽。老孟头瘫坐在地上，喊爹叫娘：
"我的祖宗，不要折腾了。"

　　老孟头答应不再干涉，孟冬英才放下农药瓶子。没有多久，她带着儿
子，拿着衣服，住进牛三品家里，正儿八经成为牛家的媳妇。老孟头没少
找牛二吕要彩礼，外孙都这么大，他还要黄道吉做媒，一步步走完结婚的
程序。

41

转眼牛三品儿子牛四田上高中了，不管他成绩如何，牛三品和孟冬英希望他考上大学，光宗耀祖。那次牛四田回家取粮，孟冬英询问学习情况，他避而不谈，反而说："听说爹知道上辈子发生的事。"

"听谁说的？"孟冬英惊愕不已。

"不要听别人瞎说。"

孟冬英不说，他就去找牛三品，要弄个水落石出。牛三品夜里回来时酒醉醺醺，连滚带爬似乎另一条腿也瘸了。听到儿子的话，他醉酒醒了一大半。他无所适从，生怕这事影响儿子学习。他考虑再三，然后说："没有这事。"

给村民盖房的牛二吕回到家里，顾不上喝一口水，张口便向牛四田讲述事情的来龙去脉，还为成功的创举洋洋得意。他强调被人栽赃陷害，还展示身上的伤疤："一下雨，这里就痛。"

牛四田没有考上大学，分数相差甚远。牛三品要求他复读，又动员许多人做工作。他羡慕牛丰收的孙子考上省城的大学，牛丰收摆酒庆贺，场面热闹，村民都来送礼，说着好听的话。他希望儿子比牛丰收孙子强，考上重点大学，去北京读书，还要出国……他对牛四田说："好好复习，我们全力支持。"

孟冬英也说："考上大学让我们光荣一下。"

牛四田不想复习，反复说面临的残酷现实：上了大学也要自己找工作。

牛三品立即回击："上了大学，能找到好工作。"

牛四田无法说服他们，就收拾东西往学校里走去。他一直想着："有了说服他们的理由，就立即回来。"

他转身回来了，但不是有了说服爹妈的办法，是忘记了东西。牛三品背着法器准备出门，见他丢三落四，很想说"做事毛糙，一点不稳当"，却咬着嘴唇这样说："仔细想想，别再忘记东西。"

到学校时牛四田想出了说服爹妈的理由：没有赶上复习班招生考试，以及复习班暑假里上课了，现在人满为患，却没有回来，除了天黑前他不能到家，也觉得这样爹妈会很伤心。他进入还在招人的复习班，与希望通过学习改变命运的人一道，过着手不离书的紧张生活。春节后他拿着简单的行李外出，全家人心照不宣地认为他去上学。牛三品疑惑不解：这么早开学了？但声音很小，他还往嘴里塞着旱烟杆，截断质疑的腔调。孟冬英也要询问，突然猛地咳嗽，嘴上挂着痰丝。她停止咳嗽，擦干嘴巴，牛三品已经走远了。

牛四田该回家取粮了，孟冬英站在地坪边，天上没有太阳，也抬起手放在额头上，睁大眼睛，晃动身子，像游击队员盼望组织上来人。她沿着进村的小路看过去，只要路上有人，就对身边的人说："帮我看看，是不是我家四田？"

得知没有儿子，她犯起了嘀咕："他该回来取粮了。"

煎熬地度过两天后，她催促牛三品给儿子送粮。牛三品答应了，却说："这两天我有事，完事后我就去。"

孟冬英破口大骂，拳打脚踢，还用胳膊夹住他的脖子，另一只手抓住手腕不断使劲。他的脖子剪断似的剧烈疼痛，呼吸也停住了。他吱哇乱叫，连声求饶，赶忙答应："去，马上去。"

孟冬英松开胳膊，他仓皇逃窜，大声责备："下手这么狠。"

牛三品腿脚不好，也背着大米和干菜，没有人认为他给儿子送粮，都说他去作法看风水。有人摇头叹息："如今世道变了，装神弄鬼的人反而吃香了。"

他往牛四田复习的高中学校赶去，瘸拐的样子像拼命挣扎。他遇到许多人，有的接受过他的服务，他们帮着他背东西，说他的卦打得好，有高深的道行。有人恭维他："你知道上辈子发生的事，是一位神仙。"

听说他是神仙，一个小伙子惊愕看着他，随即说："我来背你。"

有人调侃起来："你想沾人家的仙气。"

一路上他们欢声笑语，像真的跟一位佛法无边的神仙在一起。他们不顾他身上的汗臭，拉着他的衣服，摸着他的手。这些满面笑容的人离开时，纷纷向他告别："神仙，你走好。"

也有人说话阴阳怪气，牛三品感到不爽。离家越远，熟人越少。行色匆匆的人都停了下来，惊愕地看着他，有的细伢子跑到他身边，指着他的脚嘿嘿地笑，还学着他走路。

他嘴唇哆嗦咬个不停，那句被他咬住的话，在走出很远后骂了出来："没有教养。"

在陌生的地方，土狗也欺侮他。那条夹着尾巴的土狗没精打采，见到他却狂吠不止。他蹲下来捡拾石块，它叫得更凶，不过它的脚被绳子拴住似的，身子前拱一下立即退回去。他来到一块荒废的菜地，放下米袋，拔出篱笆桩朝着土狗打去。篱笆桩落在土狗旁边，土狗受到重击一样狂吠着落荒而逃。

他饥渴难忍，仿佛几天粒米未进，滴水不沾。他找到一个蓄水坑，水变了颜色，也将水捧进嘴里，直到肚子里哗啦哗啦。他看着旁边一块颜色很深的东西，是一堆泡开了的牛屎。他哇哇呕吐，从嘴里喷出来的水，像母牛撒尿。

路边有小吃店，他还不想吃饭，但在服务员的吆喝下，跌跌撞撞走了进去。他要了一碗米饭，点了一个小菜。他不停地喝水，服务员很不高兴："水都被你喝干了。"

他当然要辩解："哪个餐馆不让人喝水？"

黄昏时他来到学校。在人来人往的校园里，除了女生和年纪大的老师，他觉得他们都像儿子，可是定睛一看：都不是。他喊了起来："四田，牛四田。"

他询问身边的学生："看见我儿子吗？叫牛四田。"

学生直摇头，呜哇呜哇像嘴里含着东西。张一凡老师过来了，听说他叫牛三品，张一凡来了兴趣："那你爹叫牛二吕。"

他正要说："或者叫牛二日和牛二回。"牛三品立即回答："对，是这个名字。"

张一凡想了想，觉得只有"一口"这个名字，就说："你爷爷叫牛一口。"

"是的。"

张一凡洋洋得意，伸脚啪啪地拍着地面。牛三品突然说："也叫牛大嘴。"

这句话没有恶意，张一凡却很不自在。他咧嘴笑着，像戴着假面具。他咔咔地清理嗓子，调整气息，才说："牛四田没有来复习。"

张一凡是牛四田上学期的班主任。他问旁边的学生："他来了吗？"

"没看到。"好几个人都说。

牛三品哽咽起来，走出校园后号啕大哭，仿佛儿子遇害了。他连夜赶回去，饿了就嚼着大米，嘴里像撒着一把干粉。他也嚼着干菜，干菜又咸又辣，嘴里咻咻地响着，还出现口哨的嘘嘘声。他到了见水就喝的地步，却不停地嚼大米，吃干菜。一路上他不停地找水，后来他将吃干了菜的罐子清洗干净，装满水提在手里。

第二天中午他回到家里，隔老远就向孟冬英哭诉儿子不见了。孟冬英说他骗人也不动脑子，不过看到他背着大米，急得直哭。她看到空罐子，咧嘴笑了："干菜给了儿子？"

牛三品生气地说："我肚子饿，吃掉了。"

孟冬英哇的一声哭了，泪流满面。当牛三品说："老师说他去了其他学校。"她才停止哭喊，不过抽泣声持续了很久。

42

牛四田失踪了，大家深表同情，争相给牛三品出谋划策。他们抽着烟喝着茶，嗑着瓜子剥着花生，巧舌如簧却胡说八道。有人说话一点不招笑，他们却嘿嘿地笑个不停。他们弄了一地烟头和果皮，只说出牛三品早已预料的话："赶快派人去找。"

几个说话不多的人猛地点头："我们也是这么想的。"

有人跑到牛二吕和牛三品面前，伸着大拇指说："这个办法好。"

也有人反驳："脱掉裤子放屁，多此一举。"

牛三品求助表叔冯国力，冯国力将了他一军："你作个法，推算一下，就知道他在哪里。"

牛三品慌忙应付："我心里乱糟糟的，什么都算不准。"

冯国力嘿嘿地笑，笑声含义丰富，牛三品只看到让他尴尬的蔑视。他咧着嘴说："他可能去其他学校复习了。"

冯国力在地坪里追鸡赶鸭，如梦方醒停下来时，那条迈出去的腿挂在半空中，直到身子摇晃才收回来。他揪着下巴，想了一下就说："去城里两所重点学校找找，其他学校不要去了。"

"为什么？"牛三品傻傻地问。

"他在普通学校复习，没有必要去更远的同类学校。"

第二天大清早，牛三品进城寻找儿子，也给他送钱。他认真打扮，要以全新的面貌出现在儿子面前。这个头皮发痒才洗头的人，大清早烧水洗头了，还要去城里理发。他穿上西装，却没有扎领带，觉得它勒脖子。他拿着孟冬英的润肤露往脸上涂抹，看到她走来，赶忙放下来。他许诺给她购买衣服，不过看着她臃肿的身子，嘿嘿地笑了："你的衣服不好买。"

他挺直身子，在镜子面前转来转去，力争像正常人。他急匆匆去赶班车，又瘸拐起来，比平时还严重。

在城里那间挂满衣服的小店里，他看中一件觉得适合老婆的衣服，谈好价格掏钱时，口袋里一无所有。在翻转口袋又在周围寻找后，他哭了，声音不大，却很伤心。女店主极力表明钱不是在店里被偷，说这条街从来没有失窃过，还要旁边商店的店主证明。女店主提醒他去过哪些地方，他哭丧着脸蹲在门口，努力想着出门后路上发生的事情。他觉得途中每个地方都会丢钱，到处人山人海，又觉得哪里都不会丢失，他始终摸着口袋。他记得下车时被人挤了一下，有人提醒他："小心点。"

"肯定在那里丢的。"他喊叫起来。

他明知去那里没有收获，却跑了过去。他站在下车的地方，哭喊着双手拍打脑袋，围观的人很多，都冷眼旁观。他离开那里是警察示意他走开，人越聚越多，已影响交通。他决定去学校寻找儿子，告诉他发生的事情，再跟他商讨办法。

他走进县一中校园，询问边走边看书的学生："牛四田在这里读书吗？"

随即他发出没有结果的冗长叹息："哦——"

一位老教师看到他瘸拐着腿，就要身边的胖学生帮助他。胖学生带着他找了几个地方，同学都说没有这个人，胖学生急了："你儿子上几年级。"

"过来复习的。"

胖学生脸色大变，大声埋怨："怎么不早说。"

牛三品赶忙道歉，说自己无知。胖学生看了一眼，指着前面的高楼说："那里全是复习班，你挨个教室去找。"

他找遍所有教室和能打开的房间，还往女厕所里看了一眼，没有找到儿子。有人建议他去其他教室寻找，却说："复习生一般不去插班。"

他赶忙走向那里，没有找到儿子前，任何地方都不能放过。见他行动不便，有学生主动替他找人，还不止一个。他说："儿子叫牛四田。"

一会儿，一个瘦高个带着一个矮胖子过来了，大声喊叫："大叔，找到了。"

牛三品困兽犹斗地跳了一下。他没有看到儿子，慌忙问道："在哪里？"

瘦高个指着矮胖子说："是他。"

矮胖子东张西望，看到瘦高个指着牛三品，立即说："搞错了。"

瘦高个满脸失望，惊愕地问："你到底叫什么？"

"我叫刘嗣天。"

这里没有儿子，牛三品悻悻地走了。他肚子很饿，就勒紧裤腰带，不停地吞咽口水，想着喝着鸡汤，又想着吞咽米饭，可是感觉相差太远，他又回到吞咽口水的现实中。他不再饥饿难忍是勒紧了裤腰带，却归根于丰富的想象。

他到达城西的重点中学时，学生正上晚自习。学校规模不大，房屋相对集中，师资力量和教学水平以及高考成绩，与县一中相比均有差距。他站在教室门口，哽咽着轻声询问，学生转过来看着他，直到他离开。他影响学生学习，巡查的辅导员训斥他，却帮他挨个教室询问："有叫牛四田的吗？"

辅导员很快查完所有教室，对他说："没有你儿子。"

他非常失望，脸颊抖个不停。在平时，他不会说出这种不信任的话："教室都找了吗？"至少要变换语气，说得委婉含蓄。辅导员生气了："都找了。"

牛三品相信辅导员，却去教室里寻找。这时下课铃声响了，学生蜂拥而出。人头攒动中，他目不暇接，就大声喊叫："牛四田。"

一个长相跟牛四田相似的学生走过来，他迎了上去，心里想："辅导员骗人。"

他还念叨着："幸亏我没有走……"

那个"不然"还没有说出来，他就发现学生不是牛四田。学生问："你找刘嗣天？"

他又说："刘嗣天在一中读书。"

学生与刘嗣天是初中同学，他们考上县重点高中，但不在同一所学校。牛三品不想听他说这些，依旧大声喊叫，直到教室里的人走光。

他选择一堆水泥涵管作为栖息之地，与几个乞讨的人成为邻居。他刚坐下来，其中一个冲着他咿呀叫唤。他赶忙说："我的钱被偷了，没有地方去，我只待一晚，明天早上就走。"

牛三品睡着了，却很快醒了，饥饿和寒冷中的睡眠质量很差。他坐起来抽烟，这个惯常大口抽烟的家伙，轻吸一口就猛烈咳嗽。乞者们大声埋怨，还说普通话。他掐灭纸烟，将它装进烟盒里，他身无分文，所有生活用品弥足珍贵。半夜里他更加饥饿，抬起胳膊将袖子塞进嘴里，大口咀嚼，努力想着吃馒头，可是饥饿依然存在，受到欺骗的肚子更加难受。他吐出袖子，摘着青草嚼了起来，希望像牛一样嚼得津津有味，还说自己姓牛，有牛的禀性。草叶涩口，又麻嘴，他也咬牙吞咽下去。他换了一种青草，不涩口，但很辣，还呛人。他嘴里呼哧呼哧，通过大口吸气冲淡辣味。他四处找水，发现前面的菜地里有萝卜，鼓足勇气走了过去。他屏住呼吸，伸着双手时闭着眼睛，演绎现实版的掩耳盗铃。他将萝卜抱在怀里，又藏在衣服里。他赶忙揪掉叶子，有了萝卜，就不需要它了。

第二天大清早，他来到一家面馆前面，目光呆滞地看着忙碌的汉子，希望他赏赐一碗面条："我的钱被偷了，一天都没有吃饭。"

汉子头也不抬，怒气冲冲地说："走开，不要妨碍我做事。"

他走向旁边的包子铺，继续为食物展示可怜。女店主看到他在面馆前的遭遇，他还没有开口，就递给他两个馒头，还指着大铁桶，要他去盛稀饭。

城里那所普通高中，他也去找了，不过找人的欲望，远不及昨天那样强烈。他觉得时间充裕，肚子也饱了，才去那里看一下。

43

　　牛三品沿着马路回家，不住地回头，希望驶来的车辆中，有好心的司机捎带他一程。他不停地招手，终于有一台拖拉机停下来，但他只坐了两三公里，拖拉机到家了。他又伸手拦车，司机置之不理，车子经过他身边，开得更快。他又瘸拐着行走，走不动才朝着摇摇晃晃的班车招手。他不抱希望，举手懒洋洋的，可是班车减速了。司机生怕将尘土溅到他身上，慢慢停车。售票员看着他举着的手，眯着一只眼睛瞄准，嘴里喊着："好——好——停。"

　　牛三品身无分文，也迅速爬上见人就停的班车。他腿脚不便，售票员伸手搀扶，客气地说："扶好，坐稳。"

　　她又说："你去哪儿？"

　　牛三品说去东山，这是乡政府所在地。售票员说："班车不去那里。"

　　"在就近的地方让我下去。"

　　售票员找他买票，他支支吾吾，像中风一样嘴巴歪斜。他乞求着："我的钱被偷了。"

　　他翻出所有口袋，表明他没有说谎。售票员上前拉扯，要他下车。班车嘎吱地停下了，乘客东倒西歪，怨声载道。司机大声喊叫："快下车。"

　　他又说："都像你一样，我们喝西北风去。"

　　牛三品哀求着："我走不动了。"

　　随即他又说："你们会有好报的。"

乘客见状七嘴八舌说了起来："让他搭一段吧，他腿脚不好，钱又丢了。"

那个戴眼镜的乘客声音最大："老天看到你们做好事，会保佑你们赚大钱的。"

这种美好的祝愿，任何人都不会拒绝，何况是渴望尽快富裕起来的人。司机看一眼就嘎嘎地挂挡，缓缓开动班车，售票员却阴阳怪气地说："坐稳，摔着你，我们不负责任。"

售票员说话尖酸刻薄，牛三品也千恩万谢，连连保证："那当然，不要你们负责。"

牛三品下车的路口，离山塘村有十多公里。这里有些人家，曾经请黄道吉和他作法。得知去东山的班车没有过去，他就向人借钱。有了钱，他神气活现，腰挺直了，说话也利索。他去饭馆里吃饭，将口袋拍得啪啪作响，大声喊叫："炒两个好菜。"

他站在马路中间，拦截去东山的班车，嘴里喊着："我有钱。"

他在车门口神气地喊叫："有座位吗？"

仿佛没有座位，他不会乘车。售票员大声催促："别磨蹭了，快上车。"

他为那段路免费乘车沾沾自喜，还揪着树叶和草茎，噘着嘴巴吹口哨，仿佛赚了一笔大钱。可是看到孟冬英，他哭了起来："他娘，伢子不见了。"

孟冬英若无其事，仿佛没有听到。他又说："伢子没找到，钱也被偷了。"

孟冬英嗜财如命，却没有生气，与儿子相比，钱算什么？她大声说："伢子找到了。"

他以为她戏弄自己，责怪起来："开什么玩笑？"

孟冬英佯装生气，不停地念叨："你等着……"

她在口袋里掏了很久，没有掏出东西，那个"你等着"声音越来越小，随后唉声叹气："我亲手放在里面的，怎么不见了。"

她翻箱倒柜，骂骂咧咧："碰到鬼了。"

他提着茶壶哗哗地倒茶水，回头问她寻找什么。她吼叫着："一封信。"

在牛三品的印象里，家里很少来信。他问："谁的信？"

孟冬英没有理睬，依旧四处寻找。牛三品走过去坐在椅子上，旁边的猫仓皇逃窜。一封信出现了，他捡起来说："信在这里。"

信封上有自己的名字，地址写着城市街道。他的手伸进信封里，也展开丰富的想象，猜测谁成为他心中义薄云天的朋友。他想到亲戚，却没有听说谁在这个地方，他们也不写信，有事就跑过来，或者托人捎来口信。黄道吉一个徒弟曾经向他借钱，狮子大开口，还不说还钱时间。他的手抽了出来，像摸到蛇一样。他自欺欺人地认为，不看信就万事皆休。他磨磨蹭蹭，孟冬英生气了："你儿子的信，你刚出门，邮递员就送来了。"

他长长地舒了一口气，呼呼的气息像启动了鼓风机。找到了儿子，他就不要去派出所报案，去车站张贴寻人告示，也不要担心他的安危……他取信时小心谨慎，仿佛儿子就在里面。他念念有词，但语气生硬，每个字被咬得富有力量，说出来掷地有声："我的祖宗，你终于有消息了。"

他又愤怒地喊叫："让老子找得好苦。"

牛四田在省城建筑队做工，安顿下来后立即给家里写信，也写着工友的手机号码。牛三品立即写信，要说服他回来复习，却没有信纸，也没有钢笔。他们决定给儿子打电话，可是家里没有安装电话，山塘组村民也没有，有几户人家说安装电话，至今还在放空炮。红泥湾村有人安装了电话，还有人买了手机，神气得像购置了汽车，盖了楼房。他们将手机挂在裤腰带上，不时撩起衣服，如果没有人注意，就解开手机套，啪啪地扣上。有人始终拿着手机，向人展示高品质的生活，即使没有通电话，也将手机举到耳朵边，嘴里嘟哝着，仿佛确有其事。时间长了，有人担心："这要多少电话费？"

也有人说："说的全是废话。"

牛三品去给儿子打电话，说纸张和笔也不要买了，似乎这是一笔很大的开销。孟冬英也要去，却多走几步就气喘吁吁。家里的猪牛羊和鸡鸭鹅需要她照料，它们似乎知道，她离开了它们就要挨饿，都闹腾起来。鸡鸭鹅围着她团团直转，猪牛羊将栏舍顶得哐当哐当。

他找到一户有电话的人家，这家人在电话机上套着特制的木盒子，挂着锁。他们端茶上烟，拿出瓜子，可是掌管电话机钥匙的一家之主说两天前丢了钥匙，还指天发誓："我要是骗人，就不得好死。"

他要用钳子拧开挂锁，牛三品制止了。村里还有人安装了电话，不止一户，他多走几步，同样能打着电话。这位一家之主说："也好，去其他人那里看看。"

他找了几户人家，才将电话拨打出去。有一户人家的电话机没有声音，男主人拿着话筒手柄在桌上敲打好久，似乎不出现声音就不会停止。另一户人家的电话机欠费停机，牛三品听到忙音也拨打起来，结果枉费工夫。这家人怀疑他打通了电话："昨天还好好的。"

他好不容易打通电话，工友没有让近在咫尺的牛四田接听，还骗他："他离我很远，你晚上打过来。"

晚上他跟牛四田通上电话，很生气，却骂不出来。他要求儿子回来复习，牛四田不听劝告，威胁要挂断电话。他不得不说："要注意安全。"

他又说："赚了钱就买个电话。"

为了让老婆跟儿子说话，牛三品请借钱购买手机的孔重平帮忙。这个经常将手机举到耳朵边的家伙，买了个套子将手机挂在裤腰带上，其毛病由举着手机变成撩起衣服。牛三品试探着问："能不能帮我一个忙？"

牛三品许诺支付工钱和电话费，又强调家里酿造了甘甜的米酒："随便喝，只要你的肚子能装下。"

他才答应。他立即动身，牛三品制止了："晚上过来，我儿子那时才有时间。"

牛三品正吃晚饭，孔重平过来了，他惦记牛三品的甜酒，也想在这里吃饭。孟冬英放下碗筷，赶忙烧酒做菜。他大口咀嚼，也伸手拨打手机，手机还没有接通，他就将手机交给孟冬英，还洋洋得意："有手机真好，能帮我弄到好吃的。"

孟冬英始终"喂喂"地喊着，牛三品生气了："老这样喊什么，说话呀。"

孟冬英很不高兴，在外人面前，也大声喊叫："没有声音，我说什么。"

孔重平胡吃海塞，说话也没有停止咀嚼。"一会儿就有声音了。"

过了好长一会，手机还没有声音。孔重平拿着手机，伸着油光可鉴的嘴巴，对着手机呼呼地吹气。他看了看，就说："没电了。"

第二天晚上孔重平又来了，手机充足了电，还带着充电器。他将孟冬英端来的茶水，牛三品递上的香烟放在桌上，掏出手机拨打起来。他拨了几次也没有接通电话，就拿着手机认真查看，随后一声尖叫："这里没有信号。"

44

　　在同学范志伟撺掇下，牛四田放弃高考复习外出打工。范志伟将打工说得天花乱坠，仿佛去那里捡钱。他们跟着范志伟的叔叔范大力去做事，范大力自吹自擂："好多人想跟我出去，我只带你们两个人。"

　　范大力跟雷公山上了年纪的人一样笃信鬼神，吃饭上茅房，他也要念叨，还伸手摆出动作。逢年过节他焚香烧纸，弄得屋子里烟雾缭绕，灰烬四散飘落。他外出打工，少不了乞求神灵和祖宗庇佑。年前别人购置年货，他却买来纸钱和香烛，像举行大型祭祀活动。临行前那个晚上，他在摆放祖宗牌位的神龛前长跪不起，念叨谁也听不懂的话。牛四田跪在旁边，也乞望得到保佑，范大力拉起他，说他不能跪在他们的祖宗面前，不过在外面祭祀山神时，他让牛四田跪在旁边。祭祀结束，他谦虚地说比牛四田的爹差远了，他是仙人，能记得上辈子许多事情。

　　通过熟人介绍，范大力和范志伟进入省城一家餐饮公司。范大力当保安队长，成为公司的中层骨干，保安队只有他一个人，他还要打扫两个厕所。范志伟给胖师傅打荷，笑他像肥猪，又说他像河马。他还想说像更胖的东西，胖师傅喊叫起来："呆头呆脑，怎么给我做事。"

　　为了能和他们在一起，有个照应，牛四田愿意在厨房里杀鸡宰鸭，杀鱼刮鳞。穿着开叉到大腿根的旗袍的女经理摇晃着身段，伸着兰花指指着蹲在角落里傻笑的老头，语气生硬地告诉他："有人了。"

　　牛四田和许多拿着纸牌的民工在一起，期待揽到零活。他的纸牌上写着高中毕业，身体健壮，勤奋肯干……一个提着瓦刀的大方脸汉子笑着说："你这样写，揽不到活的。"

其他人举着工具，嘿嘿地笑："一个高中生，请你去教书？"

牛四田觉得有道理，谁要没有技术的高中生？他将纸牌铺在地上，坐了上去。

牛四田有一点钱，却不敢去馆子里吃饭。中午他吃了一个包子，晚上准备挨饿。那些人一天只吃一次东西，有的人两三天才吃一次。天黑时范志伟带着食物过来了，他从厨房里拿出东西，险些被厨师长看到，吓得要死。看到民工没精打采，范志伟神气活现，仿佛他是政府官员，或者公司老板。他跟牛四田说话，嗯嗯啊啊拖着腔调："叔叔还在找人，要让你进餐饮公司。"

牛四田咬着饭菜咿咿呀呀地感谢，分不清是由于范志伟送饭，还是针对范大力关心，总之充满诚意。范志伟喜欢别人恭维，长久地咧嘴笑着。民工流着口水，喉咙里咕叽咕叽，牛四田要他们过来吃饭，他们摇着头，说不饿，又说习惯了，饿几顿不要紧。牛四田没有强求，他的饭菜不多，还是范志伟冒险送来。他给大方脸送去两个馒头，还有菜。

第二天上午，一个戴着竹篾安全帽的矮个子站在他们面前，哼着调子，很神气。这些大清早蹲守在这里，期盼被人请去干活的民工置之不理，依旧耷拉着脑袋，用特有的姿势守着那缕乍暖还寒的阳光。矮个子昂首挺胸，竹篾安全帽突然掉落了，砸着脚后跟，弹出很远。他生气了，那句问话"谁会泥瓦活"，像骂街一样刺耳。大方脸举起瓦刀，叮当地敲着，喊叫着："我干了二十多年的泥瓦工。"

矮个子第一个选他，他也嘀咕着："我有好多徒弟。"

牛四田突然说："我也想去。"

矮个子问他："你会什么？"

"我有力气。"牛四田很想得到工作，又说："我不怕苦，不怕累。"

矮个子收下他，是大方脸突然说："他是我徒弟。"

牛四田和大方脸，还有三个人被矮个子叫走了。他们争相给矮个子上烟，抢着给他点火，还有人替他拿着竹篾安全帽。他们得意忘形，连做什么工作，每天给多少钱，都没有询问。矮个子主动说："你们有三天试用期，留下来就签订合同，把工资和奖金固定下来。"

牛四田被大方脸认作徒弟，却没有瓦工基础，也没有砌墙工具。工地上副工人满为患，他也留了下来，还拥有与他们一样的工钱。他和两个老头给搅拌机添加水泥和砂石，后来和几个女人搬运砖块。女人开着男女情爱的玩笑，嘻嘻哈哈。矮个子是施工队长，动辄批评他们："好好干活，不要吊儿郎当。"

牛四田很勤快，主动帮人打饭，还帮人打洗澡水。大家喜欢他，也照顾他。那个似乎从未洗过脸的老女人，经常给他带来好吃的东西。那些像鸟屎一样的灰指甲让他大倒胃口，她也旁若无人地捏着食物送进他嘴里。有人醋海翻波，说话阴阳怪气："丈母娘疼女婿，也不能这样毫无顾忌。"

老女人立即回应："我生的都是儿子。"

两个相处得如胶似漆的女人，为牛四田争风吃醋，互相诋毁，大打出手。牛四田有女人关心呵护，却并不快乐。他和大家一样，几个月没有领到工资，需要借钱维持生活开销。经理说财务账上有钱，但要用来购买原材料，希望大家谅解。他说到了年底，一分钱也不拖欠，还按照银行标准，将利息发给大家。

大家深信不疑，又干劲十足，仿佛领取了工资，还有丰厚的奖金。他们去银行打探情况，在定期和活期的计算上纠缠不休，也琢磨哪家银行的利率合算。

年底矮个子不见了，大家以为他临时有事，几天后会来到工地，发放拖欠的工钱。有人怀疑他卷款潜逃，牛四田立即制止："不要乱说，他不是那种人。"

有人附和："没有确凿的证据，不要胡说八道。"

他们去找经理，经理说将工程承包给施工队长，只跟他发生关系。在掘地三尺找不到矮个子后，经理得出结论："他卷款潜逃了。"

45

范志伟在餐饮公司干了三天，被女经理开除了，理由是他偷拿店里的东西。范大力受到牵连，撤销了保安队长，但仍干着安保工作，也打扫两个厕所。他依然参加公司领导会议，不过坐在角落里，没有发言权。那个容颜渐老的女经理得知范志伟偷拿东西，立即收住扭动的腰肢和晃动的屁股，伸手指着范志伟，冲了过来。大跨步撑开了旗袍的线缝，旗袍滑了上去，露出整条连裤袜。她赶忙收住脚步，手忙脚乱地拉扯旗袍，捏着线缝。她愤怒地喊叫："你被开除了。"

想起范志伟处于试用期，她又说："你不是正式员工，没有开除的资格。"

范志伟想拿回三天工资，立即去找女经理。女经理正撩起旗袍，缝补裂开的线缝。他推门而入，女经理失声尖叫："流氓。"

在她眼里，范志伟是一条可怜虫。她指着门外，吼叫着："滚出去。"

范志伟没有拿到工钱，反而遭到女经理奚落："真稀奇，被开除的人还要工钱？"

范志伟据理力争："你刚才说，我没有资格被开除，所以不是开除的。"

他又说："是我自己不干了。"

女经理歇斯底里地喊叫："你是窃贼，再不走我就报警了。"

后来他进入一家私人电气公司，成为生产元器件的一线员工。这家生产车间里热闹非凡的公司，屡次三番拖欠员工工资，还没有令人信服的说法。

范志伟在前两个月领取保障基本生活的工资，随后是一张张工资欠单。

他和牛四田干了一年，却身无分文。他们找范大力借钱回家，范大力满口答应，似乎借多少悉听尊便。可是他要求他们出具借条，还要支付比银行高得多的利息。

过完年牛四田又来到工地，和其他人一道讨要工钱。他们不停地上访，拉着横幅大声喊叫。领导热心接待，大骂施工队长丧尽天良，似乎他们也被骗了。领导一次次给他们吃下定心丸："无论如何要将施工队长抓回来，将工钱还给你们。"

公安部门立案侦查，有关部门介入督办，警察加大了侦查力度。刑侦队长汇报情况时说："我们几天几夜没有合眼。"

他还表扬身边一位同志："他孩子生病住院，也顾不上。"

从众多的线索中，警察找到有价值的信息，获得施工队长的位置。他们立即奔赴边境地区的深山老林，将给人伐木的施工队长抓捕归案，可是他将工程款挥霍一空。警察审讯时他哭了："赌博输了。"

施工队长百般抵赖，似乎不拿出钱谁也奈何不了。他被变卖了家产，也受到刑事处罚。建筑公司承担连带责任，为支付民工工资筹措资金。民工得到工钱，没有得到利息，也喜气洋洋。经理许诺优厚条件，他们没有动心，都相继离开了。牛四田经人介绍，去了一家物流公司。

范志伟上班的电气公司工资不是完全不发，陆陆续续发放一些。他不敢离开，害怕失去拖欠的工钱。他想仿效牛四田组织大家找政府帮忙，可是他们各行其是。有人说："人家发钱了，其他钱又不是不给。"

还有人说："作为员工，应该为老板排忧解难。"

年底他又只拿到部分工钱。他找牛四田商议，牛四田以为他借钱，立即说："借多少？"

"一分也不借。"

牛四田说他们麻木不仁，骂老板卑鄙无耻。说到工地上民工上访，他反复强调自己发挥的作用，仿佛他是民权运动的领袖。他突然话锋一转："我去找你们老板，替你出气。"

范志伟以为他报复老板，赶忙阻止："别干傻事。"

他也问："怎么报复？"

"我也不知道。"

牛四田想了很久，低声说："查一下老板祖上的情况。"

他将手指竖在噘得很高的嘴巴前，"嘘"的一声说："悄悄的，不要让人知道。"

"你要干什么？"

"你放心，我不会干杀人越货的事情。"

工资不能按时到手，员工吵吵嚷嚷。他们幸灾乐祸地说着老板邵宗义一家人的负面消息，获得心理安慰。他们谈论邵宗义的风流韵事，经过添油加醋地描绘，邵宗义成了卑鄙无耻的流氓。范志伟告诉牛四田时，将邵宗义与多个女人有染，偷偷生下孩子，老婆大打出手说得天花乱坠，仿佛亲眼所见。牛四田不断诱使他说出邵宗义更多的事情，直到无话可说。他说想知道邵宗义什么来头，尤其是祖上的情况，包括死去的人。

范志伟感到为难："活人的事情都搞不定，死人的情况更难听到。"

范志伟继续打探邵宗义的情况，有人谈论邵宗义和家里人，他侧耳倾听，有时将手抬到耳朵边，将更多的声波导入耳朵里。有人盘问，他说挠痒痒，有时说赶蚊蝇。

这些动作多了，有人质疑："蚊蝇怎么喜欢叮你？"

从邵宗义的司机包敏华与人谈话中，范志伟听到邵宗义的父亲邵昌顺二十多年前失踪了。他与包敏华相隔较远，却清晰听到："……寒江市有个流浪汉，像老板父亲。老板和两个妹妹过去了，老太太身体不好，也要过去，被他们制止了……"

包敏华口若悬河，手舞足蹈，似乎在揭露老板家里人的罪行。为了加深记忆，范志伟嘴里念叨着，又伸手比画。他告诉牛四田时一气呵成，像在朗读，又像在控诉。他的努力得到牛四田充分肯定："正是我想要的东西。"

寒江市的流浪汉不是邵昌顺，他记得自己姓甚名谁，家住何方。他有亲人照顾，却习惯在外面流浪。邵宗义给他买了衣服，施舍了钱，不虚此行。

邵宗义一家人对邵昌顺不在人世的忧虑，被包敏华在同样的地方说给同样的人时，被同样好奇的范志伟听到了。范志伟认为这条信息没有价值，却立即告诉牛四田。这个生活上捉襟见肘的人，放弃乘坐班车，招手叫来的士。他希望早点见到牛四田，弄清楚他想干什么。牛四田正在卸车，立即停下来，听完范志伟述说，他激动地说："太有价值了。"

46

牛四田决定像父亲那样，谎称上辈子是邵宗义的父亲邵昌顺。开始他想冒充邵宗义的爷爷，或者更高辈分的祖先，这样心里获得更多满足，可是他很难得到他们的信息。他谎称上辈子是邵昌顺，希望出现爷爷那样的奇效。为了稳妥可靠，确保万无一失，他要去寻找邵昌顺生活的蛛丝马迹。

他单枪匹马去邵宗义老家，了解邵昌顺生前的情况。他向女老板请假，谎称父亲病重，他伤心哽咽，仿佛确有其事。女老板给他放假十天，还交代："快去快回。"

他要化妆出行，不能让邵宗义老家的人将来认出他。他想化妆成女人，除了感到好奇，也认为这样能彻底改变形象。他走进卖假发的店子，女店主将他领向男式假发那边，摇唇鼓舌地吹嘘商品价廉物美，他却往女式假发那边走去。女店主以为他给妻子选择假发，笑着说："你爱人是什么脸型。"

她招揽生意的话："让她亲自过来，我给她造个型。"在他取下一顶像吊着许多弹簧似的假发戴在头上，在镜子前忸怩作态时变得呜里哇啦，很快消失。她惊愕地看着他，违心地说："蛮好看的。"

牛四田扭动身子，不停地摆弄假发。店里的人捧腹大笑，他满脸通红，慌忙说："我要表演节目。"

他们都说他不像女人，有人说他像怪物，会让人做噩梦。多亏大家给他当头一棒，不然他还要购买女人的衣服和鞋子，练习女人娇媚的动作。他赶忙离开，不再装扮女人。他决定装扮成乞丐，虽然是作践自己，也只能这样。

　　他带着一身破烂衣服出发了，在路上还在想，要弄得更加邋遢，出现更大的反差。不过进入邵宗义老家麻邑乡后，他不想装扮乞丐。在这个物阜民丰的地方，出现好吃懒做的乞丐，与时代风貌格格不入。他遇到一个走村串户收集废品的汉子，眼前一亮，觉得像他那样，可以大胆进入邵宗义的老家红岩村。随即他又认为那样很辛苦，要置办箩筐和杆秤，还不能明目张胆地打探邵昌顺的情况。

　　他和汉子聊了起来，汉子理直气壮，为低微的身份争取面子。他叫朱杏十，是父亲在庵堂里求得的名字。牛四田想跟他收集破烂，他担心牛四田分享利益，断然拒绝。牛四田说："我不要钱。"

　　朱杏十用轻蔑的哼叫表明态度，说世上没有不要钱的傻子。牛四田又说："我去了解民风民俗。"

　　他一点不像文化人，反而像地痞无赖。朱杏十深信不疑，只要他不妨碍自己收集废品。朱杏十问："你在哪里高就？"

　　牛四田答不出来，朱杏十没有追问，依旧不停地整理破烂东西。牛四田嘟囔一阵，想起了："我是自由职业。"

　　朱杏十不知道他说什么，却记住"自由"二字。他说："我也很自由，但挣不到钱。"

　　牛四田跟着朱杏十转了一天，就不想去了。他疲惫不堪，也害怕穷凶极恶的土狗。村民说他形迹可疑，可能是坏人。朱杏十立即说："他是了解民情的文化人。"

　　朱杏十觉得他妨碍收集废品，不胜其烦。牛四田询问情况，他断然拒绝："我要挣钱养家，没有时间。"

　　牛四田答应给钱，他才同意介绍情况。他对当地的民情了如指掌，张口直入主题。他口若悬河，拿着本子记录的牛四田手忙脚乱。牛四田一再要求："说慢一点。"

牛四田觉得时机成熟，就问："红岩村有没有叫邵宗义的？"

牛四田问了几次，又拉扯他的袖子，朱杏十才停止讲述。他停了停说道："那里有姓邵的，具体情况我不清楚。"

牛四田垂头丧气，脸皮抽动要哭似的。笔和本子掉在地上，笔尖撞到石头，弯得像一只鱼钩。朱杏十用白纸卷着喇叭烟，伸着舌头来回舔着白纸，使它粘贴牢靠。他边舔边说："我表弟媳妇何春香，娘家是红岩村的，她可能知道情况。"

牛四田决定去找何春香，要彻底改变形象。想起没有装扮就跟着朱杏十走村串户，他后悔不已，想到朱杏十不认识邵宗义，心里又踏实了。在几栋房子分布在马路边，就构成麻邑乡政治经济和文化中心的地方，他不能像在城里一样轻易地改头换面。那家贴着许多妖艳女人图片的理发店里，那个矜持地摆着造型的中年妇女，非要做成他的生意。她保证时在挺得很高的胸脯上啪啪拍打，声音沉闷像敲打一面鼓。她再三说没有她做不好的事，会让他称心如意。

这个将自己吹嘘得像大明星御用化妆师的女人，只会在牛四田的脸上一遍遍涂抹油彩，动作很粗鲁，啪啪声很响，鼓掌似的。牛四田生气了："把我弄痛了。"

她却说："你的皮肤很嫩。"

他正要问她会不会弄，听到夸赞，只好作罢。听到他说多涂一点，她将他涂得像个黑人，只能分辨出眼睛和牙齿。他还说："越黑越好。"

他走进玻璃上贴着"货真价实，假一赔十"的商店，许多人围拢过来，仿佛看到怪物，还指指点点："非洲人。"

他站在挂着眼镜的架子前面，指着那幅宽大的墨镜，像国际友人一样神气，还潇洒地打着响指，吹着口哨。他没有叽里呱啦讲外语，而是讲着本省某个地方的土话。有人说："还以为是外国人？"

这人又说："是假洋鬼子。"

他租了一辆摩托车去找何春香，刚进村子就嗯嗯啊啊，吟诗一样。他询问用棍子划拉灰土的细伢子："何春香住在哪里？"

细伢子看了一眼，就朝着那栋老旧房子喊叫："奶奶，有人找你。"

何春香患有严重的眼疾，阳光下几乎看不到东西，朱杏十没有说，不然他不会去理发店折腾。何春香抬手搭在额头上，不停地眨眼睛，努力抵挡阳光刺激。她警觉地问："你是做什么的？"

牛四田回答了，她没有听。她指使孙子给牛四田倒茶，也交代："不要把茶壶打翻了。"

牛四田说出一个革命口号一样的名称，何春香依然没有听，只顾对孙子说："抽屉里有半包烟，拿一支给这位同志。"

她将牛四田当作了解情况解决困难的领导干部，笑着问道："你是哪里的干部？"

牛四田立即回答："我来了解民风民俗。"

"你是文化人？"

"算是吧。"

何春香努力捕捉外部信息的表情很夸张，但怅然若失依稀可见。孙子没有拿来香烟，她没有责问，还对他说："玩去吧。"

牛四田装模作样地记录，弄直后开叉了的笔尖，像针一样戳破了纸。何春香不知道民风民俗是什么，便说家里的鸡鸭鹅和猪牛羊，处处体现自己精明能干，也说出心里的感触："我这个瞎眼婆子，不比别人差。"

何春香行动不便，生活艰难，牛四田掏出两百块钱给她，不过犹豫了很久。何春香紧紧攥着钱，夸赞他出手大方，将来会当大官，发大财。一番客套后，牛四田说："知道邵昌顺吗，有个儿子叫邵宗义……"

何春香立即回答："知道，很熟悉。"

她清理嗓子，用清脆响亮的声音，给这个慷慨解囊的年轻人很多信息："二十多年前，邵昌顺外去做生意，没多久便死了，他老婆和三个孩子好可怜……"

何春香说出邵昌顺在村里的生活情况，也说到他的父母叔伯和兄弟姐妹，以及爷爷奶奶，还有他家的亲戚……她为不能说出更多情况深感愧疚，再三解释："我只知道这么多。"

牛四田还去邵昌顺的红岩村实地察看，送他过去的摩托车司机，为揽到活笑得合不拢嘴。他随口一句那里风景很美，为挖空心思寻找理由的牛四田解难了。牛四田立即说："我想去看看。"

他站在路边，对着那片巧夺天工的峭壁巉岩指指点点，似乎要在这里建立规模宏大的风景区。红岩村每一栋房子，司机了如指掌，仿佛生活在这里。司机说到邵昌顺的破旧房子，牛四田瞪大眼睛，指着房子反复询问。司机没有怀疑，依旧摇唇鼓舌，大放厥词。牛四田又询问大山和河流的名称及村民的情况，用笔沙沙地写着。

司机为了多得工钱，撺掇牛四田攀越连绵起伏的高山。牛四田却说："走，我们回去。"

47

牛四田非常害怕，多次发誓要放弃，却情不自禁地行动起来，还希望像爷爷和父亲那样，被对方接纳并得到照顾。他梦见自己被邵宗义全家人奉为上宾，获得可观的利益，兴奋得伸手扫落那只冒失的苍蝇，大喊大叫："兆头很好。"

他想直截了当说出来：记得上辈子叫邵昌顺，家住东林县麻邑乡红岩村……至于其他，等邵昌顺家里人过来再和盘托出。他又认为这样无根无据，别人不会相信，还会遭到邵宗义家里人抵制，招致责骂。一番考虑后，他决定在发烧时说出来。他记得有一次发烧，脑子里出现稀奇古怪的幻觉。那种比做梦还虚幻的感觉，想必邵宗义和家里人也经历过。如果他们笃奉鬼神，他很容易得逞，还有意想不到的效果。他决定下来，却反复琢磨这个办法的可行性。

他想起发烧的痛苦，知难而退，却又忙碌起来。他咨询医生，医生咬文嚼字，把他弄得像发烧一样头昏脑涨。医生说："原因很多，比如感染、免疫性疾病、肿瘤、甲状腺功能亢进和中暑等。"

这不是他想要的答案。医生又说："感染分上呼吸道感染和泌尿系统感染……"

医生走到书架前面，双手取下一本积满灰尘的医书，咿呀喊叫，像捧着很重的盒子。他伸着嘴深吸一口气，却没有吹拂书上的灰尘，而是对着旁边释放出来。他从门后取下抹布，拿着茶杯往上面淋水，深褐色茶水流到地上，也流到脚上。他用抹布擦掉书上的灰尘，就戴上挂在胸前的老花镜，翻阅起来。为了尽快翻到位置，他呸呸地往手指上啐口水，有时嘴唇抿得太紧，发出放屁的卟卟声。他找到关于发烧的那一页，抬起头准备朗读时，牛四田抬脚走了。

一个朋友高烧不退，神情恍惚满嘴胡言乱语，他深受启发。朋友将他喋喋不休的询问当作莫大的关心，不停地说："谢谢，谢谢！"

朋友投桃报李地告诉他："吃了腐烂变质的东西。"

他效仿朋友的做法，吃下一盒摆放几天的鱼肉罐头，还准备了啤酒，在难以下咽时，用啤酒将鱼肉压下去。为了确保效果，他将鱼肉罐头多放了一天。

他吃下去就后悔了，赶忙将手指伸进嘴里，他涕泪交流哇哇呕吐，也将手指头往喉咙里插去。他吐出不少东西，但大多是臭烘烘的啤酒，鱼肉很少。他脑袋昏昏沉沉，却没有发烧，只是不停地跑厕所，拉得屁股眼火辣辣的疼。

有一次他晚上着凉发烧，还洗冷水澡，希望加重发烧的程度。听说他病了，女老板提着小药箱赶了过来。她将体温计插进他嘴里，又摸着他额头和身子，像耍流氓。她看一眼体温计，就从药箱里取出药片。牛四田伸着手，她挡了回去，抓着一把药片举在他面前："张开嘴巴。"

他闻着女老板袭人的体香，将药片在牙齿上碰撞出当当的声音。有一片药掉在地上，女老板弯腰捡在手里，但没有放进他嘴里。她又从瓶子里取出药片，压入他使劲吞咽时闭着的嘴巴。

他不敢再让自己发烧，这种感觉生不如死，仿佛全身的血肉在烹煮。女老板动辄奉献爱心，他提出休息的勇气都没有，还加班干活。他苦苦思索对策，常常彻夜难眠。电影《赌神》里摔伤颠覆记忆的场景让他茅塞顿开，他希望遇到电影里那样的陷阱，还有人为他摔伤负责。他选择公园里的陡坡，上面树木繁多，有花草，也有石头。他刚站在陡坡上，穿着皱皱巴巴的制服、歪戴着帽子的保安挥舞橡皮棍子跑了过来，喊叫着要罚款。

他决定老老实实上班，女老板对他很好，还让他负责。他感到前所未有的轻松，像飞了起来。

那天他和同乡吃夜宵，喝得东倒西歪，也喊着还要喝酒。他们吃光了摊位上的东西，才很不情愿地离开。肖立松醉得睁不开眼睛，却要骑着电动摩托车回去。大家劝说他不要骑车，却争着坐他的车子。他只让牛四田乘坐，说他请大家吃夜宵，应该让他乘坐。

他将一瓶矿泉水浇在头上，又在脸上噼噼啪啪拍打。他头脑清醒一些，就载着牛四田火速离开。一只猫喵喵叫唤，他吹着口哨挑逗，还想开车碾压过去。猫机敏地逃窜，他驾着车子灵巧地转身。他来不及向牛四田炫耀，车子侧翻在地，甩出去很远。他手上拉出口子，血流不止，牛四田的脑袋撞在台阶上，不省人事。他哇哇地哭，大声喊叫："有人吗？"

街道上出现回音，很逼真，却不是他想要的结果。他继续喊叫："出人命了，过来帮我。"

他拽着牛四田的胳膊，拍打他的脸颊，不停地说："你醒醒……"

他哭着说："别吓我，我胆小。"

他无法将昏迷不醒的牛四田弄上摩托车，送去附近的医院，就哭喊着走向旁边的店铺。这个店子干什么营生，他没有细究，只觉得里面应该有人。他用半握的拳头敲着转闸门，噼里啪啦又稀里哗啦，仿佛在寻衅滋事。里面响起男人的怒吼："找死。"

他异常愤怒，却不得不低声下气地求人："我朋友出事了，请你帮个忙。"

男人将东西砸得丁零当啷，骂骂咧咧："走远点，别烦人。"

他还怨声载道："一天到晚累得要死，还不让我睡觉……"

　　肖立松垂头丧气，一筹莫展。这时候隔壁的隔壁……好几个隔壁后，一家店铺的转闸门嘎啦啦响了，随后哐当一声，像转闸门坏了。肖立松紧张不安，生怕店主骂人。店主将手电光打过来，风吹的树叶窸窸窣窣，仿佛是光柱掠过所致。店主边走边喊："在哪里？"

　　肖立松不待店主过来查看，焦急地喊道："麻烦你拨打120。"

　　他又说："我手机欠费停机了。"

　　店主调侃了一句："停得真是时候。"

　　店主看着牛四田，急忙说："用我的板车送过去，还快一些。"

　　这个经营废品生意的中年人开来三轮摩托。肖立松心存感激："多少钱，我给你。"

　　店主说："不要钱，救人要紧。"

　　在医院里肖立松大喊大叫，握拳猛击医生值班室的门窗，医生生气了："知道了……"

　　医生又说："起来了……"

　　医生冲到肖立松面前，张牙舞爪却只是咿呀叫唤，没有一句完整的话。他给牛四田处理完伤势，输液观察时才说："你……不能这样打门。"

　　深夜里牛四田苏醒过来，醒酒针药到病除，看着点滴瓶和鼻孔下面的氧气管，他惊愕不已。肖立松如实相告，又骂被他骂了很久的猫："下次碰到它，就弄碎它的骨头。"

　　牛四田惊恐地回应："我一点也不知道。"

　　他觉得这是冒充上辈子是邵昌顺的绝佳机会，立即对肖立松说："我脑海里出现稀奇古怪的东西，有的很清晰，像亲身经历一样。"

　　"不要胡思乱想，我醉酒也是这样。"肖立松说。

　　牛四田要让他深信不疑，反复说："不是醉酒的感觉，脑子里的东西，好像是上辈子发生的事情。"

肖立松眼前一亮，好奇地问："发生了什么？"

牛四田将嘴巴伸到肖立松耳朵边，悄声说："我使劲想，一些事情就浮现出来了。"

他回忆时显得很痛苦，慢慢说出早已想好的话："……我上辈子叫邵昌顺，家在东林县麻邑乡红岩村……有一个儿子和两个女儿，儿子叫邵宗义，女儿叫邵宗英和邵宗荣……"

48

邵宗义不相信牛四田上辈子是他的父亲，说要找人将他痛打一顿，撕烂他那张胡说八道的嘴。他却拿出手机说："我要报警，让警察收拾他。"

有人告诉他："这不是刑事案件，警察不会去抓人。"

邵宗义无论如何不能接受父亲离开了人世，始终认为他还活着，可能与人组建了家庭，不便于回来。他也有糟糕的想法，父亲失忆不知道回家，在外面漂泊流浪，过着箪瓢屡空的生活。想到这里，他哽咽起来，眼泪扑簌簌地掉落。邵宗英和邵宗荣将信将疑，嚷着要找牛四田核实情况。妈妈丁奉香找人放大邵昌顺的照片，在上面缠绕黑纱，挂在大厅正上方。她摆着供桌，放着祭品，每天早晚焚香祭拜，弄得屋子里烟雾弥漫。

丁奉香没有哭泣，说这么多年含辛茹苦拉扯三个孩子，眼泪哭干了。她长长地叹气："老头子，以为你另结新欢了，我错怪了你。"

她极力阻止邵宗义找牛四田麻烦，说他这样等于在灵位前骂爹。

邵宗义吓出一身冷汗，连声说："不敢，不敢。"

丁奉香要他保证，还拉着他的手指着天上。她要两个女儿监督："看紧一点。"

"怎么看得住？"邵宗英感到为难。

丁奉香勃然大怒："看不住，也要看。"

当年丁奉香和邵昌顺带着三个孩子来到县城，干过很多活，希望能多赚钱。他们在菜市场角落里杀鱼，邵昌顺夜里骑车去买鱼，从此杳无音讯。她和老乡找遍城里的犄角旮旯，警察也帮着寻找，都不见邵昌顺的踪影。最后他们得出结论：他离开了县城。

后来他们来到省城经营一家小店，又开了分店，生意红火。如今，丁奉香拥有十几家公司和工厂。她将生意交给儿子和女儿打理，自己潜心念佛。

丁奉香想去看望谎称上辈子是丈夫的牛四田，还出现见到丈夫的激动。那一夜她没有合眼，大清早起床也不困乏，晨练依旧虎虎生风。她认真梳洗，现在条件优越，不像以前简单地洗把脸梳梳头。她有专门的梳妆间，那些写着外国字的瓶子堆满梳妆台。她装扮了好久，涂抹得像戏剧演员。

牛四田上班的物流公司很远，邵宗荣开车找了好久才到那里。牛四田去送货了，有人说他中午也不回来。丁奉香要了牛四田的电话，伸着指甲涂得血红的手指嘀嘀地按响手机，却挂断了，还说："不打了，我怕吓着他。"

电话由牛四田的同事打过去，同事没有说她们是谁，有何贵干？只说她们是母女俩，开车来的，是有钱人。牛四田以为她们是生意伙伴，随口说道："我一会儿就回来。"

丁奉香觉得他的一会儿太久了，像一上午。牛四田出现在路口，她迎了上去，仿佛他们早已认识。她迫不及待地说："你知道上辈子的事情？"

问题突如其来，牛四田不知所措。他支支吾吾，丁奉香立即说："不要害怕，我们了解一下情况。"

在丁奉香鼓励下，他说了起来："……我从车上摔下来，昏迷一天，醒来时脑袋疼痛不已，出现乌七八糟的东西，我以为做梦，却没有睡着，后来有人说可能是上辈子经历的事情。"

她们听得很认真，嗯嗯点头。牛四田犹豫了一下，又说："我好像叫……邵昌顺。"

他没有说完，丁奉香突然说："你好好看一看，认得我吗？"

牛四田摇头否认："我的记忆断断续续，不完整。"

"好，你继续说。"丁奉香催促起来。

牛四田用余光打量她们，觉得不对就停下来。他慢慢地说："我家在东林县麻邑乡红岩村，房子是老木屋，在村子中间靠左边的位置……"

邵宗荣悄悄对丁奉香说："一点也不差。"

丁奉香不停地点头。他兴致勃勃地说："村前有一条河，冬天就干涸了，河边有一棵大樟树，上面有一个喜鹊窝……"

她们还想听下去，他却说："我只记得这些。"

丁奉香的话"你记得是怎么死的吗"，与邵宗荣的声音"你说的跟我家一样"同时响起，牛四田选择丁奉香的话回答："好像在黑夜里，一辆车撞倒了我，其他我就不知道。"

丁奉香呜呜咽咽。她擦着眼泪说："你有几个孩子？"

"具体几个不清楚，但有一个叫宗义。"

丁奉香说了一句"我是你老婆丁奉香"，就抱着他失声痛哭。牛四田连忙躲闪，随即靠了上去，让她抱着自己，听她涕泪交流地说："顺子，你死得好惨，连肉体也没有找到。"

她又哭诉："我以为你跟野婆娘跑了。"

牛四田假装害怕，嘴里嘟囔着："我胡说八道。"

"你没有胡说，都对上了。"丁奉香又说："你好好想一想，上辈子的身子在哪里。"

牛四田慌忙应答："想不起来。"

没有多久，丁奉香和邵宗荣离开了。临走时丁奉香说："到时候请你跟我们回家看一下。"

邵宗义反对她们去找牛四田，说这是欺诈行为，又说她们愚昧无知。丁奉香严词反驳，邵宗荣帮着腔："又没有给他钱，也没有给他东西。"

邵宗义对牛四田知道爹许多事情大惑不解。有人说："世界上有些事情，特别是灵异的东西，没有人能说清楚。"

还有人咬文嚼字："宁可信其有，不可信其无。"

他依旧讨厌牛四田："即使这样，他上辈子才是我们家的人，现在跟我们无关。"

丁奉香很生气，咿咿呀呀喊叫："那是你爹。"

邵宗荣说："活着的人给死人烧纸钱，是让他在另一个世界过得好。"

邵宗义说不过她们，就悻悻地离开，也放下话："你们的事我不管，也不要强求我接纳他。"

看着他的背影，丁奉香骂了一声："不孝之子。"

为了让牛四田记起更多的事情，特别是搞清楚他上辈子死在哪里，让他们找到尸骨，他们带着他回老家。邵宗义也回去了，在哭哭啼啼的丁奉香面前，他强装笑脸，积极张罗。他们要给邵昌顺修坟，没有找到他的尸骨，就收集他用过的东西，修建器物家。丁奉香要请人给邵昌顺作法超度，邵宗义极力反对："已经活在世上了，还折腾啥？"

他们进入麻邑乡，牛四田就朝着窗外长吁短叹："还是老样子，变化不大。"

他说那栋破旧的房子以前是农机加工厂，卫生院以前不是这样，那时只有一栋矮房子，新房子后面有一个水磨房，有一年被洪水冲垮了……丁奉香听得很认真，不住地点头："说得很对。"

进入红岩村，他说出几座山的名字，又说出河流。他指着那棵大樟树说："有一年雷电劈开丫杈，砸坏了房子。"

他说出邵昌顺的房子，又说出其他房子主人的名字。面对围观的人，他一个也不认识。他对丁奉香说："他们变化太大，认不出来了。"

有人问牛四田是谁，丁奉香想说他上辈子是丈夫邵昌顺，觉得不妥就停住了。她想了想这样说："我们一家公司的经理。"

乡亲们感兴趣的是他们为村里投资搞建设，比如修建水站，拓展公路……丁奉香没有——答应，但修建水站，解决几百号人用水，她满口答应，还说要抓紧时间，确保家家户户受益。

得知邵昌顺死了，乡亲们呜呜地哭，有人泪流满面，自己爹妈过世，也没有这样伤心。有人问："他失踪这么多年，怎么确定他死了？"

丁奉香大言不惭地说谎："从公安局得到消息。"

一个年轻人好奇地问："见到尸体了吗？"

他觉得不礼貌，立即纠正："是遗体。"

他又问："你们见到了吗？"

丁奉香伤心痛哭是很好的回答。他们安慰她，也埋怨那人多嘴。

从老家回来，邵宗义依然觉得这件事情不可思议。他苦苦思索，仰天长叹："难道真有这种事情？"

丁奉香让牛四田担任一家公司的副经理，学习经营管理技术。邵宗义没有阻拦，还安排人给他布置办公室。一段时间后，他调牛四田去另一家公司担任经理，让他离开整天念叨的母亲。牛四田将范志伟和肖立松弄过来，让他们担任部门领导，将他们从繁重的体力劳动中解放出来。他们穿着西服，扎着领带，留着奇怪的头发，还打着耳钉，人模狗样地出现在众人羡慕的目光里。

丁奉香给了牛四田一些股份，让他成为公司股东。在某些方面，她将牛四田当作丈夫。她带着他旅游疗养，像带着小情人。有一次她抱着牛四田，用涂抹浓彩的嘴巴在他肤如凝脂的脸上吱吱地咬个不停。她埋怨他："你个死鬼，几十年不见踪影。"

她像娇羞的少女一样嘤嘤啜泣，又拍打牛四田，诉说着："我拉扯三个孩子，吃尽了苦头……"

牛四田心里怦怦直跳，赶紧附和："真的很不容易。"

丁奉香折腾一番就气喘吁吁，以前打拼事业累坏了身子，很早就性冷淡了。她放开牛四田，说对不起，请求原谅。牛四田面红耳赤，战战兢兢地说："您要保护好身体。"

丁奉香后来不再与牛四田相会，她幡然醒悟："他上辈子才是我丈夫。"

49

二十多年前，邵昌顺深夜里去鱼巷子买鱼，就不见踪影。其实他可以不去，鱼贩子会准时送来鱼虾，可是最近有一种鱼销路很好，他想多买一些。他为生意红火喜不自胜，提着酒瓶子多喝了几口。他身子摇摇晃晃，将物品碰得东倒西歪，却要骑车出去。丁奉香劝阻无果便告诫他："小心点。"

她又说："我跟你一起去。"

邵昌顺吐出一股酒气，哇呜哇呜地说："你在家里看着孩子。"

他拍着胸脯，拍打自行车坐垫，大声说："这点酒不碍事。"

他摇头晃脑吹着口哨，像发了横财，还唱歌，比哭还难听。有人大声呵斥："谁在那里鬼哭狼嚎？"

他的歌声戛然而止，口哨也停了，打破长夜的沉寂，是自行车嘎啦啦的声音和颠簸响起的铃声。他喝得酒醉醺醺，是经过坟地时给自己壮胆。月光下的墓碑成了一张张鬼脸，仿佛躺在地下的人都坐了起来。他惊恐万状，落荒而逃。他还没有逃出坟地，一脚踏空从坡上滚了下去。

第二天太阳升得老高的时候，饥饿和疼痛弄醒了他，可是他失忆了。他看着成为废铁的自行车，满脸疑惑："这是谁的东西？"

他又说："我是谁？怎么在这里？"

他满身血污，也不找水清洗。他是否知道清洗，已说不清楚，不过他感到疼痛，知道找人治疗。他走进路边的小诊所，医生给他治疗。医生老婆高大威猛，用粗鲁的动作和低沉的声音努力使他恢复记忆，却事与愿违。他在隔壁的小餐馆吃了点饭，经营餐馆的小夫妻半卖半送，不过向人炫耀时，仿佛让他白吃了一顿。他不知道走向哪里，医生老婆跑过来说："有没有力气？"

餐馆小夫妻替他回答："这么年轻，壮得像头牛。"

医生老婆很不高兴，咬着牙说："我问身上有没有残疾。"

餐馆小夫妻不再说话，眼巴巴看着她对邵昌顺说："去我哥哥的煤矿干活，包吃包住，还有工钱。"

餐馆小夫妻觉得这个头上缠着纱布的人是廉价劳动力，后悔没有留下他干活。医生老婆生怕节外生枝，立即送他去隔壁县那座在深山老林的小煤矿。他以安生的名字，成为一名煤矿工人。矿长说出这个名字，不是要他安静生活，是希望煤矿安全生产。他没有经过培训，只在吃饭时听人讲述一些注意事项，便下井挖煤。

他努力寻找以前的生活痕迹。有一次他想得脑袋疼痛，伸手在头上噼噼啪啪拍打，窑洞里响起回音。工长以为塌方了，大声疾呼："快跑。"

他们仓皇逃窜，有的崴了脚，跑丢了鞋子，有的撞得鼻青眼肿……洋相百出。他们没有忘记作业的同伴，工长先喊，其他人跟着喊叫："都出来了吗？"

工长还问："安生呢？"

邵昌顺从窑洞里冲出来，赶忙说："我在。"

"伤着没有？"

"没有。"

工长乐呵呵地调侃："在煤窑里干活，得练就一双飞毛腿。"

不久后煤窑塌方了，邵昌顺亡命逃窜撞在窑柱上，脑袋肿得很高。他记起以前一点事情："我叫宗义。"

这是他儿子的名字。工长赶忙问："你是遵义人？"

"不是，名字叫宗义。"

大家依然叫他安生，他哎哎应答，有时也说："叫我宗义。"

他干了一年多，就干不下去。这是一座非法煤矿，很多方面不达标，遭到有关部门查处。矿长没有跑路，却以效益不好、遭到处罚和资金空缺为由，拖欠大家几个月工资。邵昌顺是外地人，有人替他说情，也没有领全工资。矿长对愁眉苦脸的工人说："谁能替我垫上？"

他们装聋作哑，视而不见。他那句"以后我再给你们"，说出来也没有意义。邵昌顺声泪俱下地哭求："你行行好，把工钱给我，我要去其他地方讨生活。"

矿长有一千个理由说没有钱，邵昌顺一个理由也驳斥不了，但可以装得可怜，让矿长无法说出更多理由。矿长说："我有了钱，一定给你。"

邵昌顺漂泊很多地方，希望找到生活的蛛丝马迹，恢复记忆，早点回家。可是他脑海里一片空白，还对自己叫宗义产生怀疑。

他没有停止找家，除了向人打探情况，也去派出所和电视台寻求帮助。他每到一个地方，就散发传单。他买了一辆旧摩托，在车头插着旗子，在后备厢上贴着找家的告示。他走村串户，被土狗追得亡命逃窜，也被雨淋得全身湿透……

听说有户人家以前走失了人，与他失忆的时间吻合，他坐火车，坐汽车，又坐轮船，翻山越岭去核实情况。那家人得知失踪的人回来了，喊叫着奔过来，跟他抱头痛哭。邵昌顺热泪盈眶，仿佛找到家了，从此不再流浪。那个拄拐的老头突然向他伸着手，用嘶哑的声音喊叫："慢着，先验证一下。"

他要中年人去查验："他脖子后面有没有一颗黑痣。"

"多大？"

"绿豆那么大。"

中年人在邵昌顺脖子上看来看去，将他的头发拨弄得像只刺猬后，摇头说："没有。"

老头又要求其他人查验："把眼睛睁大一点。"

有人掏出怀表似的从衣服里取出放大镜，放大镜把柄上系着绳子，挂在脖子上。他像医生拿着听诊器一样，举着放大镜在邵昌顺脖子上反复查看。他凭借先进的工具，只能说出与他们一样的答案，不过多了两个动作——一声叹息时不停地摇头。

很多女人喜欢他，她们长年在外务工，对性的渴望尤为强烈。一个大胖子女人赤条条地站在他面前，他无动于衷。她嘲笑他："看你能撑多久？"

她扑了上去，将气球一样晃动的乳房压着他的脸，随后该发生的事都出现了。她要跟丈夫离婚，和他结合，他却拒绝了："我不知道有没有老婆，也不知道她会不会找过来，我要搞清楚才能决定。"

大胖子不再在他身上浪费时间，骂骂咧咧地走了。后来不断有人找他，他也在外面找女人消遣，没有亏欠自己的身子。

人高马大的虾嫂过来时带着一个十来岁的孩子，她审视一番后就要孩子叫他爹。邵昌顺慌忙后退，双手猛地摇摆，连声说："别瞎说，我没有这么小的孩子。"

虾嫂哈哈大笑，邵昌顺惶恐不安。她说："我抱养的孩子。"

邵昌顺似乎无话可说，却说："我不认识你。"

"我是你老婆。"

"胡说。"邵昌顺急得直跳。

虾嫂抓住他的手，挽起他的袖子。看着他右胳膊上的伤疤，她失声尖叫："就是我的'真意'。"

邵昌顺非常气愤，努力纠正："我叫宗义，不是真意。"

"差不多。"虾嫂也纳闷："记得伤疤在左胳膊上……"

　　大家七嘴八舌，邵昌顺默不作声，自己失去记忆，就失去处理事情的话语权。虾嫂以为他默认了，就催促他回去："家里人等着我们。"

　　邵昌顺觉得她们疑窦丛生，尤其是孩子，虽说是抱养，却长得像她。他借故推托："我要去看病。"

　　"你怎么了？"虾嫂很关心。

　　"我腰痛得很厉害。"邵昌顺编了个谎话。

　　虾嫂多次催促他回去，也带来不同的孩子。邵昌顺问道："这也是你抱养的孩子？"

　　她说："我妹妹的。"或者："邻居家的。"

　　邵昌顺不愿意跟她回去，说自己习惯了单身生活，记忆力又差，身体不好，不能连累她，要她："你找个好人嫁了。"

　　虾嫂号啕大哭，谁也劝阻不了。大家劝说邵昌顺："你就跟着她去吧。"

　　邵昌顺慌忙逃离，她狗急跳墙操起一把凳子，往他头上砸去。邵昌顺应声倒下，躺在那里一动不动。虾嫂随后的哭喊，是乞求人们将邵昌顺送去医院，也双手相合不停地作揖："不要弄出人命。"

　　一番抢救后，邵昌顺醒了。他脑袋疼痛不已，也愤怒驱赶身边的虾嫂："滚开。"

　　"你跟我回家。"虾嫂哭着哀求。

　　邵昌顺闭着眼睛，像睡着了。过了一会儿他说："你不是我老婆，我老婆叫丁奉香……"他又说："我记得以前的事情了，我不叫宗义，宗义是我儿子，我叫邵昌顺……"

　　他还没有说完，虾嫂就夺门而出。

50

邵昌顺决定回家,迅速告诉家里人:他还活着。

他坐了好久的火车,黎明时到达东林县。在他的印象里,县城破破烂烂,像个小乡镇,可现在到处是鳞次栉比的高楼大厦。他找不到二十多年前的蛛丝马迹,就不停地问:"这是东林吗?"

有人自豪地告诉他,还指着拔地凌空的大楼,也指着长虹卧波的大桥,仿佛这些蔚为壮观的建筑是他们的杰作。有人讨厌他故弄玄虚:"明知故问。"

他卖鱼的三里河菜市场不复存在,那里经历两次旧城改造已面目全非,但三里河的名字还在使用。有人告诉他:"去三里河街道看看。"

他在三里河街道上来回转悠,走得腿脚发软。他找到那栋乾嘉时期修建的老房子,从当作文物保存下来的房子上,他找到过去菜市场的位置。菜市场盖着县政府办公楼,从大门口镏金的大字上,他似乎闻到蔬菜和鱼肉的味道。

他不希望老婆还在菜市场卖鱼,但去那里找到家里人的意愿非常强烈。县城大大小小的菜市场有好几个,他一个不落地寻找。他背着手,踱着步子,装腔作势像领导干部。他听到有人悄声议论:"注意点,领导来检查了。"

那些占道经营、弄得满地狼藉的商贩立即行动,菜市场顿时干净整洁,经营规范有序。他们看着他的嘴巴,等待他夸赞,可是他只向人打探情况,还是几十年前的事情。

他打听到当年在菜市场卖肉的李创举的住址,他们的摊位相隔不远,彼此熟悉。他买了礼物,打着的士赶了过去。李创举所在的小区里,那个稍大一点的地方搭着帆布棚子，喇叭里响起了哀乐，有人去世了。邵昌顺问身边的妇女："李创举住在哪一栋？"

他那句"在几单元几号"还没有说出来，中年妇女就指着帆布棚子，将自己的声音从噼噼啪啪的鞭炮声和咚锵咚锵的锣鼓声，以及哇呜哇呜的唢呐声中突显出来："躺在里面。"

邵昌顺没有听清楚，又问："你说什么？"

中年妇女将嘴巴伸到他耳朵边，字正腔圆地说："他——死了。"

他打探李创举老婆，有人告诉他，她几年前就死了。中年妇女指着地面说："在下面等他呢。"

他打听到杀鸡的夫妻俩的住址，但没有去找，他们有病，动辄歇业去医院。李创举两口子离开了人世，他们活着的希望很小，即使活着，也痴头呆脑。他离开县城回家，说再有熟人，也不找了。

他来到麻邑乡，可以搭乘走村串户的小四轮，或者租一辆摩托车回去，却偏要走路，还说："几十年了，我要好好看一看。"

不久前麻邑乡一户人家丢失了孩子，大家人心惶惶。除了大人护送孩子上学，村里成立了防范小组。他沿着那条熟悉的小路走去，用好奇的目光审视周边的变化，他走走停停，用生硬的普通话跟人交谈。他成为人们心中的人贩子，也有人怀疑："一个人单枪匹马，即使弄到孩子，也难以逃走。"

宋跛子带人跟踪他，迟迟没有动手，要等待他的同伙出现，一网打尽。不远处始终出现几个人，邵昌顺没想到他们是针对自己，还埋怨着："不去赚钱，没事瞎溜达，不可思议。"

经过钵子村时，他想起老表周现文，希望在这里吃饱肚子。周现文的老房子还在那里，很破烂，风大一点就会倒塌。一群细伢子在灰堆边玩耍，他犹豫一下走了过去。他蹲在流着鼻涕的细伢子面前，递给他一块纸包糖。细伢子是周现文的孙子，领着邵昌顺走向对岸的新房子。细伢子突然摔倒了，呜呜地哭。宋跛子以为他遭到劫持，发出临战口令："迅速出击，要稳，准，狠。"

他们将邵昌顺堵在塘堤上，他要逃走，只能从堤坝上纵身跳下去，或者从深不见底的水里游走。他插翅难逃，也有人大声呵斥："举起手来。"

还有人说："终于找到你了。"

宋跛子还说："顽抗到底，死路一条。"

邵昌顺没有理睬，觉得这些跟自己没有干系。他走到路边，歪着身子给他们让路。他们突然扭住他的手，将他按倒在地上。他拼命反抗，不停地喊叫："我犯了什么事？"

他被五花大绑，勒得喘不上气息。他铆足劲说："我是周现文的老表。"

他们觉得搞错了，至少他不是人贩子。不过他说是红岩村的邵昌顺时，他们又觉得他是坏人，至少是骗子。有人说："骗人也不能冒充一个死人。"

"我没有死。"他努力争辩。

那个歪嘴巴给了他两巴掌，打得他嘴巴也歪斜了。歪嘴巴哭丧着脸说："你学我的样子。"

他又说："胡说，邵昌顺的坟都修好了。"

他的争辩无济于事，只是拖延时间。宋跛子叫细伢子去找周现文，为了不让周现文难堪，他给邵昌顺松开绳子，也说："老实一点，你跑不掉的。"

周现文过来了，没有说他是老表，而是围着他看来看去，审贼一样。他不停地说："我是邵昌顺，是顺子。"

周现文没有相信，还说："顺子不是死了吗？"

邵昌顺说周现文小时候偷摘果子摔坏了嘴，磕掉了门牙，还骂道："你是个豁嘴子，烂嘴巴……"

周现文赶忙捂着他的嘴，连声说："好了，你别说了。"

邵昌顺哭诉发生的事情："我没有死，是失忆了，找不到家……"

邵昌顺还没有回家，就被当作人贩子捆了起来，很委屈："白白被你们捆了一索子。"

邵昌顺回到遍地垃圾和杂草的破旧房子里，来回查看，无限感慨。随后他走向邻居家里，摇醒竹椅上打盹的肖阿婆，轻声喊道："叔娘。"

她认出了他，但没有一如既往地喊叫"顺子"，而是失声尖叫："有鬼。"

肖阿婆从竹椅上滚落下来，全身抽搐。他赶忙扶起她，反复说："我没有死，是失忆了，找不到家。"

肖阿婆想说你老婆和孩子给你修了坟，却嚅动嘴巴，没有声音。她蹒跚着去倒茶，轻声嘀咕："这种事情，也会搞错？"

肖阿婆儿子邵团华喝得烂醉如泥，喷着酒臭气回来时，一次次摔倒，又一次次爬起来。听说眼前的人是邵昌顺，他吓醒了。他摸着怦怦直跳的胸脯连连后退，埋怨自己贪杯喝酒，差点出了大事。

邵团华相信邵昌顺所说，觉得他张牙舞爪的肢体语言也真实可信，不过瞪着眼睛看了好久。"你真是顺子哥。"

邵昌顺问了好多人，包括亲戚，都不知道丁奉香和邵宗义的地址。他束手无策时，汤五一闻讯赶来了，汤五一儿子汤六一在邵宗义那里干活。他经常给邵宗义打电话，询问儿子的情况，感谢他关照。邵昌顺喜极而泣，立即给邵宗义打电话："宗义，我是你爹。"

邵宗义挂断了电话，邵昌顺又拨打过去，电话又挂掉了……他灰心丧气，汤五一说："宗义看到我的电话，就感到厌烦。"

邵昌顺生气了："回去后我教训他。"

这时手机响了，邵宗义发来短信："我在开会，有事发信息。"

汤五一在手机上按个不停，写了一堆文字，还念给邵昌顺听。"你爹昌顺回来了，不知道你们在哪里，希望你来接他回去……"

邵宗义很快回了短信："你又喝多了，以后不要开这种玩笑。"

他们无法与邵宗义联系，只能等待时机。汤五一将邵昌顺接到家里，好酒好菜伺候，也好言相劝："你放心，我一定给你打通电话。"

他说完后后悔了，长吁短叹，以邵宗义刚才的态度，他没有把握。他对邵昌顺说，邵宗义有钱了，不能随便说话了。

晚上手机响了，汤五一举起手机喂喂地喊叫："宗义，你爹回来了……"

他还没有说完，手机里响起汤六一的哭喊声："爹，你不要开玩笑，宗义哥很生气。"

他又说："你少喝点酒。"

"小兔崽子，你也不相信我。"

汤五一很生气，往柱子上奋力打出一拳，那颗露头的断钉，将他的手戳得血流如注。他用力压着伤口，龇牙咧嘴地说："要宗义给我回电话。"

邵宗义深夜里才回电话，汤五一和邵昌顺呼呼大睡。听到电话铃声，汤五一大为不满："又忘了关机。"

听到邵宗义的声音，他翻身而起，大声喊着邵昌顺："快起来接电话，宗义打来的。"

从开始质疑到痛哭流涕，邵宗义与父亲说了很久，直到手机上的电打光了。邵昌顺不顾手机发烫，插上电源继续拨打。他怕汤五一生气，赶忙说："电话费，我给你。"

邵宗义立即给母亲和妹妹打电话，为了防止手机断电，他插上电源。丁奉香异常兴奋，但更多是埋怨邵昌顺二十多年音讯全无，不知道死到哪里去了。

邵宗义反复说父亲遭受失忆的困扰，丁奉香将信将疑，认为邵昌顺谎话连篇，极力为自己开脱。随后她失声尖叫："那么说，牛四田说上辈子是你爹，是假的。"

"对，他是个骗子。"邵宗义喊叫着，挥拳砸在桌子上。

为了防止牛四田逃跑，邵宗义严密封锁消息，要求保卫部长段立峰连夜带人去分公司，对牛四田严加看管，至于原因，他只字未提。他和母亲立即回老家，核实那人是不是爹邵昌顺。黎明时他们悄悄出发，还阻止包敏华开灯，以免惊动其他人。可是绝密行动很快泄露出去，最不应该知道的牛四田掌握得更多。丁奉香的保姆平时很少说话，仿佛是个哑巴，丁奉香刚走，她的嘴巴像机枪扫射一样哒哒地说个不停，似乎要将以前未说的话全部说完。她迫不及待地告诉在牛四田那里上班的未婚夫，牛四田得到情况，如同探囊取物。牛四田惊慌地栽倒在地上，破了皮，流了血。

牛四田舍不得这里的工作和待遇，还有公司的股份，但他必须离开。他赶忙收拾东西，能拿走的悉数带走。他觉得逃亡需要经费，就向欠钱的同事追债。他只追回很少的钱，大部分钱被他们以种种理由拖延下来。

他拖着两只大箱子准备离开，还叫来出租车。公司的司机要送他，他连忙推脱，那声谢谢说得像哭似的。他走出办公楼，就遭到段立峰阻拦。段立峰一如既往地牛总长牛总短地叫唤："公司处于关键期，你不能走。"

牛四田急了，挥舞拳头喊叫："你是哪根葱，敢管我。"

段立峰掏出警棍一样的橡皮棒子，对着随从大声喊叫："弟兄们，将牛四田……"

他立即纠正："将牛总请回去。"

面对分公司经理，段立峰和随从顾虑重重。将牛四田推进屋子时，有人说："牛总，对不起。"

牛四田被限制在办公楼狭小的区域里，可以自由走动。段立峰和随从紧盯不放，他插翅难逃。可是吃饭时，他们放松警惕，牛四田从厕所里跳窗逃跑了。

51

短短几年里牛四田颇有建树，牛二吕神气得像只骚公鸡，还学着公鸡追逐鸡婆的样子，伸着一条腿嚓嚓地划拉地面，弄得沙石飞溅。他对由于牛四田没有上大学始终耿耿于怀的牛三品说："……许多大学生，都在四田手下工作。"

牛三品凝眉怒目，嘴里说"你懂个啥"。

牛四田声名鹊起，来牛三品家里串门的人络绎不绝，来得最多的是摇唇鼓舌的媒婆，觉得为这位前程似锦的年轻人服务，她们感到无上光荣。媒婆们吵吵嚷嚷，时刻展示自己的嘴上功夫。头戴黑色帽围别着大红花的张阿婆，脸上贴着一颗有长须的"痦子"，举着长烟杆，十足的古典媒婆形象。她给长烟杆赋予非常实用的职责——防止土狗偷袭，如果遇上蛇，她也不害怕。李媒婆穿着粉红色的旗袍，两边开叉很低，她走着小碎步，双脚像束住了。她背着挎带很长的小包，身子扭动时，挎包甩来甩去，她一只手按住小包，像抓住一只鸡。她指着张阿婆的长烟杆挖苦起来："这破玩意儿，老掉牙了。"

张阿婆嘴巴歪斜，哼哼叫唤，长久不敢说话。李媒婆轻松搞定试图拔得头筹的张阿婆。

年轻的王媒婆穿着出现许多破洞的牛仔裤，戴着盖住半张脸的墨镜，嘴唇红得像抹着鸡血。她的鞋跟细而高，像长长的钉子。她浑圆的屁股晃来晃去，像要甩出去。她在布满石子的土路上走得异常艰难，也骂骂咧咧："这个鬼路。"

她走到嘴巴伸得很长的张阿婆和李媒婆前面，伸着涂满指甲油的兰花指戳来戳去，娇嗔地说："哟——什么年代了，还这么老土。"

张阿婆和李媒婆的嘴巴伸得更长，轻蔑的哼叫声更响。王媒婆端着画板大的平板电脑，伸手在屏幕上划来划去。要不是她展示里面的姑娘照片，大家以为她揩拭脏东西。

她们势在必得，觉得有能力击败两个对手。她们歇斯底里地喊叫，像三条狗在撕咬。在场的人苦口婆心地劝说，也不能阻止她们争吵。李媒婆和王媒婆准备大打出手，张阿婆就大声喊叫："谁动我这把老骨头，我就让她赔得连裤头都没有。"

一会儿范志伟过来了，牛四田跑了，他辞职了。他提着包装精美的礼物，看见牛二吕和牛三品，亲切地喊着爷爷和叔叔，不然他们会认为他也来为牛四田说媒。刚才来了个年轻人，跟他年岁相仿，在耀武扬威的媒婆面前一败涂地后，悻悻地走了。这么多人争吵不休，范志伟以为邵宗义带人过来了，惶恐不安。真相大白后，他喟然长叹："我怎么没有这样的桃花运？"

媒婆们吵得面红耳赤，气喘吁吁，自觉地停下来，补足氧料以利再战。王媒婆突然走向范志伟，高跟鞋还没有停稳，就伸着旱烟杆一样细长的手臂，用指甲血红的食指从他胸前轻轻划过，娇嗲地说："小老弟，有没有对象，姐给你物色一个。"

范志伟连连后退，往旁边躲闪。她端着平板电脑，伸着细长的手指轻轻点了一下，一张艳丽的女人照片呈现出来，她说："里面有许多漂亮的姑娘，任由你选。"

范志伟没有继续观战，她们的举动单调乏味，毫无新意。他将牛三品叫到偏角，牛二吕自觉地跟了过去。他环顾四周，想了想就说出牛四田冒充上辈子是老板父亲的事。

牛二吕浑身发抖，哽咽时挥拳猛击脑袋，抽打耳光。范志伟赶忙制止，想法让他稳定。牛三品很想知道后续情况，催促他说下去。他随后说得很委婉，还为牛四田说情，也说出应对办法。他还没有说完，牛三品冲牛二吕喊："你害了我，又害我儿子。"

牛二吕像只瘟鸡一样耷拉着脑袋，忍受不了才战战兢兢回一句："你不跟他说，他怎么知道。"

"你也没有少说。"

媒婆们还在争吵，牛三品就生气地驱赶。孟冬英觉得得罪她们，她们会搬弄是非，让他们身败名裂。她赶忙道歉，也说："你们先回去，等我儿子回来再说。"

她们怨声载道，扭着老棉裤一样的腰，晃动大屁股离开时，不约而同地说："不来了，谁稀罕你们。"

52

牛二吕整日以泪洗面，呜呜地哭："造孽哟，我上辈子做了亏心事，这辈子来惩罚我。"

后来他的哭声里多了一句："是我害苦了一家人。"

那天他躺在墙角的柴火上，一动不动像死去了。谢七娘叫他吃饭，摇晃他的身子，没有反应，就哇的一声哭了。牛三品飞奔过来，他的埋怨"吃饭都不得安宁"，在他被锄头绊了一脚栽倒在地后，愤怒地喊叫出来。牛二吕情况危急，他收敛糟糕的脾气，嘀咕着："你别吓人。"

他又说："千万不要出乱子。"

他们手忙脚乱地将牛二吕抬到板凳上。谢七娘拍打他的后背，不停地喊叫："老头子……"

她的心里话"你可不能走呀"在嘴里咬了很久后，忍不住哭了出来。牛二吕咳出血痰，深吸一口气后说："我要喝水。"

他又说："我身子麻了，帮我揉一揉。"

他还哭喊着："我对不起四田，对不起你们……"

往后的日子里，他动辄这样哭喊。牛二吕疯了，在雷公山迅速传播。有人用他吓唬不听话的伢子："别哭了，吕癫子来了。"

他的病没有大家传诵的那样严重，只是经常这样念叨，颠三倒四。他能下地干活，跟以前一样勤快。牛三品要他去卫生院治疗，他很生气："你才有精神病。"

牛三品请来村里的赤脚医生，医生根据牛三品提供的病情望闻问切，揪着下巴凝眉沉思，像妙手回春的名医。他将老花镜的松紧绳套在脑袋上，哗哗地翻阅泛黄的医书，然后不停地写着处方，似乎要将医疗点的药都写上去。最后他说："压力太大，不要想得太多。"

邻村周二旦的破旧房子，连同那把引以为自豪的躺椅，被山雨造成的塌方摧毁后，来了一支县人民法院人员的志愿者小分队。牛二吕放下农活，一路狂奔，逢人便问："他们还在那里吗？"

有人笑他："这个老家伙，身子还硬朗着。"

面对志愿者小分队成员，牛二吕不敢说话，害怕他们知道情况，去抓捕孙子。他们从树林里消失，他急得直跳，要求在那里放牛的伢子叫住小分队："我要找他们。"

志愿者小分队回来了，好几个人说："老同志别跑，我们走过来。"

小分队队长吴丽接待他，要他坐下来说话。他惶恐不安，支支吾吾。吴丽说："别紧张，慢慢说。"

牛二吕强调事情发生在别人家里，可是表现出来的焦急，分明与他息息相关。吴丽与人商议，像开庭合议，随后说："这是触犯法律的诈骗行为。"

牛二吕全身颤抖，妈妈呀叫唤。吴丽耐心解释："如果所得金额不大，造成社会后果不严重，只要他主动自首，积极退还赃款，取得被害人谅解，量刑时法官会酌情考虑采用缓刑……"

牛二品慌忙问道："缓刑是什么？"

吴丽像背诵课文一样，认真解答："按照法律规定，暂时不对犯罪人员执行刑罚，给予其一定的考验期……由公安机关考察，所在单位或者基层组织配合，让犯罪人员接受考验的刑罚。"

牛二吕抓耳挠腮，百思不解。吴丽又说："他有罪，判了刑，是暂缓执行。"

有人补充："是监外执行。"

牛二吕手舞足蹈，喊叫着去找牛三品和孟冬英。牛三品怨声载道："让我省点心好不好。"

为了让家里人特别是牛三品省心，牛二吕决定去找牛四田。他留下一张纸条："……我去找四田。"

他觉得不妥，这样会遭到儿子责骂。他掏出火机，将纸条化为灰烬，还将灰烬吹散。他又写下纸条，写给谢七娘："我去打工了。"

牛三品知道后急得团团直转，大骂不止："一把老骨头，谁要你干活？"

他立即去阻拦，可是载着牛二吕的班车刚刚开走，他眼巴巴看着班车在盘山公路上缓慢前行，叫着喇叭，猫叫春似的。

牛二吕没有找工作，连去门口当保安或者打扫卫生的想法也没有。他到处捡垃圾，希望遇到流浪的孙子。他逢人便问："见到我孙子牛四田吗？"

他总是得到这样的回答："莫名其妙。"

他听从别人的建议，四处散发传单。有一次他将传单发到邵宗义的员工手上，邵宗义听说有人找牛四田，立即带人赶来。他要将牛四田痛打一顿，扭送去公安局。他们装得若无其事，牛二吕却异常警觉。牛二吕以为他们是执法人员，收拾东西赶忙离开，不停地求饶："求你们放过我这个老头子。"

司机包敏华扼住他的手腕，摆出擒拿格斗的架势。他生怕牛二吕看不出来，大声喊叫："别动，我有功夫。"

他又说："老实点，免得我伤着你。"

牛二吕拼命挣扎，努力辩解："我犯了哪条王法？"

他还坐在地上撒泼："打人了——"

还有："我这根老骨头跟你拼了。"

包敏华看着邵宗义，邵宗义没有反应，他就冲着牛二吕喊叫："你孙子骗了我们老板……"

他的话还没有说完，有人就说："对一个老人喊什么，去找他孙子。"

还有人说："冤有头，债有主，你不应该找他。"

大家七嘴八舌地劝说，包敏华放开牛二吕，语气平和地说："我们不伤害你，只想找到你孙子，向老板道歉。"

邵宗义伸手扶起牛二吕，递上香烟，假惺惺地说："认识错误，还可以回去工作。"

牛二吕不相信他，却对他说："我来找孙子，要他向公安承认错误，也向你们道歉。"

邵宗义拉了一下包敏华，悄声说："你盯着他。"

包敏华形影不离地跟着牛二吕，牛二吕不停地行走，不吃饭，也不喝水。他遇到车子，也一往无前地走去，车子不停地鸣笛，有人伸着脑袋破口大骂。包敏华瘫坐在地上，伸手指着牛二吕，似乎要爬过去。牛二吕身影消失，他收回手臂，握拳砸向地面，哭喊着："简直不是人……"

在很远的地方，牛二吕又向人散发传单，还哭诉："行行好，帮我找到孙子。"

牛二吕不停地更换地方，彻底断绝了邵宗义和包敏华跟踪。听说有个老头发放传单寻找自己，牛四田过来了，化了妆，像个女人。他跟牛二吕聊了很久，牛二吕也没有认出来，还要这位说着相同口音的"女人"帮忙。牛四田拉着他去馆子里吃饭，他断然回绝。牛四田说："跟老乡吃个饭，没有关系的。"

"那也不行。"

牛四田立即扯下伪装，让牛二吕仔细观看。"爷爷，是我。"

吃完晚饭，他们又说了起来，但表情严肃，像戴着面具。牛二吕一字不落地复述志愿者小分队成员的话，仿佛播放录音。牛四田不想东躲西藏，希望对这件事情干脆利落地做个了断，却举棋不定，还抱着侥幸心理。他认为爷爷所说的志愿者小分队子虚乌有，为了说服他，爷爷不得已而为之。他说："你编造的事，跟真的一样。"

他又说："当年你叫我爹去骗公社领导，就是绝顶高手。"

牛二吕咬着嘴唇，伸着手指，要对天发誓："我要骗人，就不好死。"却突然明白是面对孙子，赶忙改口："我骗人，也不能骗你。"

他又说："我那么远过来，难道只是骗你一下？"

牛二吕不敢睡觉，生怕牛四田逃走，也想着让牛四田信服的办法。他想给吴丽打电话，立即从行李包里拿出小本子，找到吴丽的电话号码。牛四田生气地说："手机欠费停机了。"

还说："没电了。"

他拿着牛四田的手机拨打起来。听到声音，他赶忙说："领导，请对我孙子说。他是我上次跟你说的那个人。"

吴丽和牛四田说了很久。牛四田希望获得更多信息，迟迟不肯挂断电话，手机电源告警，他就插上充电器。牛二吕捏着火机和纸烟，不敢点火吸食，生怕影响他们，即使咳嗽吐痰，也蹑手蹑脚走到外面。

天未亮牛二吕起床了，他要带着牛四田去公安局自首。牛四田爽快答应，却赖床不起，还说时间太早，警察没有上班。牛二吕坐在床边，像挑逗细伢子一样，双手抱着他的脑袋，将他拉起来，连声说："我们早点过去，在那里等着警察同志。"

二〇二〇年八月初稿

二〇二二年十月修改